樂府補題校注

張宏生署

（元）陳恕可 編

姚道生 校注

鳳凰出版社

圖書在版編目（CIP）數據

《樂府補題》校注 / (元) 陳恕可編 ; 姚道生校箋
. -- 南京 : 鳳凰出版社, 2019.8
ISBN 978-7-5506-2937-0

Ⅰ. ①樂… Ⅱ. ①陳… ②姚… Ⅲ. ①古典詩歌-詩集-中國-元代 Ⅳ. ①I222.747

中國版本圖書館CIP數據核字(2019)第168906號

書名	《樂府補題》校注
著者	(元)陳恕可 編　姚道生 校箋
責任編輯	王淳航
出版發行	鳳凰出版社(原江蘇古籍出版社) 發行部電話025-83223462
出版社地址	南京市中央路165號,郵編:210009
出版社網址	http://www.fhcbs.com
照排	南京凱建圖文製作有限公司
印刷	江蘇省句容市排印廠 句容市春城鎮南,郵編:212212
開本	880×1230毫米　1/32
印張	8
字數	172千字
版次	2019年8月第1版　2019年8月第1次印刷
標準書號	ISBN 978-7-5506-2937-0
定價	55.00圓

(本書凡印裝錯誤可向承印廠調換,電話:0511-87871135)

目　録

序 …… 1

前言 …… 1

凡例 …… 1

天香　宛委山房擬賦龍涎香 …… 1

玉笥王沂孫聖與(孤嶠蟠烟) …… 2

蘋洲周密公謹(碧腦浮冰) …… 14

天柱王易簡理得(烟嶠收痕) …… 21

友竹馮應瑞祥父(枯石流痕) …… 26

瑶翠唐藝孫英發(螺甲磨星) …… 30

紫雲呂同老和甫(冰片鎔肌) …… 34

篔房李彭老商隱(搗麝成塵) …… 38

五松李居仁師呂(瀛嶠浮烟) …… 41

水龍吟　浮翠山房擬賦白蓮 …… 45

蘋洲周密公謹(素鸞飛下青冥) …… 46

天柱王易簡理得(翠裳微護冰肌) …… 54

宛委陳恕可行之(素姬初宴瑶池) …… 58

菊山唐珏玉潛(淡妝人更嬋娟) …………………………… 62
紫雲吕同老和甫(素肌不汙天真) ………………………… 67
月洲趙汝鈉真卿(露華洗盡凡妝) ………………………… 70
玉笥王沂孫聖與(淡妝不掃蛾眉) ………………………… 74
五松李居仁師吕(蘂仙羣擁宸游) ………………………… 77
玉田張炎叔夏(仙人掌上芙蓉) …………………………… 81
玉笥王沂孫聖與(翠雲遥擁環妃) ………………………… 86
摸魚兒　紫雲山房擬賦蓴 ………………………………… 92
天柱王易簡理得(怪鮫宫) ………………………………… 93
佚名(過湘皋) ……………………………………………… 99
菊山唐珏玉潛(漸滄浪)…………………………………… 103
玉笥王沂孫聖與(玉簾寒)………………………………… 108
篔房李彭老商隱(過垂虹)………………………………… 112
齊天樂　餘閒書院賦蟬…………………………………… 118
紫雲吕同老和甫(緑陰初蔽林塘路)……………………… 118
天柱王易簡理得(翠雲深鎖齊姬恨)……………………… 128
玉笥王沂孫聖與(緑陰千樹西窗悄)……………………… 133
蘋洲周密公謹(槐陰忽送清商怨)………………………… 138
宛委陳恕可行之(碧柯摇曳聲何許)……………………… 142
菊山唐珏玉潛(蜕痕初染仙莖露)………………………… 146
瑶翠唐藝孫英發(柳風微扇閒池閣)……………………… 149
宛委陳恕可行之(蜕仙飛珮流空遠)……………………… 153
山村仇遠仁近(夕陽門巷荒城曲)………………………… 157
玉笥王沂孫聖與(一襟遺恨宫魂斷)……………………… 160

桂枝香　天柱山房擬賦蟹 …………………………… 175
宛委陳恕可行之(西風故國) …………………………… 176
瑶翠唐藝孫英發(收帆渡口) …………………………… 182
菊山唐珏玉潛(松江舍北) ……………………………… 185
紫雲吕同老和甫(松江岸側) …………………………… 188
附録 ……………………………………………………… 192
朱彝尊《樂府補題原序》……………………………… 192
陳維崧《樂府補題原序》……………………………… 192
厲鶚《論詞絶句十二首》之六 ………………………… 194
厲鶚《書樂府補題練恕可名下》……………………… 194
《欽定四庫全總目提要》……………………………… 194
倪一擎《樂府補題序》………………………………… 195
馮金伯輯《詞苑萃編》卷二十一“辨證”引《詞箋》………… 196
謝章鋌《賭棋山莊詞話》卷七“顧梁汾詞”條 ………… 196
王樹榮《樂府補題跋》………………………………… 196
《全清詞・順康卷》所載《樂府補題》和作檢索 ……… 197
《全清詞・順康卷補編》所載《樂府補題》和作檢索 ……… 207
《全清詞・雍乾卷》所載《樂府補題》和作檢索 ……… 208
《全清詞・順康卷》載《樂府後補題》諸家唱和檢索 ……… 218
《蔗塘未定稿・蔗塘外集》本《擬樂府補題》諸家唱和檢索 … 220

校注及輯評參考用書 ………………………………… 221

序

張宏生

《樂府補題》是一部詠物詞集，作者十四人，作品凡五詠，三十七首，分詠龍涎香、白蓮、蓴、蟬、蟹，情調較統一，風格亦相似。在中國詞體文學發展史上，這是一部非常重要的著作。它把自南宋以來得到不斷發展的詠物詞創作，推向了一個新的階段，對後世，特別是對清代詞學的發展，起到了重要的作用。

在詞學的研究中，《樂府補題》一直受到關注。關注的主要焦點之一，在於其意旨，即是否含有寄託，如果有的話，所寄託者又是什麼。早在晚明，陳子龍即提出這個問題，《御選歷代詩餘》引其語，前敘楊璉真珈發掘南宋六陵後，唐珏、林景熙諸人以採藥爲名，裒拾遺骨，秘加重葬，樹以冬青事，後議《樂府補題》諸作巧奪天工，爲宋詞中所罕見者，隱然將二者聯繫在一起。眾所周知，陳子龍是雲間詞派的重要代表人物，其詞學觀重風騷意旨，創作實踐亦時有香草美人之意，對清初詞壇，有著重大影響。因此，當康熙初年，《樂府補題》重現於世之際，朱彝尊與陳維崧各爲之序，或指出其"身世之感別有淒然言外者"，或認爲其作品多"援微詞而通志"者，都是這一思路的延續。至乾隆年間，厲鶚作《論詞絕句》，其中論及

《樂府補題》云:"頭白遺民涕不禁,《補題》風物在山陰。殘蟬身世香蒓興,一片冬青塚畔心。"就將前人論述中略嫌含糊的意旨坐實,直接提出了寄託發陵説。其後,學界就此生發,範圍更廣,如隱喻謝太后爲尼,王昭儀入道,帝昺南逃海濱,宋室覆亡崖山等,不一而足,而夏承燾先生《樂府補題考》出,力證《樂府補題》與發掘南宋六陵之間的關係,影響尤大。至上世紀八十年代中期,蕭鵬先生撰文,舊話重提,另闢一説,認爲《樂府補題》雖有寄託之意,但與南宋六陵被發掘並無關係。這種看法,也對學界產生了一定的影響。

夏、蕭二位學者雖然觀點有所分歧,但他們都認爲《樂府補題》有寄託,則是其所同。這關乎對《樂府補題》性質的體認,也關乎研究的走向。道生通過深入研究,也認同前人的看法,認爲其中確有比興寄託之意。他所進一步發展的是,通過逐篇箋注,反復涵詠,儘可能找出詞人所選擇的物象與寄託之意之間的關係。

雖然詞學研究者大都認爲,《樂府補題》是一部非常重要的著作,但對這部著作所進行的文獻整理工作却比較粗疏。數十年前,黄兆顯先生曾出版《樂府補題研究及箋注》一書,限於當時的條件,較爲簡略,還有很大的發展空間。道生在確定了以《樂府補題》爲中心來撰寫博士論文後,即認爲,此書既然有其完整性,則諸作者在創作時,一定也有特定的追求,共同的特色,這些,都會在具體過程中表现出来,因此,必須在文獻整理的基礎上,予以清理,加以説明。由這個思路出發,道生調查了《樂府補題》的各種版本,理清了其流變系統,並對這三十七首作品的每一首都做了詳細箋注,斟酌舊説,提出新見。他的某些具體結論或者還可以再商榷,不過在操作上,其結論是以文本作爲第一要義,調動各種手段,通過非常細緻的考證得出的,並不是泛泛之言。

由此,我想起程千帆先生一貫倡導的文學研究應將文獻學與文藝學結合起來的方法。程先生認爲,研究文學應該以作品爲中心,而古人的作品,由於距離我們已經有相當長的時間,作者的時代背景、社會習俗、語言習慣和我們不同,作品的文獻形態,也在流傳過程中,呈現不同的面貌。因此,要能夠運用文獻學的方法,調動各種知識,從不同方面切入,力求對作品有正確的理解,在此基礎上,再進行文藝學的研究。我欣喜地看到,道生正是遵循這一途徑去努力的。

文獻整理的基本要求之一,就是首先要全面掌握文獻,在這方面,道生一開始就碰到挑戰。通過文獻調查,道生瞭解到,《樂府補題》共有兩個版本系統,皆出明鈔本,一是《唐宋名賢百家詞》本,一是《南詞》本。前者比較容易找到,而後者現藏日本東京大倉文化財團大倉集古館,不易查閱,因古書基本上不對外開放。所幸得到早稻田大學内山精也教授幫忙,大力推薦介紹,館方同意可以閱覽兩個時辰。於是,道生自費赴日,抓住這個寶貴的機會,細心比對,終於弄清了這一系統的來龍去脉。舉此一例,即可看出道生在工作上的投入和認真。

道生的博士論文題爲《樂府補題研究》,這部《樂府補題校注》算是其副產品。不過,所謂主和副,也看如何定義。如果没有這一工作對文本從訓詁、辭章、義理等方面進行考索,理論的闡發將成爲無源之水、無本之木,從這個意義上説,二者實際上是一個有機組成部分,無法分開。從更廣泛的層面説,這部書爲學界提供了《樂府補題》的一個較爲完善的版本,在詞學文獻學上也有所貢獻,相信定會得到學界的關注，並推動這一領域研究的深入。

道生上世紀八十年代在香港中文大學中文系完成了本科和碩士的學業，接受了較爲嚴格的古典文獻學和古典文學方面的訓練。他現在雖然不在學術體制内工作，但這可能也是一個優勢，讓他能夠從容悠游地選擇自己所喜歡的課題，毫無功利性地去進行學術探索，感受學術發現的樂趣，而不必刻意爲項目而寫，爲評鑒而寫。這種狀態，恐怕也是現在不少體制内的學者所羨慕的吧。

2017 年 2 月 10 日序於香港將軍澳之片翠山房

前　言

一

《樂府補題》一卷，宋遺民詠物詞集，成書於元初，收五調五題十四家三十七首。不著編輯人名氏，其書前後既無序跋，時人著述亦無片言語及，故未易遽知編者及其編輯意圖。黄虞稷《千頃堂書目》與倪燦《補遼金元藝文志》俱著録"仇遠《樂府補題》一卷"。仇遠，《補題》詞人之一，然以遠爲編者，則未知何據。《四庫總目》但云"皆宋末遺民倡和之作"，可謂慎矣，而又疑其"或墨跡流傳，後人録之成帙，未必當時即編次爲集，故無序目，亦未可知也。"按館臣所疑非也。陳旅《安雅堂集》卷十二《陳如心墓志銘》曰："公諱恕可，字行之，一字如心。"又曰："遺文有《志言稿》、《餘學稿》、《宛委永言》、《古今率録》、《復古篆韻》、《詞譜編目》、《樂府補題》，藏於家。"陳如心即陳恕可，亦《補題》詞人之一，《補題》即出其手編，殆無可疑，唯《補題》舊鈔本多誤"陳"爲"練"，故博雅如朱彝尊者，亦一時未察而沿其謬，至厲鶚與查爲仁箋釋《絶妙好詞》，始據陳旅序諟正。

二

“樂府補題”之名，釋之者鮮。今考清人著録，得倪一擎《樂府補題序》云：“《樂府補題》一卷，南宋遺民倡和之詞也。宋人稱長短句爲樂府，若賀方回、康伯可、魏子敬、姚令威等，皆以‘樂府’名其集，而曾慥、元好問亦以‘樂府’名所選。樂府之聲折備在禁坊，部人職之，其辭則譔自士夫。今曰‘補題’者，言就‘桂枝香’等聲折，補填以‘龍涎香’諸題。身爲宋之遺民，追譜有宋之樂府，志可知矣。”然則所謂“補題”者，即“就聲折，補填題”之意；“追譜有宋之樂府”，實有遺民之志存焉。

三

《補題》成書後未嘗付梓，唯傳抄而已，故終元明之世，亦不見於公私著録。夷考傳世諸本，勘其異文，序其時代，得知諸本可别爲二系。今傳二系之最早者皆爲明鈔本。一曰紅絲欄鈔本《唐宋名賢百家詞》本（簡稱紅絲欄鈔本），故名此系曰《百家詞》系。一曰彭元瑞知聖道齋藏《南詞》本（簡稱彭藏本），故名此系曰《南詞》系。兹略述紅絲欄鈔本與彭藏本如下。

紅絲欄鈔本收入明鈔本吴訥編《唐宋名賢百家詞》第二十七册，不分卷，四周單邊，紅絲欄，白口，單魚尾，半頁十二行，行二十字。前有“樂府補題目録”二頁，依次著明詞牌、詞題及各題作者。是編原藏范氏天一閣，現藏天津圖書館。

紅絲欄鈔本字體端正，然訛脱頗多，如“陳”恕可誤作“練”恕可；《天香》王沂孫首“紅甆候火”句，“火”誤作“大”；同賦吕同老首

"杵匀枯沫"句,"沫"誤作"沫";《水龍吟》周密首"應是飛瓊仙會"句,"是"誤作"具"。脱文處代以空格,不書,如《天香》唐藝孫首"犀株杵月"句,"株"字脱,作"犀□杵月";同賦吕同老首"妙手製成翻巧"句,"成"字脱,作"妙手製□翻巧"。又或原文無脱,亦空格不書,其故未詳,如《天香》馮應瑞首"幾片金昏字古,向故篋、聊將伴憔悴"二句無脱文,抄手於"古"字下空五格,"篋"字下空一格。

昔者朱彝尊上京應考鴻博,所攜"常熟吴氏抄白本"即屬此系,而蔣景祁鏤版以傳,"輦下諸公爲之詞體一變",故朱氏乃至清人選《補題》者,每多自《百家詞》系出,可謂影響深遠。其承《百家詞》系者,今傳有汲古閣鈔本、《四庫全書》本。

彭藏本半頁八行,行十八字。無版框邊欄界綫,鈔本,楷書,字體端正工整。今傳《南詞》共四帙,帙三册,共十二册,《樂府補題》即第三帙第九册第三種。全書凡二十一頁,卷前有《樂府補題目録》,共三頁,第三頁下空白;第四頁始是正文,第二十一頁下空白。卷内《天香》"瀛嶠浮烟"及《摸魚兒》"過湘皋"二首均題"無名氏",目録則不録。此本現藏日本東京港區大倉文化財團大倉集古館。

與諸本比勘,彭藏本亦有筆誤。如"陳恕可"誤作"練恕可",目録《水龍吟》詠白蓮下又誤作"鍊恕可";全書"李彭老商隱"皆誤作"李彭老商隱"。又如王易簡《天香》詠龍涎香"雲沙擁沫"句,馮應瑞同題"殘沙擁沫"句,二"沫"字原誤作"抹",有校者以"氵"蓋"扌"。此本於分片處空一格,然無名氏及李彭老《摸魚兒》詠蓴二首分片未有空一格;周密《水龍吟》詠白蓮則於"應是飛瓊仙會"句"仙"字下分片,是誤分。其承《南詞》系者,今傳有鮑廷博《知不足齋叢書》本、乾隆郁氏東歔軒刻本、《潄六編》本、朱祖謀《彊邨叢書》

本、徐珂《天蘇閣叢刊》本。《知不足齋叢書》本有校文，允稱善本。

二系之别，可得而言。其較然者，爲張炎《水龍吟》詠白蓮下片，《百家詞》系作："應是浣紗人妒，褪紅衣、被誰輕誤。六郎意態，何郎標格，泠然意趣。待折瓊芳，楚江難涉，謾摇心素。怕湘娥珮解，緑雲十里，捲西風去。"《南詞》系作"應是浣紗人妒，褪紅衣、被誰輕誤。閒情淡雅，冶容清潤，憑嬌待語。隔浦相逢，偶然傾蓋，似傳心素。怕湘臯珮解，緑雲十里，捲西風去。"二系判然有别。又《知不足齋叢書》本有校文"一作"四十一則，所校異文多爲《百家詞》系諸本正文。鮑氏底本出《南詞》系，其持以校者當出《百家詞》系，故所校如此。今以《知不足齋叢書》本爲底本，搜羅二系諸本，校而勘之，不敢以復其原貌自任，而若有片言可採，則庶幾可矣。

四

元明之世，《補題》寂寞無聞，至明季陳子龍始論及焉，曰："唐玉潛與林景熙同爲採藥之行，潛葬諸陵，旁樹以冬青。世人高其義烈，而詠蓴、詠蓮、詠蟬諸作，巧奪天工，亦宋人所未有。"子龍以宋陵事與唐珏詞並言，適足啓發後世寄託諸説。康熙初年，《補題》復出，時人始得覩其全璧。朱彝尊與陳維崧各爲之序，稱賞其"别有淒然言外者"，所謂"援微詞而通志，倚小令以成聲"，許爲"騷人《橘頌》之遺音"。二家未嘗坐實詞中託意，而厲鶚《論詞絶句十二首》之六則曰："頭白遺民涕不禁，《補題》風物在山陰。殘蟬身世香蒓興，一片冬青冢畔心。"自注："《樂府補題》一卷，唐義士玉潛與焉。"豈唯遥應子龍，益以史事實之。後來者踵事增華，其説益繁，冬青之外，又有太后爲尼、昭儀入道、厓山覆滅、帝昺南去，諸家成説，不下十種。今博觀約取，摭拾成説，益以附録若干，謹供參考而已。

雖眾説紛陳，莫衷一是，要之，亦不離以史説詞。惜乎宋季已遠，文獻闕如，遺民心事，殊難徵實，今詳考典事，注而箋之，但求通釋詞意，非謂得其本事，或可免乎穿鑿之譏。然詞人詠物，别寓寄託，殆無可疑。或曰：無本事而有寄託，可乎？曰：可。周濟有言："非寄託不入，專寄託不出"，既出矣，本事安在？"又云："無寄託，則指事類情，仁者見仁，智者見智"，則"無寄託"者，寄託之詞也。今不揣譾陋，爲按語若干，隨附注釋之後，求有道正之。

有清一代，詞家珍《補題》如拱璧，追和不絶，幾成例作，故謝章鋌譏曰"滿紙陳因，毫無意致"。今據《全清詞》順康卷、順康卷補編、雍乾卷諸册，標示和作出處，殿於附録之末，略存梗概云爾。

凡　例

一、陳恕可編《樂府補題》收十四家五調五題三十七首詞。原編已佚，今傳《樂府補題》之最早者皆爲明鈔本，凡兩系統三種。一系曰天津圖書館藏《明紅絲欄鈔本百家詞》本、北京國家圖書館藏毛氏汲古閣鈔本，共兩種。一系曰日本東京大倉集古館藏原彭元瑞知聖道齋藏鈔本《南詞》本，一種。校本之最早者爲鮑廷博《知不足齋叢書》本。以《知不足齋叢書》本比勘三種明鈔本，得知《知不足齋叢書》本屬知聖道齋藏鈔本《南詞》本系統。《知不足齋叢書》本有"一作"四十一則，"别本"一則，皆爲校勘，而以雙行夾注出之，凡四十二則。其所謂"一作""别本"者，多爲見諸《明紅絲欄鈔本百家詞》本及汲古閣鈔本，故知鮑氏及見兩系統版本，並詳加比勘。鮑氏《知不足齋叢書》向爲學界稱善，以其精校精刻故也。本書以鮑廷博《知不足齋叢書》本《樂府補題》爲底本，以三種明鈔本及文淵閣《四庫全書》本《樂府補題》對校，以《詞綜》、《古今圖書集成》、《御選歷代詩餘》、《玉笥詞》、《周草窗詞》、《玉田詞》及《绝妙好詞箋》參校。本書所用底本、對校本、參校詞集及其簡稱如下：

	版本	簡稱
底本	《知不足齋叢書》本。臺北：粤中書局 1964 複印鮑廷博輯《知不足齋叢書》第三册。	底本
對校本	《明紅絲欄鈔本百家詞》本《樂府補題》。收入吴訥：《明紅絲欄鈔本百家詞》，第三函第 27 册。天津：天津古籍出版社複印天津圖書館藏手稿本，1989 年。	紅絲欄鈔本
	日本東京大倉集古館藏原彭元瑞知聖道齋藏鈔本《南詞》本	南詞本
	北京國家圖書館藏毛氏汲古閣鈔本	汲古閣鈔本
	文淵閣《四庫全書》本《樂府補題》。臺北：臺灣商務書館複印臺北故宫博物院所藏文淵閣《四庫全書》，第 1490 册，1983 年。	四庫本
參校詞集	朱彝尊、汪森編：《詞綜》，北京：中華書局 1975 年縮影康熙三十年(1691)裘抒樓刊本。	《詞綜》
	陳夢雷編：《古今圖書集成》，臺北：文星書店，1964 年。	《圖書集成》
	沈辰垣，王奕清等編：《御選歷代詩餘》，文淵閣《四庫全書》本。	《歷代詩餘》
	《明紅絲欄鈔本百家詞》本《玉笥詞》。收入吴訥：《明紅絲欄鈔本百家詞》，第三函第 30 册(卷内題《玉笥山人詞集》)。天津：天津古籍出版社複印天津圖書館藏手稿本，1989 年。	鈔本《玉笥詞》
	《明紅絲欄鈔本百家詞》本《周草窗詞》。收入吴訥：《明紅絲欄鈔本百家詞》，第三函第 30 册(卷内題《草窗詞集》、《草窗先生詞集》)。天津：天津古籍出版社複印天津圖書館藏手稿本，1989 年。	鈔本《草窗詞》
	《明紅絲欄鈔本百家詞》本《玉田詞》。收入吴訥：《明紅絲欄鈔本百家詞》，第三函第 28 册。天津：天津古籍出版社複印天津圖書館藏手稿本，1989 年。	鈔本《玉田詞》
	周密編，查爲仁、厲鶚箋：《绝妙好詞箋》，上海：上海古籍出版社 1984 年影道光八年(1828)徐楙愛日軒刻本。	《绝妙好詞箋》

二、本書編次，先列正文，次出校勘，再列注釋，輯評殿末。

三、諸本異體字不少，字形不一，今皆統一爲通行正體字，如："逺"統一爲"遠"；"窻"、"窓"、"牎"、"牕"等皆統一爲"窗"；"纎"統一爲"纖"；"嵗"統一爲"歲"；"踈"統一爲"疏"；"蝋"統一爲"蠟"；"趂"統一爲"趁"；"韈"統一爲"襪"；"姉"統一爲"姊"；"溼"統一爲"濕"；"泪"統一爲"淚"；"裡"統一爲"裏"；"粧"、"籹"統一爲"妝"；"凈"統一爲"淨"；"凄"統一爲"淒"；"凣"統一爲"凡"；"迵"統一爲"迴"；"蕋"統一爲"蘂"；"顦顇"統一爲"憔悴"；"豔"統一爲"艷"、"脩"統一爲"修"、"鈆"統一爲"鉛"；"韵"統一爲"韻"；"勌"統一爲"倦"；"逦"統一爲"邐"；"蛬"統一爲"蛩"；"髣髴"統一爲"彷彿"；"蠏"統一爲"蟹"；"叙"統一爲"敘"；"争"統一爲"爭"；"踪"統一爲"蹤"，若此者，皆不出校記。

四、字多通用，然音義易致誤會者出校記，如"囱"即"囪"，同"窗"，然"囱"又有"倉紅切"一讀，作"竈突"解；又如"烟"又有"於真切"一讀，與"煴"合成"烟煴"一詞，如此則别出校記；又如"嘆"、"歎"二字多通用，然段玉裁《說文解字注》謂："古歎與嘆義别，歎與喜樂爲類，嘆與怒哀爲類"；又如"淩"、"凌"可通用，然"淩"本是古水名，如此亦出校記。

五、校勘若有改動底本者，必於校記具陳版本根據。

六、校勘以中國數目字"一"、"二"、"三"……等標示。注釋以"1"、"2"、"3"……等標示。

七、詞調、詞題及詞人之首見者均注釋之。詞調以王奕清等編《欽定詞譜》爲據，參以萬樹《詞律》。

八、正文注釋標示於句末，以示該句有注文若干條。各句注文多寡不一，按文句難易而定，如王沂孫《天香　宛委山房擬賦龍涎香》："孤嶠蟠烟，層濤蜕月，驪宫夜採鉛水 2。"注釋 2 下有"孤嶠"、"蟠烟"、"蜕月"、"驪宫"、"鉛水"等注文五則。又如同首："更好故溪飛雪，小窗深閉 7。"注釋 7 下只有"小窗深閉"注釋一則。

九、注文徑引原文，以兩句爲極，如王易簡《天香　宛委山房擬賦龍涎香》注釋 9 之"待翦秋雲殷勤寄與"注，即爲兩句。其多於兩句者，以"某"至"某"幾句標示，如周密《水龍吟　浮翠山房擬賦白蓮》注釋 4"'擎露'至'鉛水'三句"

十、詞人用事，或有雷同，如此則首見者出注，餘皆標示"見某家注釋某某條"，或"詳某家注釋某某條"。

十一、注釋之間加按語以疏通文意，仍以"某"至"某"幾句標示，而解説然否，則不敢妄自專斷，以"意者"提起，以示一己臆説而已。

十二、前賢時彦評論《樂府補題》者不少，或論其寄託，或評點詞藝，而所言或申述前論，或承用前説，故輯評不求全備，其可成一家之説者採之；意見相左而足供參考者亦採之。

十三、本書所用校注及輯評參考用書附於凡例之後，以便讀者查閲。

十四、書末附"附録"十四種：朱彝尊《樂府補題原序》、陳維崧《樂府補題原序》、厲鶚《論詞绝句十二首》之六、厲鶚《書樂府補題練恕可名下》、《欽定四庫全總目提要》、倪一擎《樂府補題序》、馮金伯輯《詞苑萃編》卷二十一"辨證"引箋、謝章鋌《賭棋山莊詞話》卷七"顧梁汾"條、王樹榮《樂府補題跋》、《全清詞・順康卷》所載《樂府補題》和作檢索、《全清詞・順康卷補編》所載《樂府補題》和作檢索、《全清詞・雍乾卷》所載《樂府補題》和作檢索、《全清詞・順康卷》載《樂府後補題》諸家唱和檢索、《蔗塘未定稿・外集》本《擬樂府補題》諸家唱和檢索。

天香① 宛委山房②擬〔一〕賦龍涎香③

【校勘】

〔一〕四庫本無“擬”字。

【注釋】

① 天香：王奕清（1664—1737）等《欽定詞譜》卷二十四收“天香”一調共八體，第四體：“雙調九十六字，前段十句四仄韻，後段八句六仄韻。”又云：“宋《樂府補題》詠龍涎香諸詞俱本此填。”《欽定詞譜》以○爲平，以●爲仄，其譜如下：

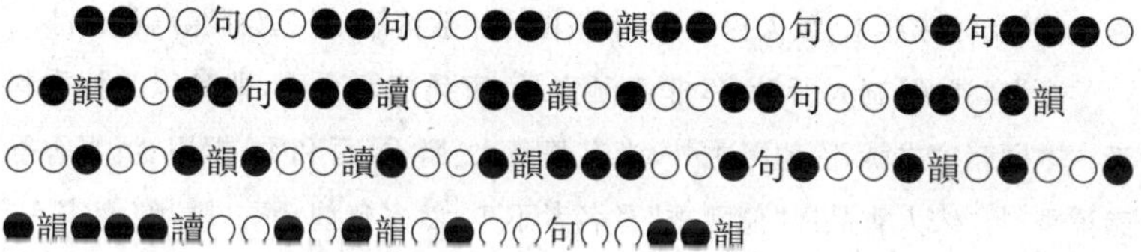
●●○○句○○●●句○○●●○●韻●●○○句○○○●句●●●○○●韻●○●●句●●●讀○○●●韻○●○○●●句○○●●○●韻○○●○○●韻●○○讀●○○●韻●●●○○●句●○○●韻○●○○●●韻●●●讀○○●○●韻○●○○句○○●●韻

按：《補題》本調諸作，其字數、句式、句讀、協韻俱如上譜，唯平仄則未盡然，讀諸家詞即可知，如王沂孫首“紅甆候火”句是“平平仄仄”，譜作“●○●●”；又如王易簡首首句“烟嶠收痕”，馮應瑞首首句“枯石流痕”，俱是“平仄平平”，譜作“●●○○”。故知譜中有平而可仄者，有仄而可平者。

② 宛委山房：《補題》詞人相聚社課之處。宛委山房主人即《補題》編者

陳恕可。恕可號宛委居士。

③ 龍涎香：動物香料，抹香鯨腸道病變分泌物。

龍涎香極珍貴難得。張知甫（北宋末人，生卒未詳）《可書》"龍涎香"條："僕見一海賈，鬻真龍涎香。二錢，云三十萬緡可售鬻。時明節皇后閤酬以二十萬緡，不售。"蔡絛（蔡京次子，生卒未詳）《鐵圍山叢談》卷五："奉宸庫者，祖宗之珍藏也……時於奉宸中，得龍涎香二琉璃缶……香則多分賜大臣、近侍。其模製甚大而質古，外視不大佳。每以一豆火爇之，輒作異花氣，芬郁滿座，終日略不歇，於是太上（宋徽宗）大奇之，命籍被賜者，隨數多寡，復收取以歸中禁，因號曰'古龍涎'，爲貴也。"葉寘（南宋人，生卒未詳）《坦齋筆衡》"品香"條："有吴氏者，以香業于五羊城中，以龍涎著名，香有定價。家富日饗如封君。人自叩之，彼不急于售也。"龍涎香之貴重，於斯可見。

古人不識龍涎香，蓋又因"龍涎"之名，遂生出種種傳説。周去非（南宋末人，生卒未詳）《嶺外代答》卷七"寶貨門・龍涎"條："大食西海多龍，枕石一睡，涎沫浮水，積而能堅。鮫人采之以爲至寶。新者色白，稍久則紫，甚久則黑。因至番禺嘗見之，不薰不蕕，似浮石而輕也。人云龍涎有異香，或云龍涎氣腥能發衆香，皆非也。龍涎於香本無損益，但能聚烟耳。和香而用真龍涎，焚之一銖，翠烟浮空，結而不散，座客可用一翦分烟縷。此其所以然者，蜃氣樓臺之餘烈也。"事又見載南宋趙汝适（生卒未詳）《諸蕃志》卷下"龍涎"條。睡龍流涎、涎沫浮水、鮫人採香、海市蜃樓等諸般傳説，皆爲《補題》詞人所採。

今考《補題》詞人所詠者，非龍涎真品，實爲龍涎合香，即和以其他香料者。本題諸家之詠，除龍涎香外，尚有薔薇水、麝香、百和香、螺甲、沉水香等諸種香料。宋人香品以"龍涎香"爲名者不少，然多無龍涎香，陳敬（南宋人，生卒未詳）《陳氏香譜》卷二"凝和諸香"載諸龍涎香配方共廿五條，僅三條有龍涎香。

玉筒　王沂孫聖與①

孤嶠蟠烟，層濤蜕月，驪宫夜採〔一〕鉛水②。汛逝〔二〕槎風，夢深[三]薇露，化作斷魂心字③。紅甆候火[四]，還乍識、冰環玉指④。一縷縈[五]簾翠影，依稀海山[六]雲氣⑤。

幾回殢嬌[七]半醉。翦春燈、夜寒花碎⑥。更好故溪[八]飛雪，小窗深閉⑦。荀令如今頓老[九]。總忘却、尊前舊風味⑧。謾惜餘薰[十]，空篝素被⑨。

【校勘】

〔一〕"採"，底本原校"一作探"，南詞本、紅絲欄鈔本、汲古閣鈔本及四庫本作"探"。鈔本《玉笥詞》作"採"，《圖書集成》作"采"。按：《説文·手部》："探，遠取物也。"於義可通；《廣韻》"覃韻"他含切，平聲。吴則虞箋注《花外集》："此字有用平聲者，不如用仄爲是。"《天香》一調，《補題》諸家此句皆作"仄"。

〔二〕"汛逝"，底本原校"一作遠"，汲古閣鈔本、四庫本作"汛遠"；紅絲欄鈔本作"泥遠"，"泥"字形近"汛"而誤，當作"汛"。鈔本《玉笥詞》、《詞綜》、《圖書集成》及《歷代詩餘》作"訊遠"。按："汛"即"潮汛"，"訊"通"汛"，唯作"汛"於義爲長。

〔三〕"夢深"，紅絲欄鈔本脱"深"字，空一格。鈔本《玉笥詞》不脱。

〔四〕"候火"，南詞本"候"作"侯"，形近而誤。紅絲欄鈔本"火"作"大"，亦形近而誤。鈔本《玉笥詞》作"火"，不誤。

〔五〕"縈簾"，紅絲欄鈔本"縈"作"榮"，形近而誤。鈔本《玉笥詞》作"縈"，不誤。

〔六〕"海山"，鈔本《玉笥詞》、《詞綜》及《歷代詩餘》作"海天"。按："海山雲氣"應前"孤嶠蟠烟"，王易簡首亦有"海山風露"句。本詞起調曰"孤嶠蟠烟"，當作"海山"。

〔七〕"殢嬌"，鈔本《玉笥詞》作"滯嬌"。張相《詩詞曲語詞匯釋》卷五"尤殢"條:"又殢有滯留義,殢與滯可通,在《元曲選》中,亦見有滯,殢二字聯用者,特其義則與撒嬌放刁之嬌刁字爲近,與滯留義又無涉。"

〔八〕"故溪",紅絲欄鈔本脱"溪"字,空一格。

〔九〕"頓老",《歷代詩餘》作"顦顇"。

〔十〕"餘薰",四庫本、鈔本《玉笥詞》及《圖書集成》"薰"作"熏"。按:"薰"通"熏"。

【注釋】

① 玉笥王沂孫聖與:王沂孫,字聖與,號碧山、中仙、玉笥山人。生卒年難確考。元至元中任慶元路學政。蓋出仕蒙元,非其本意。玉笥山,在會稽(今浙江紹興)。李泰《括地志輯校》卷四"越州·會稽縣"條:"石簣山一名玉笥山,又名宛委山,即會稽山一峰也。在會稽縣東南十八里。"按:此條輯自唐人張守節《史記正義·太史公自序》"上會稽探禹穴"句注。

② 孤嶠:嶠,《廣韻》"笑韻",渠廟切,去聲。《爾雅·釋山》:"鋭而高,嶠。"孤嶠,孤峙之海島。《列子·湯問》,夏革謂渤海之東有岱輿、員嶠、方壺、瀛洲、蓬萊五仙山浮於海上,仙聖居焉,帝恐羣山流於西極,失羣聖之所居,乃命禹彊使巨鼇十五戴之,羣山始峙而不動,而龍伯之國有大人一釣而得六鼇,岱輿、員嶠逐流於北極,沉於大海。米芾(1051—1107)《漁家傲·金山》:"員嶠岱輿更贔屭,無根蔕,莫教龍伯邦人戲。"劉辰翁(1233—1297)《念奴嬌》:"員嶠波翻,瀛洲塵敗,吾屐能銷幾。"按:本詞起調二句有仙氣。

汪大淵(1311—1350)《島夷誌略》"龍涎嶼"條:"嶼方而平,延袤荒野,上如雲塢之盤,絶無田産之利,每值天清氣和,風作浪湧,群龍游戲,出没海濱,時吐涎沫於其嶼之上,故以得名。涎之色或黑於烏香,或類於浮石,聞之微有腥氣。然用之合諸香,則味尤清遠,雖茄藍木、梅花腦、檀、麝、梔子花、沉速木、薔薇水衆香,必待此以發之。此地前代無人居之,間有他番之人,用完木鑿舟,駕使以拾之,轉鬻於他國,貨以金銀之屬博之。"王易簡本題同賦有"烟嶠收痕"句，吕同老有"蜿蜒夢斷瑶島"句，李居仁有"瀛嶠浮烟"句。

蟠烟：雲烟蟠繞。《廣雅·釋詁》："蟠，曲也。"《淮南子·兵略訓》："大山名塞，龍蛇蟠"，高誘（東漢人，生卒未詳）注："蟠，冤屈也。"按："蟠"照應"龍"。《周易·乾文言》："雲從龍。"顧文薦（南宋人，生卒未詳）《負暄雜録》"龍涎香品"條："或云龍睡于石上，數月不起，起則有雲覆其頂。土人候其去則取之。"

蜕月：《説文·虫部》："蜕，蛇蟬所解皮也。"蜕月，謂層層波濤之上，月光映照，如龍蜕解之鱗片。按："蜕"亦照應"龍"；"層濤蜕月"與前"孤嶠蟠烟"對偶，繪景鮮明。

驪宫：驪龍之宫，龍睡焉。借用《莊子·雜篇·列御寇》故事："莊子曰：河上有家貧恃緯蕭而食者，其子没於淵，得千金之珠。其父謂其子曰：'取石來鍛之！夫千金之珠，必在九重之淵而驪龍頷下，子能得珠者，必遭其睡也。使驪龍而寤，子尚奚微之有哉！'"劉子翬（1101—1147）《邃老寄龍涎香二首》其一："瘴海驪龍供素沫，蠻村花露挹清滋。微参鼻觀猶疑似，全在爐烟未發時。"（一作楊炎正詩）《補題》詞人用此故事，以示龍涎香神秘珍貴，得來不易。周密本題同賦有"驪宫玉唾誰擣"句，馮應瑞有"驪宫夜蟄驚起"句。

鉛水：喻龍涎。李賀（790—816）《金銅仙人辭漢歌》："空將漢月出宫門，憶君清淚如鉛水"。《漢書·郊祀志上》：漢武帝"其後又作柏梁、銅柱、承露仙人掌之屬矣"。蘇林（東漢末年人，生卒未詳）注："仙人以手掌擎盤承甘露。"顔師古（581—645）注："《三輔故事》云：建章宫承露盤高二十丈，大七圍，以銅爲之，上有仙人掌承露，和玉屑飲之。蓋張衡（78—139）《西京賦》所云'立修莖之仙掌，承雲表之清露，屑瓊蕊以朝餐，必性命之可度'也。"此李賀詩之所本。

按："孤嶠"至"鉛水"三句虚擬採香情景。意謂海島之上，雲烟蟠繞，層濤映月，如龍蜕解之鱗片；驪宫之中，虬龍酣睡，方此月夜，探採龍涎。"鉛水"乃李賀所鑄偉詞。李詩序曰："魏明帝青龍元年（233）八月，詔宫官牽車西取漢孝武捧露盤仙人，欲立置前殿，宫官既拆盤，仙人臨載，乃潸然淚下。唐諸王孫李長吉，遂作《金銅仙人辭漢歌》。"然則"鉛水"者，亡國之淚也。後人多借李賀此詩典事以抒發亡國之痛，即所謂"金銅鉛淚"是也，王沂孫此詞亦然。"驪宫夜採鉛水"，謂龍涎香竟是以亡國之淚製成。《補題》詞人用李賀詩者，尚有周密與張炎二家；非唯此題此調用之，《水龍吟》賦白蓮與《齊天樂》賦蟬亦用之。

③ 汛逝槎風：汛，潮汛。槎即楂，《廣韻》"麻韻"："水中浮木"，指採龍涎用之小舟木筏。乘槎隨海潮遠去，是借用天河通海故事。西晉張華（232—300）《博物志》卷十："舊説云：天河與海通。近世有人居海渚者，年年八月有浮槎去來，不失期。人有奇志，立飛閣於查上，多齎糧，乘槎而去，十餘日中，猶觀星月日辰，自後芒芒忽忽亦不覺晝夜。去十餘日，奄至一處，有城郭狀，屋舍甚嚴。遥望宫中多織婦，見一丈夫牽牛渚次飲之。牽牛人乃驚問曰：'何由至此？'此人具説來意，并問此是何處，答曰：'君還至蜀都訪嚴君平則知之。'竟不上岸，因還如期，後至蜀，問君平，曰：'某年月日有客星犯牽牛宿。'計年月，正是此人到天河之時也。"前引汪大淵《島夷誌略》謂龍涎嶼無人居之，"間有他番之人，用完木鑿舟，駕使以拾之（龍涎）"，故王沂孫借用天河通海故事。龍涎本已神秘，有人採之則更見奇異。採香之人，想亦乘槎隨潮而去，其神異一如上天河。王沂孫："汛逝槎風"，王易簡："孤槎萬里春聚"，李居仁："萬里槎程"，《補題》詞人用此故事，以見龍涎香之神秘難得。

薇露：薔薇水，香料一種，用薔薇花蒸製而成。周去非《嶺外代答》卷三"大食諸國"條謂薔薇水產自大食，故前引劉子翬詩有"蠻村花露"之句。蔡絛《鐵圍山叢談》卷六："舊説薔薇水乃外國采薔薇花上露水，殆不然，實用白金爲甑，采薔薇花蒸氣成水，則屢采屢蒸，積而爲香，此所以不敗。但異域薔薇花氣馨烈非常，故大食國薔薇水雖貯琉璃缶中，蠟密封其外，然香猶透徹，聞數十步。灑著人衣袂，經十數日不歇也。"《陳氏香譜》卷二載有"楊古老龍涎香"配方，其中即用薔薇水。按：薔薇水亦難得，故古人又代以素馨或茉莉。

斷魂：感極而悲，魂爲之斷。此處形容龍涎香氣足可動人心魄，俾人想起種種前塵往事，魂亦爲之斷矣。

心字：即龍涎心字香。《陳氏香譜》卷四“香篆”條：“鏤木爲篆紋，以之範香塵，然於飲食或佛象前，有至二三尺徑者，香藹雕盤。”楊萬里（1127—1206）《謝胡子遠郎中惠蒲大韶墨報以龍涎心字》：“送以龍涎心字香，爲君興雲繞明窗。”楊慎（1488—1559）《詞品》卷之二“心字香”條謂詞家多用心字香，並引范成大（1126—1193）《驂鸞録》“番禺人作心字香”之説，釋曰：“所謂心字香者，以香末縈篆成心字也。”彭大翼（1552—1643）《山堂肆考》卷一百六十一“一剪梅”條亦載是説，應鈔自楊慎。前引葉寘《坦齋筆衡》“品香”條謂“有吴氏者，以香業于五羊城中，以龍涎著名”，吴氏或即此番禺人，故吴曾《能改齋漫録》卷十六“玉瓏璁詞”條記有士人身陷河南不返者，接友人詩“且附以龍涎香”，遂酬之一絶，有“認得吴家心字香”句。按：“番禺人作心字香”云云，不見今本《驂鸞録》，或爲佚文，而見於周去非《嶺外代答》卷八“花木門・泡花”條，作“番禺人吴宅作心字香”。唐藝孫本題同賦有“縹緲結成心字”句，李居仁有“幾度試拈心字”句。

按：“汛逝”至“心字”三句寫製香，意謂採香人乘槎憑風，隨潮遠去，採得龍涎歸，和以薔薇水，製成龍涎心字香，如夢如幻，動人心魄。香氣觸動詞人之心，俾其想起前塵往事，有足傷懷者，故曰“斷魂”。前事爲何，詞人未有明言，而足以“斷魂”者，以上片言，唯前文“鉛水”一事而已，可知“斷魂”實應前“鉛水”句；以下片言，“斷魂”應指佳人殢嬌剪燈諸句。

④ 紅甆候火：紅甆，盛龍涎香之甆盒，紅色，故曰紅甆。據《陳氏香譜》，研製合香，須將諸香料研和加工，然後入甆器窨乾。窨，窖藏。候火，唐圭璋《宋詞三百首箋注》：“及時之火。”詹安泰《花外集箋注》：“恰到好處之火候也。吕同老本題同賦：‘金篝候火，無似有，微熏初好。’”按：詹説是。楊萬里《燒香七言》：“不文不武火力匀”，即謂燒香須用恰到好處之火候。

冰環玉指：唐圭璋《宋詞三百首箋注》：“香餅形狀如環如指。”據《陳氏香譜》，合香可用花子（模範）製作諸種形狀，龍涎香亦然，《陳氏香譜》卷二載古龍涎香配方三條，第二條即曰："任意造作花子佩香及香環之類。"本題同賦詞人詠及香餅形狀不少，周密首："寶玦"、"珮環"；唐藝孫首："纖指"、"雙環"；李彭老首："葉翻蕉樣"。

⑤ 一縷縈簾翠影：焚爇之龍涎香一縷升起，在簾幕間縈迴不散。前引《嶺外代答》"龍涎"條謂："焚之一銖，翠烟浮空，結而不散，座客可用一剪分烟縷。"

依稀海山雲氣：喻升起之龍涎香，依稀是從前海山之間雲烟霧氣也。前引《嶺外代答》"龍涎"條謂龍涎香"結而不散"，是"蜃氣樓臺之餘烈也"，海山雲即此餘烈。即所謂"蜃氣樓臺之餘烈"之意。按：此句應起調"孤嶠蟠烟"句。又按："一縷"二句，本題諸家多作對偶，唯王沂孫此處不然。

按："紅甆"至"雲氣"四句寫焚香。意謂龍涎香形狀如環如指，藏於紅甆盒中。焚爇龍涎香，香爐火力均勻，不文不武；一縷翠烟冉冉升起，於簾幕間縈迴不散，依稀是從前海山間雲烟霧氣。"海山雲氣"句應起調"孤嶠"顯然。

又按：龍涎香乃眼前實物，而採香製香諸句、"海山雲氣"句，寫來如夢似幻，皆虛擬想像之辭，無有實事，此可謂以虛筆寫實物也。

⑥ 殢嬌半醉：佳人半醉撒嬌。殢，《廣韻》"霽韻"，他計切，又呼計切，去聲，極困也。張相《詩詞曲語詞匯釋》卷五"尤殢"條："殢字爲糾纏不清之義，與泥人之泥字義同；然唐人詩中亦有用爲滯留義。"又云："又秦觀《夢揚州》詞：'殢酒困花，十載爲誰淹留。'殢與困對舉，殢有困義，與《玉篇》困極之訓亦通。又殢有滯留義，殢與滯可通，在《元曲選》中，亦見有滯殢二字聯用者，特其義則與撒嬌放刁之嬌刁字爲近，與滯留義又無涉。"宋揚无咎（1097—1169）《醉落魄·龍涎香》："幾回殢酒襟懷惡。"按："殢嬌"句至"小窗深閉"是追憶。

翦春燈夜寒花碎：花，燈花，燈心餘燼也。翦春燈即翦燈花，使燈更明亮也。李商隱《夜雨寄北》："何當共剪西窗燭，却話巴山夜雨時。"

⑦ 小窗深閉：《陳氏香譜》卷一"焚香"條引《香史》："焚香必於深房曲

室”。楊萬里《燒香七言》:“不文不武火力匀,閉閤下簾風不起。詩人自炷古龍涎,但令有香不見烟。”古人焚香,必在深房曲室,且閉閤下簾,無使風吹散香氣,“小窗深閉”,亦此意。

按:“幾回”至“深閉”四句觸景生情,借焚香寫回憶,是有幾回春寒夜悄,佳人半醉撒嬌,與我共翦燈花。更好是,故鄉溪畔,細雪紛飛;深房之中,閉窗焚香。如此旖旎韶光,莫可忘懷。

又按:沈義父(生卒未詳)《樂府指迷》謂詠花“而不著些艷語,又不似詞家體例,所以爲難”。以花喻人,以人喻花,乃詩家慣技,故詠花須著“艷語”;紅袖添香亦詩家詞人所慣詠者,詠龍涎香亦不妨“著些艷語”。“艷語”可直用以賦寫所詠之物,而“艷語”則多以比喻或擬人出之;然詠物詞之“艷語”亦可用以摹寫佳人綺思,若此,則“艷語”與佳人俱用以襯託所詠物象也。本題非唯王沂孫有“殢嬌半醉”之“艷語”,周密亦有“一縷舊情”句、“悵朱閣淒涼夢難到”句,李居仁有“素手金篝春情未老”句,此皆“著些艷語”之“詞家體例”,俱是襯託之辭。是故《補題》“艷語”,是真是假,不必拘泥,以賦讀之固可,以比興讀之亦可。若與王詞上片“鉛水”、“斷魂”諸句並觀,則“殢嬌半醉”之句,似以比興讀之爲宜。

又按:殢嬌剪燈者,虛造之綺語,借以象徵往昔承平也。王沂孫以徵實之筆寫虛構之事,借虛構之事寫真摯之情,運筆與上片以虛筆寫實物不同。

⑧ 荀令如今頓老:《藝文類聚》卷七十“香爐”條引《襄陽記》曰:“劉季和性愛香,嘗上厠還,過香鑪上。主簿張坦曰:‘人名公作俗人,不虛也。’季和曰:‘荀令君至人家,坐處三日香。爲我如何令君,而惡我愛好也?’坦曰:‘古有好婦人,患而捧心嚬眉,見者皆以爲好;其隣醜婦法之,見者走。公便欲使下官遁走耶?’季和大笑,以是知坦。”荀令即荀彧(163—212),傅玄(217—278)《傅子》以爲“大賢君子”。陳壽(233—297)《三國志·荀彧荀攸賈詡傳》評:“荀彧清秀通雅,有王佐之風,然機鑒先識,未能充其志也。”後人以荀令代愛香者,非唯愛香,且風流藴藉也。吴文英(約1200—1260)《天香》:“荀令如

今老矣。但未減、韓郎舊風味。遠寄相思,餘熏夢裏。”吴詞一題“薰衣香”,《歷代詩餘》及《圖書集成》題“龍涎香”。按:《補題》諸家本題詠及荀令與韓郎者,尚有周密“誰念韓郎清愁漸老”句,吕同老“荀令風流未減”句,李彭老“荀令如今憔悴”句。諸家所詠,當受吴文英啓發,蓋以荀令自喻,感歎韶華老去,撫今追昔也。此句至末,筆勢陡跌,由追憶重返現實,大有今昔盛衰之慨。

⑨ 謾惜餘薰:謾,徒然。按張相《詩詞曲語詞匯釋》卷二“漫(一)”條附“謾”,謾有“胡亂”、“徒然”、“空然”、“枉然”諸義。餘薰,謂龍涎香已消盡,只剩餘香也。

空篝素被:篝,《説文·竹部》:“答也,可以熏衣”,即熏籠。古人以熏籠覆香爐,再攤展衣被於上,以薰染其香。空篝,空熏籠也。龍涎香已消盡,故空,只剩素被而已。

按:“荀令”至“素被”四句陡落目前,殆非回憶。以荀彧自喻,意謂舊日繁華,驟然消散,如今大夢忽覺,情懷頓老,但見龍涎香已消竭,徒有空篝素被,餘香裊裊。

【輯評】

許昂霄《詞綜偶評》:“諸香龍涎爲最,出大食國。近海旁常有雲氣罩山間,即知有龍睡其下。或半載,或一二載,土人更相守視,候雲散則龍已去,往必得龍涎。又一説,大洋海中,龍在其下,湧出之涎,爲日所爍成片,風漂至岸,人得取之。”

鄧廷楨《雙硯齋詞話》:“王聖與工於詠物,而不滯色相。如《天香》詠龍涎云:‘汛遠槎風,夢深薇露,化作斷魂心字。’‘荀令如今頓老,總忘却、樽前舊風味。’……皆態濃意遠,如曳五銖。”

陳廷焯《雲韶集》卷九:“起八字高,字字閒雅,斟酌於草窗、西麓(陳允平)之間。亦有感慨,却不迫切,深款處得風人遺旨。”

陳廷焯《白雨齋詞話》卷二:“碧山《天香》[龍涎香]一闋,莊希祖云：'此詞應爲謝太后作。前半所指，多海外事。'此論正合余意。惟後疊云：'荀令如今漸老，總忘却尊前舊風味。'必有所興。但不知其何所指。讀者各以意會可也。"

徐珂校訂《天蘇閣叢刊》本《樂府補題》："一縷"至"雲氣"連點。"尊前舊風味"句圈。"謾惜"至"素被"連點。按：徐珂《天蘇閣叢刊》本《樂府補題·序》："……並遵吾師譚復堂〔譚獻，1832--1901〕先生遺恉，於其體物瀏亮者，用連點；託物寓意者，用句圈（又按：原書誤作"圍"），至連圈；則比興深遠，辭旨高奇，可以觸類引伸，尤可通知人論世之學。其句之沾滯或滑易者，則於每末字之旁，以點別之。"後引徐珂圈點即此。

俞陛雲《唐五代兩宋詞選釋》："詠物工細之作，唐五代以來絶少，南宋較多。此調前半體物瀏亮，後半即物寓情，詠物之名作也。起筆切合而極凝鍊，'蟠'字、'蛻'字尤工。'縈簾'二句狀香痕蕩漾，而以海山雲氣關合本題，在離合之間。後四句藉香以寓身世今昔之感，開合有致。"

夏承燾《樂府補題考·後記二》："《補題》第一首王沂孫《天香》賦龍涎香云：'一縷縈簾翠影，依稀海山雲氣。'或疑是指厓山覆亡事，非詠六陵。予案吕同老此題結云：'待寄相思，仙山路杳'，李居仁亦云：'萬里槎程''隱約仙舟路杳'，亦指厓山；《補題》諸家詠六陵，皆不限于六陵，或故意亂以他辭；其寄慨亡國，涉及厓山，尤情所應有；不能因此疑其與六陵無關。往年予友吴則虞箋注王沂孫《花外集》，亦以此爲疑；嘗爲書答之，爰補記于此。一九五六年六月，杭州梅東高橋。"

吴則虞箋注《花外集》："莊希祖以爲謝太后北遷事；周止庵始

以爲《白蓮》諸詠指發六陵事，夏瞿禪教授作《樂府補題考》益張其説，且引此詞'驪宫夜探鉛水'句爲證，是以此詞爲發宋陵而作也。謝后無北遷事，王觀堂考辨甚詳，固不足信。厲樊榭《論詞絶句》：'頭白遺民涕不禁，補題風物在山陰；殘蟬身世香蓴興，一片冬青塚畔心。'所謂'冬青塚畔心'者，言作者丁桑海之會不忘故君故國，非謂《補題》諸作盡指發六陵之一事言也。適作年在發陵之先後，而玉潛又適爲植樹瘞骨之人，以此宛委盍簪，似盡爲越陵而作，以一賅全，致遠恐泥。《蟬》、《蓴》諸什，頗似清初之《秋柳》、《秋草》，題雖一而託意各殊，發陵則特其一端耳。《天香》一闋，王易簡：'烟嶠收痕，雲沙擁沫，孤槎萬里春聚。'吕同老：'蜿蜒夢斷瀛島。待寄相思，仙山路杳。'李居仁：'萬里槎程，隱約洲舟路杳。'與碧山此作，疑指帝昺厓山之事。龍涎香產自海嶠，龍爲人君之象，地即瀛澥之鄉，龍歸大海，而龍失其靈，蜕月蟠烟，殆謂此耶？"

詹安泰《花外集箋注》："莊希祖謂：'此詞爲謝太后作，前半所指多海外事。'按謝、全兩后赴北事在德祐二年丙子（至元十三年），僅一渡瓜州，無與海南事。若以指謝后視錢塘事亦不類。當時王婉儀題詞壁上，亦無一語及海上事（見《東園友聞》及《輟耕録》）。莊説未確。周密《癸辛雜識》載：'張世傑之戰海上也，嘗與祥興之主約曰：'萬一事不可爲，則老臣必死於戰。有沈香一株重千餘兩，是時當焚此香爲驗。或當烟及御舟，宜速爲之所，無墮其計。'及崖山之敗，張儼然立船頭，焚香拜天曰：'臣死罪無以報國，不能翊運輔主。惟天鑒之！'尚有將佐三十餘人，亦立其後。如此者一晝夜，從者亦聳立不動。既而北師擁至，篙師皆以小舟逃去，風起浪湧，舟遂沉。'碧山此詞或係詠宋亡事。'孤嶠'兩句指帝昺之來南海崖山也。‘泛遠’三句，指世傑、秀夫等以舟師謀匡復也。‘一縷’兩句，指沉香爲驗及焚香禱祝事也。至後闋則似追溯亡國之由賈似道流連湖山縱欲淫樂事。所謂‘殢嬌半醉，翦春燈夜寒花碎。更好故溪飛雪，小窗深閉’，殆皆指秋壑在葛嶺時之情狀。亦猶德祐太學生《百字令》之以‘新塘楊柳，小蠻猶自歌舞’之指賈妾也。‘故溪飛雪’荒寒，又念‘小窗深閉’。‘日坐葛嶺取舊宮人及娼尼淫戲無晝夜，惟故博徒得闌入’之意寓焉。至‘荀令’以下，則正秋壑建醮青詞中所云：‘四十年勞悴，悔不爲留侯之保身，三千里流寓，猶恐置霍光於赤族。’(《三朝野史》)及遠謫南荒時情況也。”

唐圭璋《唐宋詞簡釋》：“此首詠龍涎香，上實下虛，語語凝練，脉絡分明，旨意當有寄託。‘孤嶠’三句，言龍涎產地。‘汛遠’三句，言采之製香。‘紅甆’兩句，言焚香之具與香之形狀。‘一縷’兩句，寫香氣散漫。此上片將香之始末俱已寫盡。下片乃提空另寫，逆入情事。‘幾回’兩句，憶昔日焚香之時；‘更好’兩句，憶昔日焚香之地。‘荀令’兩句，跌轉今情，純學白石‘何遜而今漸老，都忘卻、春風詞筆’句法。末以惜香之意作結。”

常國武《碧山、草窗、玉田三家詞異同論》：“上片遣詞造句的瓏密、晦澀，顯然奪胎於夢窗《瑣窗寒》的上闋：‘紺縷堆雲，清腮潤玉，氾人初見。蠻腥未洗，海客一懷悽惋。渺征槎、去乘閬風，占香上國幽心展。遺芳掩色，真姿凝澹，返魂騷畹。’而下片的‘荀令’兩句，既借用白石《暗香》的‘何遜而今漸老，都忘卻、春風詞筆’，更何嘗不是套胎於夢窗《天香》‘荀令如今老矣，但未減、韓郎舊風味’的成句。由於堆垛辭語典實，又涉及海、龍，以致有清以來，常有人懷疑其中大有深意：或以爲指謝太后北遷事(陳廷焯《白雨齋詞話》引莊希祖語),或以爲隱指會稽六陵被發事(參見夏承燾《樂府補題考》)。其實此詞只是先以穠筆對龍涎香的產地、原料、加工、形制以及焚爇時的可愛景象作了生動、形象的描述,然後由此勾起對當年焚香之際足以懷念的女子、環境與情事的回憶,結尾再抒寫往事不可復追的悲哀悵惘,並不一定有多少政治上的寓託。然而因爲這首詞披上了炫人眼目的層層金縷玉衣,加之'荀令'句前以大量篇幅和穠筆重彩極寫往日的歡樂愉悦,之後又突然陡落,極今日的淒涼索寞,在'以樂景寫哀情,一倍增其哀樂'(王夫之《薑齋詩話》)的反襯手法和特殊效果中,更容易使讀者疑神疑鬼,彷彿猜燈謎的去尋幽探勝,甚至不惜穿鑿附會務求句句坐實而後快。"

黄兆顯《樂府補題研究及箋注》:"起三句,鮫人採香,汛逝五句製香,一縷三句燒香。過片從燒香著筆。荀令兩句自寫,意在言外,其撫今追昔耶! 結二句言世無知己;用惜空二字可以概見。夏承燾氏以爲賦龍涎香八首喻帝,特標驪宫夜採一句。全篇可從此著眼,思過半矣。"

于溯、程章燦《細炙龍涎幾品香?》:"《金銅仙人辭漢歌》寫盡故國之感,王沂孫《天香》用之,正是爲了兼用長吉詩意,這是很明顯的。甚至爲了更好地照應金銅仙人詩,王沂孫也在自己的句子裏加入月的意象;李賀寫漢宫,王沂孫就用驪宫—'孤嶠蟠烟,層濤蜕月,驪宫夜采鉛水'一句,簡直是李賀與劉子翬的奇妙碰撞造就的海上版《金銅仙人辭漢歌》。"

蘋洲　周密公謹[①]

碧腦浮冰,紅薇染露,驪宫玉唾誰擣〔一〕[②]。麝月雙心,鳳雲百和，寶玦〔二〕珮環爭巧③。濃薰〔三〕淺炷④，疑醉度、千花春曉。金餅著衣餘潤，銀葉透簾微裊⑤。　素被瓊篝〔四〕夜悄。酒初醒、翠屏深杳〔五〕⑥。一縷舊情空趁、斷烟飛繞⑦。羅袖餘馨漸少。悵朱閣、淒凉夢難〔六〕到。誰念韓郎，清愁漸老〔七〕⑧。

【校勘】

〔一〕“擣”，紅絲欄鈔本作“揭”，形近“搗”而誤。《詞綜》、四庫本、《歷代詩餘》作“搗”。《正字通·手部》：“搗，俗擣字。”

〔二〕“玦”，鈔本《草窗詞》、《詞綜》、《歷代詩餘》作“釧”。

〔三〕“薰”，南詞本、紅絲欄鈔本、汲古閣鈔本、四庫本、《詞綜》、《圖書集成》、《歷代詩餘》“薰”作“熏”。鈔本《草窗詞》作“薰”。

〔四〕“篝”，鈔本《草窗詞》誤作“鞲”。

〔五〕“杳”，底本原校“一作窈”。紅絲欄鈔本、汲古閣鈔本、四庫本、《歷代詩餘》作“窈”。《詞綜》、《圖書集成》作“窅”。

〔六〕“難”，紅絲欄鈔本脱。

〔七〕“老”，南詞本誤作“少”。

【注釋】

① 蘋洲周密公謹：周密（1232—1298），字公謹，號草窗、蘋洲、四水潛夫、弁陽老人。宋恭帝德祐元年（1275）任義烏令。次年臨安城陷。宋亡後隱居不仕，以遺民終身。周密著作甚豐，今傳世有詩集《草窗韻語》、詞集《蘋洲漁笛譜》、《草窗詞》、筆記雜著《齊東野語》、《武林舊事》、《癸辛雜識》、《志雅堂雜鈔》等多種。

② 碧腦浮冰：即龍腦香。李賀《春懷引》：“鈿合碧寒龍腦凍”。《陳氏香

譜》卷一"龍腦香"條:"《唐本草》云:出婆律國,樹形似杉木,子似荳蔻,皮有甲錯。婆律膏是根下清脂;龍腦是根中乾脂。味辛香入口。"又云:"《圖經》云:南海山中亦有此木。唐天寶中,交阯貢龍腦皆如蟬蠶之形。彼人言,有老根節方有之,然極難。禁中呼瑞龍腦。帶之衣衿,香聞十餘步。今海南龍腦多用火煏成片。其中容僞。"同卷"羯布羅香"條:"《西域記》云:其樹松身異華,花果亦别。初採既濕,尚未有香;木乾之後,循理而折之,其中有香狀如雲。乾之後,色如冰雪,亦龍腦香。"龍腦香"用火煏成片","色如冰雪",故曰"浮冰"。《陳氏香譜》載龍涎香廿五條配方中,用龍腦香者十條,故古人又以碧腦借代龍涎香。元人謝宗可(生平無考)《龍涎香》:"瀛島蟠龍玉吐凝,輕氛飛繞博山青。暖浮蛟窟潮聲怒,清徹驪宫蟄睡醒。碧腦盈箱收海氣,紅薇滴露洗雲腥。雨窗篝火濃熏被。夢駕蒼鱗上帝庭。"龍腦香又名冰片、冰腦、片腦,故吕同老本題同賦云:"冰片鎔肌",李彭老云:"清潤俱饒片腦",李居仁云:"付與露薇冰腦"。

紅薇染露:薔薇水。詳王沂孫首注釋③"薇露"條。

驪宫玉唾誰擣:驪宫,詳王沂孫首注釋②"驪宫"條。"玉唾",龍涎。"擣",製香工序之一。《陳氏香譜》卷一"擣香"條引《香史》:"香不用羅,量其精粗,擣之使匀,太細則烟不永,太粗則氣不和,若水麝婆律,須别器研之。"

③ 麝月:即月,月色微黄,如焚爇時之麝香,故云。陳張正見(? —575?)《艷歌行》:"裁金作小靨,散麝起微黄"。麝月,亦茶餅名。周密以喻龍涎香餅形圓如滿月也。清沈自南《藝林彙考·飲食篇》卷七:"《丹鉛録》:蔡松年小詞:'(喜)銀屏、小語私分,麝月春心一點。'麝月,茶名。麝言香,月言圓也。或説麝月是畫眉香煤,亦通,但下不得分字。又《中州樂府》載党懷英茶詞云:'紅莎緑蒻春風餅,趁梅驛、來雲嶺。'金國明昌大定時文物已埒中國,而製茶之精如此。金人風味,可補《北苑貢茶録》之缺。"蔡詞調寄《尉遲盃》,見周密《絶妙好詞》卷二;党詞調寄《青玉案》。另詳王沂孫首注釋④"冰環玉指"條。

雙心:香餅形狀之一。宋揚无咎(1097—1169)《醉落魄·龍涎香》:"雙心小萼，瑞爐慢炷烟初著。”另詳王沂孫首注釋④“冰環玉指”條。

鳳雲百和：鳳雲，香餅形狀如鳳如雲。百和，即百和香。指龍涎香含各種香氣。前引蔡絛《鐵圍山叢談》卷五謂龍涎香“每以一豆火爇之，輒作異花氣，芬鬱滿座，終日略不歇”。《陳氏香譜》卷一“百和香”條：“《漢武内傳》云：帝於七月七日設坐殿上，燒百和香，張罽錦幃，西王母乘紫雲車而至。”李彭老本題同賦：“風酣百和花氣”。另詳王沂孫首注釋④“冰環玉指”條。

寳玦珮環：龍涎香餅形狀如玦如環。另詳王沂孫首注釋④“冰環玉指”條。

按：“碧腦”至“爭巧”六句寫製香。意謂以冰腦片與薔薇水和合百香，擣製龍涎香餅，其狀如圓月，如雙心，如鳳如雲，如玦如環，皆爭奇鬥巧。

④ 濃薰淺炷：龍涎香香氣濃烈，故淺炷即可，見前引蔡絛《鐵圍山叢談》卷五。

⑤ 金餅著衣餘潤：謂以龍涎香熏衣，衣衫尚微有濕潤也。金餅，喻龍涎香餅。著衣，謂熏衣。《陳氏香譜》卷一“熏香”條：“凡欲薰衣，置熱湯於籠下，衣覆其上，使之沾潤，取去，别以爐爇香。熏畢，疊衣入篋笥，隔宿衣之，餘香數日不歇。”由是衣衫有餘潤也。

銀葉：香器之一。《陳氏香譜》卷一“焚香”條：“焚香必於深房曲室，矮卓置爐，與人膝平，火上設銀葉，或雲母，製如盤形，以之襯香，香不及火，自然舒慢，無烟燥氣。”楊萬里《燒香七言》：“削銀爲葉輕如紙”。置銀葉於爐中襯香，用以隔火，香不爲火燃及，使無烟燥氣。“焚香必於深房曲室”者，爲使香不易消散；《燒香七言》“閉閤下帘風不起”，即此意。《燒香七言》：“詩人自炷古龍涎，但令有香不見烟”，然周密則言“銀葉透簾微裊”，是焚爇效果微有不同。“銀葉”句，謂龍涎香從銀葉間裊裊升起，即使深房曲室，閉閤下帘，香氣亦從簾間透出。

按：“濃薰”至“微裊”四句寫焚香。意謂淺炷龍涎，濃香四溢。我今品之，如帶醉度過千花盛開之春晨。烟縷自銀葉間裊裊升起，透出簾間，而衣衫著香，尚有餘潤也。

⑥ 素被瓊篝:指熏被。詳王沂孫首注釋⑨"空篝素被"條。

翠屏深杳:翠屏,即翡翠屏風。深杳,深邃幽暗,屏風圍合故也。古人有床上折叠屏風,繞床安裝,上可飾以各種圖案,可以圍合或開啓,隨時裝卸。王琚(656—746)《美女篇》:"屈曲屏風繞象床,萎蕤翠帳綴香囊",屏風繞床,故"深杳"。

按:古人有床上幃中焚香之習,故有帳中香、幃中香。《陳氏香譜》卷二有"江南李主帳中香"配方四條、"蘇州王氏幃中香"配方一條、"開元幃中衙香"配方一條。黄庭堅(1045—1105)《有惠江南帳中香者戲答六言二首》其二:"欲雨鳴鳩日永,下帷睡鴨春閒"。"睡鴨",即鴨形香爐,置於屏幃之内。和凝(898—955)《何滿子》:"却愛熏香小鴨,羨他長在屏幃。"五代顧敻(生卒未詳)《虞美人》:"小屏屈曲掩青山,翠幃香粉玉爐寒。"所詠皆然。床上幃中可焚香,亦可熏衣被,故有被中香爐及香毬之製。《陳氏香譜》卷四"被中香爐"條引《雜記》:"長安巧工丁緩作被中香爐,亦名卧褥香爐。本出房風,其法後絶。緩始更爲之機環運轉四周,而爐體常平可置於被褥,故以爲名。今之香毬是也。"床上幃中焚香熏被,唐宋人早已詠及。白居易(772—846)《秋雨夜眠》:"灰宿温瓶火,香添暖被籠。"五代張泌(生卒未詳)《浣溪沙》:"翡翠屏開綉幄紅,謝娥無力曉妝慵,錦帷鴛被宿香濃。"五代尹鶚(生卒未詳)《秋夜月》:"黄昏慵别,炷沉烟,熏綉被,翠帷同歇。"舊題周邦彦(1056—1121)《蘇幕遮》:"翠屏深,香篆裊。"周密所謂"素被瓊篝","翠屏深杳",應是當時宋人生活實況。

⑦ 斷烟飛繞:詳王沂孫首注釋⑤"一縷縈簾翠影"條。

按:"素被"至"飛繞"五句寫酒醒所見。意謂静夜酒醒,醉眼初開,但見熏籠素被,屏風深曲;夢中一縷舊情,空隨龍涎輕烟,縈繞不散。"一縷"者,亦情亦香,蓋烟縷飛繞可見,而情寄烟縷則可感。

⑧ 羅袖餘馨漸少:應前"金餅著衣餘潤"句。

悵朱閣凄凉夢難到:朱閣,繫念之人所居也。夢難到朱閣,故惆悵凄凉,應前"一縷舊情"句。宋徽宗(1082—1135)《宴山亭·北行見杏花》:"天遥地遠，萬水千山，知他故宫何處。怎不思量，除夢裏、有時曾去。無據。和夢也、(一作新來)不做。”徽宗去國悲凉，溢於言表，周密此句，作意容或有異，而筆法運意則與之彷彿。

按：李昉(925—996)等《太平廣記》卷六十八引《靈怪集》郭翰與織女故事：上帝賜命織女游人間，織女遂與郭翰歡會。織女初降時，香氣漸濃。薦以同心龍腦之枕。後因帝命有程，便成永訣。明年致書翰，附二絶，曰：“河漢雖云濶，三秋尚有期；情人終已矣；良會更何時？”又曰：“朱閣臨清漢，瓊宫御紫房。佳期情在此，只是斷人腸。”翰酬詩二首，曰：“人世將天上，由來不可期。誰知一廻顧，交作兩相思。”又曰：“贈枕猶香澤，啼衣尚淚痕；玉顏霄漢裹，空有往來魂。”周詞字面或由此來。另参明慎懋官《華夷花木鳥獸珍玩考·珍玩續考》卷十一：“宋代宫燭，以龍涎香貫其中，而以紅羅纏炷，燒燭則灰飛而香散，又有令香烟成五彩樓閣，龍鳳文者。”周密難夢“朱閣”之句，或因龍涎宫燭可成“五彩樓閣”而得啓發，再合織女故事寫成。

又按：陶宗儀(1329—约1412)《南村輟耕録》卷二十“宋幼主詩”條：“‘寄語林和靖，梅花幾度開。黄金臺下客，應是不歸來。’此宋幼主在京都所作也。始終二十字，含蓄無限淒戚意思，讀之而不興感者幾希。”周詞之朱閣，即宋幼主詩之黄金臺歟？周詞命意，即在此歟？

韓郎：《世説新語·惑溺第三十五》：“韓壽美姿容，賈充辟以爲掾。充每聚會，賈女於青璅中看，見壽，説之。恒懷存想，發於吟詠。後婢往壽家，具述如此，并言女光麗。壽聞之心動，遂請婢潛修音問。及期往宿。壽蹻捷絶人，踰墻而入，家中莫知。自是充覺女盛自拂拭，説暢有異於常。後會諸吏，聞壽有奇香之氣，是外國所貢，一箸人，則歷月不歇。充計武帝唯賜己及陳騫，餘家無此香，疑壽與女通，而垣墻重密，門閤急峻，何由得爾？乃託言有盗，令人修墻，使反曰：‘其餘無異，唯東北角如有人跡。而墻高，非人所踰。’充乃取女左右婢考問，即以狀對。充秘之，以女妻壽。”周密用韓壽事以自喻，亦愛香之意，藉龍涎香以抒懷也。另参王沂孫首注釋⑧引吴文英《天香》句。周密“韓郎”句意謂昔日風流藴藉，如今已老，撫今追昔，往事如烟，舊情不再，空餘滿懷清愁而已。運意與王沂孫“荀令”諸句相仿。

按："羅袖"至"漸老"四句寫香氣漸散，夜長不寐。意謂衣上香氣漸歇，已堪惆悵矣，然最堪惆悵淒凉者，是長夜無眠，難夢到朱閣也；如今我是漸老韓郎，滿懷清愁，誰復顧念我哉？意者，朱閣乃一縷舊情之所繫，而居朱閣者誰，詞人不曾言明，若以朱閣佳人喻宋君，則夢不到朱閣，即無緣再朝故君矣，其惆悵淒凉可知也，况復已届遲暮之年耶？以佳人喻君，乃詩家詞人慣技，遠紹屈原香草美人。《補題》諸家直承臨安詞人騷雅詞學觀，不唯文辭雅麗，且亦義取詩騷，《補題》諸作"艷語"，宜以比興讀之。"朱閣夢難到"句，應前"一縷舊情"句，頗有繁華如烟，故君難見之意。

【輯評】

徐珂校訂《天蘇閣叢刊》本《樂府補題》："疑醉度"至"春曉"連點。"一縷"二句，句圈。"悵朱閣"至"難到"連圈。

黄兆顯《樂府補題研究及箋注》："起六句取涎製香，濃薰四句燒香。過片三句從燒香開出，一縷四句撫今追昔，結二句幽懷無限。全首結構與碧山同，夏氏以爲驪宫玉唾一句亦指宋帝，則兒女之情君臣之私，可於此見。"

沙靈娜《宋遺民詞選注》："這首詞與前面《水龍吟·白蓮》均爲元僧發宋陵事而作。夏承燾《樂府補題考》引周密《癸辛雜識》：'楊璉真伽發陂，以理宗含珠有夜明，倒懸其屍樹間，瀝取水銀，如此三日夜，竟失其首'，説：'此龍涎香所賦採鉛、擣唾之本事也。'本詞上片借敘述龍涎香的製作過程，暗喻宋陵被發、寶物被盜事。下片'一縷舊情，空趁斷烟飛繞'、'悵朱閣、淒凉夢難到'寫出對故國無限思戀、夢繞魂縈的悽惻之情。"（按：發陵説肇自厲鶚《論詞絶句》

"一片冬青塚畔心"之句,厲鶚自注:"《樂府補題》一卷,唐義士玉潛與焉。"黄樹榮《樂府補題跋》、夏承燾《樂府補題考》爲之發皇彰顯,發陵説於是幾成定論,可謂影響深遠。後蕭鵬《樂府補題寄託發疑》質疑發陵説不可信,劉榮平《釋"知君種年星在尾"》又以宇航科技作考證,辨之更詳。自是發陵説鮮爲學者所採。)

天柱　王易簡理得①

烟嶠收痕,雲沙擁沫〔一〕,孤槎萬里春聚②。蝺杵冰塵,水研花片〔二〕,帶得海山風露③。纖〔三〕痕透曉,銀鏤小〔四〕、初浮一縷④。重翦紗窗暗燭⑤,深垂繡簾微雨。　餘馨惱人最苦。染羅衣、少年情緒⑥。謾省珮珠曾解⑦,蕙羞蘭妒。好是芳鈿翠嫵〔五〕⑧。恨素被、濃薰〔六〕夢無據。待翦〔七〕秋雲,殷勤寄與。⑨

【校勘】

〔一〕"沫",底本原作"沫",紅絲欄鈔本、《圖書集成》亦作"沫",形近"沫"而誤。汲古閣鈔本、四庫本、《詞綜》、《歷代詩餘》作"沫",今據改。按:《説文·水部》:"沬,洒面也。"《廣韻》"泰韻"莫貝切,去聲,非涎沫字。

〔二〕"蝺杵冰塵水研花片",紅絲欄鈔本"冰塵"脱"冰"字,又"水研"誤作"冰研"。

〔三〕"纖",紅絲欄鈔本脱,空一格。

〔四〕"小",紅絲欄鈔本脱,空一格。

〔五〕"嫵",南詞本誤作"膴"。

〔六〕“薰”,紅絲欄鈔本作、汲古閣鈔本、四庫本“薰”作“熏”。

〔七〕“翦”,紅絲欄鈔本、四庫本作“剪”。

【注釋】

① 天柱王易簡理得:凌迪知(1529—1600)《萬姓統譜》卷四十四:“王易簡,字理得,尚書佐之玄孫。生而穎異,幼喪父,哀毁如成人。益嗜學。及冠,有聲望,登進士第,除温州瑞安主簿,不赴。隱居城南,讀張子《東銘》,作《疏議》數百言。唐忠介震、黄吏部虞見而器之,折輩行與之交。易簡篤倫義,事伯姊甚謹,尤賙恤其族,撫兄之諸孤如其子。多所著述。”王易簡嘗著《山中觀史吟》,戴表元《剡源文集》卷十九有《題王理得山中觀史吟後》;《東銘疏義》則著録於《萬曆紹興府志》。《山中觀史吟》與《東銘疏義》不見於後世著録,應已佚失。王易簡入元後隱居不仕。天柱,山名。山名天柱者甚多。施宿(1164—1222)《會稽志》卷九“宛委山”條引《十道志》:“石匱山一名宛委,一名玉笥,有懸崖之險,亦名天柱山。”王易簡或因地緣之故,以天柱號其書齋,曰“天柱山房”,《補題》詞人曾於此賦蟹,調寄《桂枝香》。

② 烟嶠收痕:“烟嶠”,詳王沂孫首注釋②“孤嶠”條。“收痕”,指雲烟消散。王沂孫本題同賦有“孤嶠蟠烟”句,吕同老有“蜿蜒夢斷瑶島”句,李居仁有“瀛嶠浮烟”句。

雲沙擁沫:指龍涎隨海濤冲上沙灘。“雲”字狀沙之細白。據張世南(南宋人,生卒不詳)《游宦紀聞》卷七“諸香中龍涎最貴重”條,龍涎香有三品:“一曰汎水,二曰滲沙,三曰魚食。汎水輕浮水面,善水者伺龍出没,隨而取之。滲沙乃被濤浪飄泊洲嶼,凝積多年,風雨浸淫,氣味盡滲於沙土中。魚食乃因龍吐涎,魚競食之,復化作糞,散於沙磧,其氣腥穢。惟汎水者可入香,用餘二者不堪。”若非“凝積多年,風雨浸淫”,則或可入香,故王易簡以“雲沙擁沫”詠龍涎香。馮應瑞本題同賦有“枯石流痕,殘沙擁沫”句。

孤槎萬里春聚:謂採香者不辭路遠,乘槎採香,於此春天聚於一處。另詳王沂孫首注釋③“汎逝槎風”條。

按:“烟嶠”至“春聚”三句寫採香,以虚筆起調,與王沂孫首上片同而較簡。意謂孤島之上,雲烟盡斂;龍涎隨濤起伏,冲上沙灘。採香者不辭路遠,春日乘槎聚於此也。

③ 蠟杵冰塵:據《陳氏香譜》卷二及卷三,宋人製軟香多用蠟,製香餅亦用蠟。“杵”,《説文·木部》:“杵,舂杵也。”此作動詞用。“冰”,即龍腦香,詳周密首注釋②。“塵”喻龍腦香細末。舂搗龍腦香成細末,故曰“冰塵”。李彭老本題同賦有“搗麝成塵”句。

水研花片:指研磨花片製花露水。詳王沂孫首注釋③“薇露”條。

海山風露:應“烟嶠”句。運意同王沂孫。詳王沂孫首注釋⑤“依稀海山雲氣”條。

“蠟杵”至“風露”三句寫製香,意謂以黄蠟、龍腦末,和以花露水,煉製龍涎香。香成也,尚帶得海山風露。

④ 纖痕透曉:烟縷細,故曰“纖痕”。透曉,曉色透過烟痕而來。

銀鏤:代香爐。鏤,雕刻。銀鏤,即雕銀以爲香爐。舊題隋人杜公瞻《編珠》卷三“金鏤爐銀華鏡”條:“《鄴中記》曰:石季龍冬月爲複帳,四角安純金銀鏤鑿香爐。”又,陶穀(903—970)《清異録》卷下“含薰閣”條:“長安富室王元寶起高閣,以銀鏤三稜屏風代籬落,密置香槽,自花鏤中出,號‘含薰閣’。”可參。

一縷:龍涎香烟縷,亦有周密首詞“微裊”之意。

⑤ 重翦紗窗暗燭:李商隱《夜雨寄北》:“何當共剪西窗燭”。剪燭,使復明亮也。

按:“纖痕”至“微雨”四句寫焚香,意謂一縷龍涎香自銀鏤香爐浮起,隱約透現室外曉色。剪去窗前已暗之燭心,垂下重重綉簾,隔箇窗外微雨。“纖痕”至“一縷”,摹寫俏似。

⑥ 餘馨惱人最苦:秦觀《浣溪沙》:“霜縞同心翠黛連。紅綃四角綴金錢。惱人香爇是龍涎。”

染羅衣：焚香薰衣，故曰染羅衣。孫岳頒（1639—1708）等《御定佩文齋書畫譜》卷四十六“穆修己”條引杜荀鶴（846—904）《松窗雜記》，記唐玄宗“問修己曰：‘今京邑盛傳牡丹詩，誰爲首出？’修己曰：‘公卿間多吟賞中書舍人李正封詩，曰：國色朝酣酒，天香夜染衣。’上嗟賞移時”。本詞詞牌曰“天香”，王易簡蓋借用李詩字面。

⑦ 省：張相《詩詞曲語詞匯釋》卷五“省（一）”條：“猶記也；憶也。”

珮珠：即龍涎香珠與龍涎佩香。珮通佩。《陳氏香譜》卷四“香珠”門載有龍涎香珠配方一條。《武林舊事》卷三“禁中納凉”條記禁中避暑，於“紗厨後先皆懸掛伽蘭木、真蠟、龍涎等香珠百餘斛”。至於宋人佩香，當始於北宋末古龍涎香故事，前引《鐵圍山叢談》卷五“奉宸庫”條：當時“太上（宋徽宗）大奇之（龍涎香），命籍被賜者，隨數多寡復收取以歸中禁，因號曰‘古龍涎’，爲貴也。諸大璫爭取一餅，可直百緡，金玉穴而以青絲貫之，佩於頸，時於衣領間摩挲以相示。坐此遂作佩香焉。今佩香蓋因古龍涎始也”。此後宋人即研製佩香。《陳氏香譜》卷二載“古龍涎香”配方三條，第二條謂和匀諸香之後，可“任意造作花子佩香及香環之類”。佩香一名佩帶。周密《武林舊事》卷三“端午”條記，至端午，禁中賜后妃諸閤大璫諸般應節之物，當中即有“龍涎佩帶”。“珠佩”連稱，見《武林舊事》卷三“都人避暑”條：時宋人避暑習俗，好用“關撲香囊、畫扇、涎花珠佩”。涎即龍涎香。《武林舊事》卷七“淳熙十一年六月初一日”條又記孝宗侍高宋至清心堂避暑，官家“進太皇后白玉香珀扇柄兒四把、龍涎香數珠佩帶五十副、真珠香囊等物。”可見以香珠與佩香配成飾物乃宋代貴冑習尚，且多用於夏暑時節。“珮珠曾解”，有所贈也，至若所贈者，應是下文“芳鈿翠嫵”之佳人。唐藝孫本題同賦有“懶收珠珮”句，吕同老有“珮珠寒，滿懷清峭句”，李彭老有“不似竇珠金縷”句，李居仁有“謾珮影、玲瓏護嬌小”句。

按：“餘馨腦人”至“蕙羞蘭妒”五句承上片結句焚香意來，意謂羅衣上之龍涎餘香，觸起昔日少年情緒，最是惱人。當日曾解下龍涎珠佩，贈與佳人，致使蕙草蘭花，既羞且妒。如今回想，只覺徒然。此五句運意與王沂孫首佳人殢嬌剪燈彷彿；“謾省”、“蕙羞”二句以實筆寫回憶，亦與王沂孫首下片同而略簡。

⑧ 芳鈿翠嫵：鈿，《廣韻》“先韻”徒年切，金花，首飾一種。《説文·女部》：“嫵，媚也。”芳鈿，以龍涎香爲之。翠嫵，借代佳人。吴文英《掃花游·西湖寒食》：“驟捲風埃，半掩長娥翠嫵。”《宴清都·餞嗣榮王仲亨還京》：“新烟暗葉成陰，效翠嫵、西陵送遠。”

⑨ 夢無據：入夢無憑，故無由見佳人也。運意與周密首“悵朱閣淒凉夢難到”同。

待翦秋雲殷勤寄與：秋雲喻烟縷，剪之作信箋以寄佳人。周去非《嶺外代答》謂以真龍涎和香而焚之，“翠烟浮空，結而不散，座客可用一剪分烟縷”，故云。葉適（1150—1223）《水心集》卷八《贈通川詩僧肇書記》：“却尋斗水龍湫住，裁剪雲烟字字工。”陸游（1125—1210）《劍南詩稿》卷六十九《幽事》：“隱士寄雲從地肺，游僧問路上天台。”另參周密首注⑧宋幼主詩。

按：“芳鈿翠嫵”句上應前“餘馨惱人”五句，下啓“恨素被”諸句，乃下片關鎖。若以佳人喻君，則珮珠相贈者，致其忠也；入夢無憑者，欲見君而無由也；剪雲寄與者，思君極也。

【輯評】

陳廷焯《雲韶集》：“字字秀鍊，句句精麗，有氣有筆，自是名作。曲折婉妙。結二語情致猶佳。

許昂霄《詞綜偶評》：“烟嶠收痕”三句，龍涎。“蠟杵冰塵”三句，製香。“纖痕透曉”二句，焚香。龍涎和衆香焚之，能聚香，烟縷縷不散。（《詞話叢編》本，頁一五六七）

徐珂校訂《天蘇閣叢刊》本《樂府補題》：“重翦”至“微雨”連點。“餘馨”二句，句圈。“待翦”至末連點。

俞陛雲《唐五代兩宋詞選釋》:“《樂府指迷》謂詠物須有切定本題句,但‘龍涎香’無確切之典,故王碧山賦此題,僅以‘蟠烟’、‘蜕月’、‘海山雲氣’等映帶之。此作首句‘烟嶠’、‘雲沙’,含有‘龍涎’意,以外皆詠‘香’。下闋‘少年’句、‘素被’句與碧山‘荀令’、‘空篝’詞意相似,但此調頗工細,雖未與《花外》抗手,亦可接武。”

黄兆顯《樂府補題研究及箋注》:“起三句鮫人採香,纖痕兩句燒香,重剪兩句從燒香出。下闋由不散之香著眼,開出蕙羞蘭妬四字。恨素被一句,句法意法與公謹悵朱閣一句同。結二句無可奈何。用意亦與公謹一首全在過片之後,若止菴之言非虚,則下闋可以想見。”

友竹　馮應瑞祥父[①]

枯石流痕,殘沙擁沫〔一〕,驪宫夜蟄驚起[②]。海市收時,鮫人分處,誤入衆芳叢裏[③]。春霖未就,都化作、淒凉雲氣[④]。惟有清寒一點[⑤],消磨小窗殘醉。　當年翠篝素被〔二〕。拂餘薰〔三〕、倦懷如水[⑥]。謾惜舞紅猶在,爲誰重試[⑦]。幾片金昏字古〔四〕。向故篋〔五〕、聊將伴憔悴[⑧]。斷續風流,柔情縷縷〔六〕。

【校勘】

〔一〕“沫”,紅絲欄鈔本、四庫本、《圖書集成》作“沬”,誤。

〔二〕“翠篝素被”,四庫本作“素篝翠被”。

〔三〕“薰”,紅絲欄鈔本、汲古閣鈔本、四庫本、《詞綜》、《圖書集成》作“熏”。

〔四〕紅絲欄鈔本"字古"下空五格,然此中並無脱文。

〔五〕"篋",四庫本作"匣",紅絲欄鈔本"篋"字下空一格,然此中並無脱文。

〔六〕"斷續風流柔情縷縷"底本原脱,作"□□□□□□□□",紅絲欄鈔本、汲古閣鈔本亦脱此二句,南詞本注"闕八字"。《四庫全書》本、《圖書集成》有此二句,據補。

【注釋】

① 友竹馮應瑞祥父:馮應瑞,字祥父,號友竹。生卒仕履不詳。

② 枯石流痕,殘沙擁沫:枯石,龍枕石而睡,故云。詳前引周去非《嶺外代答》卷七寶貨門"龍涎"條。流痕,即龍涎。"殘沙擁沫",詳王易簡首注釋②"雲沙擁沫"條。

驪宫夜蟄驚起:《説文・虫部》:"蟄,臧也。"臧通藏。《易・繫辭下》:"龍蛇之蟄,以存身也"。龍潛藏而睡,故曰蟄。驪宫,詳王沂孫首注釋②"驪宫"條。驚起,驚醒。另詳前引顧文薦《負暄雜録》"龍涎香品"條。王沂孫本題同賦有"驪宫夜採鉛水"句,周密有"驪宫玉唾誰擣"句。

按:"枯石"至"驚起"三句寫採香。意謂龍驚醒而去,龍涎尚在其枕石上流淌,並沖上沙灘,鮫人可得而採也。

③ 海市:即海市蜃樓。羅願(1136—1184)《爾雅翼》卷三十一"蜃"條:"蜃,大蛤也。……蜃雖無可觀,然其吐氣象樓臺,海中春夏間,依約島溆常有此。……而今之説者,别以蜃爲龍蛇之類,有耳有角,背鬣皆紅,則與古異,學者所不道。"可見吐氣象樓臺者當爲蜃,即大蛤,至宋時始以蜃爲龍。《補題》詞人用當時人之説,以應"龍"字。本題唐藝孫同賦有"海蜃樓高"句。

鮫人分處誤入衆芳叢裏:《博物志》卷二:"南海外有鮫人,水居如魚,不廢織績。其眼能泣珠。"鮫人採香見前引《嶺外代答》卷七寶貨門"龍涎"條。龍涎能發衆香,故以"誤入衆芳叢裏"爲喻。

按:“海市”至“衆芳叢裹”三句以虚筆寫和合衆香。意謂海市蜃樓消散,鮫人採罷龍涎,分手别去,却誤入繁花叢裹,故龍涎能和合衆香。

④ 春霖未就:《爾雅·釋天》:“久雨謂之淫,淫謂之霖”。《説文·雨部》:“霖,雨三日以往”。古人以爲龍能興雲致雨。王充(27—97)《論衡》卷十六《亂龍篇》:“董仲舒申《春秋》之雩,設土龍以招雨,其意以雲龍相致。”即《乾文言》“雲從龍”之意。馮應瑞以“春霖”應“龍”字。未就,未成也。

淒涼雲氣:雲氣,指龍涎香,兼應“龍”字。淒涼,焚香時之感慨,參王沂孫首“化作斷魂心字”句。

⑤ 清寒一點:指香爐活火。文震亨(1585—1645)《長物志》卷七“隔火”條:“鑪中不可斷火,即不焚香,使其長温,方有意趣,且灰燥易燃,謂之活火”。

按:“春霖”至“殘醉”四句寫焚香。意謂虬龍嘘氣成雲,唯化春雨未成,却化作龍涎香。焚爇龍涎香,徒添淒凉傷感也;只有爐中一點清寒活火,伴我窗前,消磨殘醉。殘醉,酒醒而猶帶醉意也,頗有夢覺而人未全醒之意。

又按:上片以虚筆寫實物,運意與王沂孫首上片同。

⑥ 拂餘薰倦懷如水:薰衣被須用熱湯。詳周密首注釋⑤“金餅著衣餘潤”條。薰被乃昔日之事,今已不再,獨有餘香猶在,供人搧拂,故曰“拂餘薰”。“倦懷如水”者,謂情懷如薰衣被之熱湯,曾經熾熱,然今已倦怠冷却矣。應前“殘醉”。唐藝孫本題同賦有“懶收珠珮”句。

⑦ 謾惜舞紅猶在:舞紅,落花。吕同老本題同賦有“殘梅舞紅褪了”句,唐藝孫有“滿架舞紅都換”句。孫光憲(895—968)《浣溪沙》:“花漸凋疎不耐風,畫簾垂地晚堂空,墮堦縈蘚舞愁紅。　膩粉半粘金靨子,殘香猶暖綉薰籠,蕙心無處與人同。”馮應瑞“謾惜舞紅”句與孫詞彷彿,是心亦有所繫念之人,然芳蹤已杳,故下有“爲誰重試”之問。

爲誰重試:重,再。試,試香。試香之法,見《陳氏香譜》卷三“香餅”條:“凡燒香用餅子,須先燒,令通赤,置香爐内,俟有黄衣生,方徐徐以灰覆之,仍手試火氣緊慢。”周密《武林舊事》卷十“張約齋賞心樂事”記臨安詞人張鎡

(1153—1211)一年十二月中之賞心樂事多則,“詩禪堂試香”乃十月孟冬賞心樂事之一。故知試香,亦詞人之雅事也。

按:“當年”至“重試”四句寫回憶。意謂當年之薰籠素被依然在目,然物是人非,唯今只有掮拂龍涎餘香而已;昔日情懷,如薰衣之水,由熱變冷,倦殆極矣。落花猶在,佳人已杳,徒有憐惜之意,我又復爲誰試香哉? 若以比興讀之,則是昔熱今冷,借以寄今昔盛衰之慨。

⑧ 幾片金昏字古:幾片,幾片龍涎香珮。金昏字古,借代龍涎香珮。顧文薦《負暄雜録》“龍涎香品”條:“紹興光堯(宋高宗趙構,1107—1187)萬機之暇,留意香品,合和奇香,號‘東閣雲頭’。其次則‘中興復古’,以古臘沉香爲本,雜以腦、麝、梔花之類,香味氤氳,極有清韻。”有宋人遺物可參。陳晶,陳麗華《江蘇武進村前南宋墓清理紀要》謂一九七八年江蘇武進村前南宋墓有香品二枚出土:(一) 香餅一方,其上正範“中興復古”四字,陳晶與陳麗華誤以爲香篆,非是,揚之水《芳香静燃的時間》辯之詳矣。香餅與顧文薦《負暄雜録》所記合,即所謂‘字古’也。香餅“中”字豎筆“丨”之右、方框“□”之内,有一孔,以供絲繩貫穿,便利繫戴,此又與前引蔡絛《鐵圍山叢談》記諸大璫爭取龍涎香餅,金玉穴而以青絲貫之之説合。(二) 包銀邊香塊佩飾一件,扁圓形,周緣以銀環包之,上有小環,可繫戴。此亦與金玉穴而以青絲貫之之説合。香珮有“金”可“昏”,以其有金銀環包故也。然則詞人所詠香珮,似與出土“中興復古”香餅、包銀邊香塊佩飾屬同等别香品也。

按:南宋自高宗以還,“中興復古”已範於香珮上,然則“中興復古”應廣爲時人熟悉。唯詞中香珮上字未知是否即“中興復古”,即若不然,亦應是一等香品;且曰“金昏字古”,則此香珮能觸發思古幽情亦可想矣。

向故篋聊將伴憔悴:篋,小箱;故篋,舊箱。將,持也。謂於舊箱籠取龍涎香珮作伴,以聊慰寂寞憔悴之情也。

按:“幾片”至“縷縷”四句睹物傷情。意謂取龍涎香珮以慰我寂寞憔悴之情,即若金昏字古,亦聊勝於無。彼若斷若續者,非龍涎香也,是縷縷風流往事，縷縷柔情也。所謂“風流”、“柔情”者，按字面當指前文之佳人，而自有故君之思與盛衰之慨存焉。

【輯評】

許昂霄《詞綜偶評》：“此詞較勝王作，惜結語脱去耳。”按：王作，應指王易簡之作。

徐珂校訂《天蘇閣叢刊》本《樂府補題》：“春霖”至“雲氣”連圈。

黃兆顯《樂府補題研究及箋注》：“起八句採香，惟有二句寫今日之境。過片二句補寫往事，謾惜二句又寫今，幾片二句鈎勒，聊將伴憔悴反映當年翠篝一語。結句回味，一往情深。”

瑶翠　唐藝孫英發[①]

螺甲磨星，犀株杵月〔一〕，蕤英嫩壓拖水[②]。海蜃樓高，仙娥鈿小，縹〔二〕緲結成心字[③]。麝〔三〕煤候暖，載一朵、輕雲不起〔四〕[④]。銀葉初生薄暈，金猊旋翻纖指[⑤]。　芳杯惱〔五〕人漸醉。碾微馨、鳳團閒試[⑥]。滿架舞紅都换，懶收珠珮[⑦]。幾片菱花鏡裏。更摘索、雙環〔六〕伴秋睡[⑧]。早是新凉，重薰〔七〕翠被。

【校勘】

〔一〕“犀株杵月”，紅絲欄鈔本脱“株”字。“杵月”《圖書集成》、《詞綜》作“搗月”。

〔二〕“縹”，南詞本誤作“漂”。

〔三〕“麝”，紅絲欄鈔本脱。

〔四〕“輕雲不起”，紅絲欄鈔本脱“輕”字。“不起”《詞綜》作“未起”。

〔五〕“芳杯惱”，“杯”，紅絲欄鈔本、汲古閣鈔本、《詞綜》作“盃”。四庫本“惱”誤作“腦”。“芳杯”《圖書集成》誤作“芳林”。“杯惱”南蓉本誤作“根腦”。

〔六〕“環”，底本原作“鬟”，紅絲欄鈔本、汲古閣鈔本、四庫本、《詞綜》作“環”，據改。

〔七〕“薰”，南詞本、紅絲欄鈔本、汲古閣鈔本、《詞綜》、四庫本及《圖書集成》“薰”作“熏”。

【注釋】

① 瑶翠唐藝孫英發：唐藝孫字英發，生卒年不詳。有瑶翠山房。

② 螺甲磨星：螺甲，香料一種，即甲香，能聚衆香與發衆香。黄庭堅《賈天錫惠寳薰乞詩予以兵衛森畫戟燕寢凝清香十字作詩報之》之三：“石蜜化螺甲，榠樝煮水沈。博山孤烟起，對此作森森。”任淵（北宋末人，生卒未詳）注：“山谷有此十詩跋云：賈天錫意和香，其法：斫沈水如小博，投以榠樝液，漬之三日乃煮，去其液，温水沐之，螺甲磨去龃龉，以胡麻膏熬之，色正黄，則以蜜湯劇洗，又屑紫檀青木香，稍入婆律膏及麝，以棗肉合之，作摹如龍涎香狀。”又引《唐本草》釋“螺甲”云：“蠡類生雲南者大如掌，青黄色，取厴燒灰用之，今合香多用，謂能發香，復來香烟，須酒蜜漬方可用。”磨星，研磨成末。星者，喻末之細也。《陳氏香譜》卷二諸龍涎香配方中，有四條用甲香。

犀株杵月：犀株，即犀角。《開元天寶遺事》“辟寒犀”條：“開元二年冬至，交趾國進犀一株，色黄如金。使者請以金盤置於殿中，温温然有暖氣襲人。上問其故，使者對曰：‘此辟寒犀也。頃自隋文帝時，本國曾進一株，直至今日。’上甚悦，厚賜之。”唐藝孫以犀株喻研磨螺甲之杵。杵月，月下搗杵也。

蕤英嫩壓拖水：《説文・艸部》：“蕤，艸木華垂貌。”“英，艸榮而不實者。”蕤英，盛開之花。嫩壓拖水，壓花油蒸製花露水。《陳氏香譜》卷一“野悉密香”條:“潛齋云:出佛林國,亦出波斯國。苗長七八尺,葉似梅,四時敷榮,其花五出,白色,不結實。花開時,偏野皆香,與嶺南詹糖相類。西域人常採其花,壓以爲油,甚香滑。唐人以此和香,或云薔薇水即此花油也。亦見《雜俎》。”趙汝适《諸蕃志》卷下“薔薇水”條記時人因薔薇水難得,故謂“今多採花浸水,蒸取其液以代(薔薇水)焉。”另詳王沂孫首注釋③“薇露”條。王易簡有“水研花片”句。

③ 海蜃樓高,仙娥鈿小:海蜃樓高,即海市蜃樓。詳馮應瑞注釋③“海市”條。仙娥,仙女。鈿,首飾一種,詳王易簡首注釋⑧“芳鈿翠嫵”條;曰仙娥者,承前“海蜃樓高”來,以示龍涎香之神秘。杜臻(清初人,生卒未詳)《粤閩巡視紀略》卷二:“唐藝孫云,‘海蜃樓高,仙娥鈿小,縹緲結成心字’,則又言烟縷之異。”所謂“烟縷之異”者,蓋指龍涎香“翠烟浮空,結而不散,座客可用一剪分烟縷”之“蜃氣樓臺之餘烈也。”見前引周去非《嶺外代答》卷七“寶貨門·龍涎”條。

結成心字:製成龍涎香。心字,亦龍涎香形制之一,詳王沂孫首注釋③“心字”條。

按:“螺甲”至“心字”六句寫製香,意謂製香人於月下搗杵螺甲成末,和以精製花露,與乎海市蜃樓之縹緲幻影,製成各式龍涎香。

④ 麝煤候暖:麝煤,香煤,非硯墨也。蘇軾《翻香令》上片:“金鑪猶暖麝煤殘,惜香更把寶釵翻。”《陳氏香譜》卷三有“香煤”一門,載香煤配製七方,惟配料中並無“麝香”,取名“麝煤”,美稱而已。《陳氏香譜》記香煤之用云:“近來焚香取火,非竈下即蹈爐中者,以之供佛,格祖先,其不潔多矣,故以煤扶接火餅。”候暖,等候不文不武之火也。詳王沂孫首注釋④“紅甆候火”條。

載一朵、輕雲不起:一朵輕雲,喻烟縷。焚香之初,尚候煤暖,故曰載不起。

⑤ 銀葉初生薄暈:銀葉,詳周密首注釋⑤“銀葉”條。暈,《廣韻》“問韻”王問切,日月旁氣。喻烟縷初起,氤氲於銀葉旁者。

金猊旋翻纖指：金猊，獅子形香爐。纖指，詳王沂孫首注釋④“冰環玉指”條。

按：“麝煤”至“纖指”四句寫焚香極生動，意謂等候麝煤燒暖，尚未見烟縷如一朵輕雲升起；只見烟縷氤氳瀰漫於銀葉邊，香餅於獅子爐中翻弄。“載一朵”句，體物瀏亮。

⑥ 碾微馨鳳團閒試：鳳團，宋代貢茶。此借代香茶餅。舊題周邦彦《浣溪沙・春景》：“閒碾鳳團消短夢，静看燕子壘新巢。”祝穆（1121—?）《古今事文類聚・續集》卷十二：“咸平（宋真宗年號）中，丁晉公爲福建漕監，造御茶進龍鳳團。”碾微馨鳳團閒試，謂碾鳳團茶小試，以解芳杯之醉也。《陳氏香譜》卷四有“香茶”一門，收香茶配方四條，第三條即用“舊龍涎餅一兩”。張元幹（1091—1161）《浣溪沙》（棐几明窗）：“蟹眼湯深輕泛乳，龍涎灰暖細烘香”。茶與香共品。

⑦ 滿架舞紅都换：周邦彦《過秦樓》下片：“梅風地溽，紅雨苔滋，一架舞紅都變。”“滿架舞紅都换”者，花時已過也。另參前馮應瑞首引孫光憲《浣溪沙》上片。

懶收珠珮：宋人夏天喜用香環、佩帶、念珠之屬驅暑。詳王易簡首注釋⑦“珮珠”條。過夏則收香。《陳氏香譜》卷四“收香珠法”條：“凡香環、佩帶、念珠之屬，過夏後須用木賊草擦去汗垢，庶不蒸壞。若蒸損者，以温湯洗過晒乾，其香如初。”

按：“芳杯”至“珠珮”四句寫鬱悶之情。意謂美酒醉人，亦易惱人，故還是小試香茶。雖盛夏花時已過，而我亦懶收起香珠香珮。

又按：“鳳團”句切題。唐藝孫非真慵懶也，頹然難以爲懷也。此亦馮應瑞“倦懷如水”之意，而更含蓄，託意於似有還無之間。蓋舊日繁華，隨國而亡，盛時不再，故頹然太息也。

⑧ 幾片：幾片龍涎香佩飾。

雙環：香飾狀如雙環者。

按:“幾片”至“翠被”四句,意謂自菱花鏡中映出幾片龍涎香珮;摘取一片雙環香珮,聊以伴我秋夜好眠。早届新凉時節,再薰翠被。其難以爲懷之情,於“摘索”香珮、“重薰翠被”等舉措中輕點微露。

【輯評】

徐珂校訂《天蘇閣叢刊》本《樂府補題》:“纖指”之“指”旁點。

俞陛雲《唐五代兩宋詞選釋》:“凡詠物詞自以切合爲工,而此題無故實可徵,只能烘託。此作起筆句研字鍊,‘海蜃’至‘輕雲’五句能去題不遠,用疏宕之筆,故無滯態。下闋詠試‘香’之人,雖於題稍懈,而語頗雅逸。”

黄兆顯《樂府補題研究及箋注》:“起三句言三種不同之香,海蜃五句然後正寫龍涎製香,銀葉二句燒香。過片兼寫酒之惱人。結句重提香字,結得平平。”

紫雲　吕同老和甫[①]

冰片鎔〔一〕肌,水沉换骨,蜿蜒夢斷瑶〔二〕島[②]。剪碎腥雲,杵匀枯沫〔三〕,妙手製成〔四〕翻巧[③]。金篝候〔五〕火,無似有,微薰〔六〕初好[④]。簾影垂風不動,屏深護春宜小[⑤]。

殘梅舞紅褪了。珮珠寒、滿懷清峭[⑥]。幾度酒餘重省,舊愁多少[⑦]。荀令風流未減。怎奈向、飄零賦情老。待寄相思,仙山路杳[⑧]。

【校勘】

〔一〕紅絲欄鈔本脱“鎔”字,空二格。按:此首起句於“和甫”下空一格直書,未有另行書寫。

〔二〕“瑶”,底本原校“一作瀛”。紅絲欄鈔本、汲古閣鈔本、《詞綜》、《圖書集成》作“瀛”。疑當作“瀛”,然“瑶島”與“瀛島”意近,又同爲平聲,故不改。

〔三〕“沫”,紅絲欄鈔本、汲古閣鈔本誤作“沬”。

〔四〕“製成”,南詞本誤作“掣成”。紅絲欄鈔本脱“成”字,空一格。

〔五〕“候”,紅絲欄鈔本誤作“侯”。

〔六〕“薰”,紅絲欄鈔本、《詞綜》、四庫本及《圖書集成》作“熏”。

【注釋】

① 紫雲吕同老和甫:吕同老字和甫,號紫雲,生卒仕履不詳。書齋曰紫雲山房,《補題》五家詞人於此賦尊,調寄《摸魚兒》。

② 冰片鎔肌水沉换骨:冰片,龍腦香,詳周密首注釋②“碧腦浮冰”條。水沉,又名沉水,即沉水香,簡稱沉香。骨,即香骨,合香之基本主體也,如人之骨骼,而衆香如肌膚附焉,故以骨爲喻,有收納衆香之意。肌,蒙下骨字以爲喻,聚衆香與發衆香者。向子諲(1085—1152)《南歌子》上片:“江左稱巖桂,吴中説木犀。水沉爲骨鬱金衣,却恨疎梅惱我、得香遲。”二家俱以骨喻水沉,而向詞以衣喻鬱金,吕詞以肌喻冰片,亦依附水沉之意,運意一也。龍涎合香,多以沉香、檀香爲基本主體,然後調和衆香,以龍腦香、甲香、麝香、龍涎香聚發衆香,故李彭老有“清潤俱饒片腦,芬馥半是沈水”句。《陳氏香譜》卷一“合香”條記合香之旨云:“合香之法,貴於使衆香咸爲一體。麝滋而散,撓之使匀;沉實而腴,碎之使和;檀堅而燥,揉之使膩。比其性,等其物,而高下如醫者,則藥使氣味各不相掩。”兹舉一方爲例,以見一斑。《陳氏香譜》卷二載“亞里木吃蘭脾龍涎香”一方:“蠟沉二兩(薔薇水浸一宿,研如泥)、龍腦二錢(别研)、龍涎香半錢。共爲末,入沉香泥,捻餅子,窨乾爇。”

蜿蜒夢斷瑶島："蜿蜒"、"瑶島"應"龍"字。夢斷，夢醒。詳王沂孫首注釋②"孤嶠"條、"蟠烟"條。

③ 腥雲：指龍涎香烟縷。周去非《嶺外代答》謂和香以真龍涎，焚之，"座客可用一剪分烟縷"，故云。

枯沫：喻龍涎。

按："冰片"至"翻巧"六句寫製香，意謂虬龍蜿蜒夢醒，遺下涎沫於瑶島上。製香人巧施妙手，搗杵龍涎枯沫，鎔冰片以爲香肌，换水沈以作香骨，始製成此精巧香品。

④ 候火：恰到好處之火候，詳王沂孫首注釋④"紅甆候火"條。

微薫：即淺炷。詳周密首注釋④"濃薫淺炷"條。王沂孫有"紅甆候火"句，唐藝孫有"麝煤候煖"句。

⑤ 簾影垂風不動屏深護春宜小：焚香須於深房曲室中，故曰"簾影垂風不動"。詳王沂孫首注釋⑦"小窗深閉"條。"護春宜小"，"春"喻爐中活火，"小"言其狀也。詳馮應瑞首⑤"清寒一點"條。按：諸家此二句多作對偶，或作"二二二"句式，或作"二四"句式；然吕詞此二句對不甚工，且上句作"三三"句式。

按："金篝"至"宜小"四句寫焚香。意謂詞人守候熏籠中火力燃至恰好，忖想焚爇龍涎，香氣初發，無以尚之。曲室深屏，簾垂風静，所以護此如春活火也。

⑥ 殘梅舞紅褪了：梅是落葉喬木，秋冬葉落，先早開花，下言"珮珠寒"，則秋至矣，故曰"殘梅"，謂其葉也，非花也。舞紅，落花，然非梅花。另詳馮應瑞首注釋⑦"謾惜舞紅猶在"條，唐英孫首注釋⑦"滿架舞紅都换"條。

珮珠寒：詳王易簡首注釋⑦"珠珮"條，唐英孫首注釋⑦"懶收珠珮"條。王易簡有"謾省珮珠曾解"句，唐英孫有"懶收珠珮"句。

清峭：清，淒清；峭，山勢挺拔，形容心情孤峭不平也。

⑦ 酒餘重省：酒餘，酒醒。重，又。省，記。

按："殘梅"至"多少"四句寫其清峭之懷。意謂梅殘花落，珠寒佩冷，觸起我一懷淒清孤峭，意緒不平。幾回酒醒後，又記起舊愁多少？舊愁爲何，詞人未有言明，意者，亦周密首"一縷舊情空趁、斷烟飛繞"之意，即有一繫念之人，今已往矣，故曰"滿懷清峭"，並伏下"待寄相思仙山路杳"句。此繫念之人，蓋亦喻宋君。

⑧ 荀令：以荀令自喻。詳王沂孫首注釋⑧"荀令如今頓老"條。

風流未減：愛香之意未減。謂龍涎珠珮雖觸起我之舊愁，亦不減我愛香之意。

怎奈向飄零賦情老：怎奈向，奈何，如何。飄零，喻身世。賦情老，賦寫已老之情懷。前曰"滿懷清峭"、"舊愁多少"、"風流未減"，今又曰"怎奈向飄零賦情老"，則詞人複雜起落之心緒可知也。

待寄相思仙山路杳：仙山，白居易《長恨歌》："忽聞海上有仙山，山在虛無縹緲間。"按：意者，明皇往仙山致其愛意予貴妃，喻詞人之致忠愛也，亦王易簡首"待翦秋雲殷勤寄與"之意，然仙山路杳，則無從致其忠愛也。李居仁首有"仙洲路杳"句，意亦同。另參周密首注⑧宋幼主詩。

按："荀令"至"路杳"四句寫寄贈相思。意謂我是愛香荀令，至今仍不減風流，却奈賦寫飄零老去之情何！待得寄去相思，却又仙山路杳，寄達無由矣！

【輯評】

徐珂校訂《天蘇閣叢刊》本《樂府補題》："幾度"二句，句圈。

俞陛雲《唐五代兩宋詞選釋》："詠物詞大抵皆前半體物，後半寄情，作者亦然。其體物則工細，寄情則依黯，可與李篔房、王理得、唐英發諸作，並轡詞場。"

黃兆顯《樂府補題研究及箋注》："起六句取涎製香，金篝四句燒香。下闋暮春，仍寫香字。酒字從清峭二字來，愁字從褪字來，然遠承篝火二字。荀令二字無可奈何，逼不得已，眼在飄零二字。樂終用仙山以結瑶島，其喻宋帝耶！”

篔房李彭老商隱①

擣麝成塵，薰〔一〕薇注露，風酣百和花氣②。品重雲頭〔二〕，葉翻蕉樣，共説内家新製③。波浮海沫〔三〕，誰唤覺、鮫人春睡④。清潤俱饒片腦〔四〕，芬馥〔五〕半是沉水⑤。相逢酒邊雨外⑥。火初温、翠爐烟〔六〕細。不似〔七〕寶珠金縷，領巾紅墜⑦。荀令⑧如今憔悴。消未〔八〕盡、當〔九〕時愛香意。熗煖〔十〕燈寒，秋聲素被。

【校勘】

〔一〕“薰”，四庫本作“熏”。

〔二〕“頭”，底本原作“形”，原校“一作頭”，據紅絲欄鈔本、汲古閣鈔本、四庫本、《詞綜》及《絶妙好詞箋》引均作“頭”，據諸本改。

〔三〕“沫”，紅絲欄鈔本誤作“洙”；四庫本、《圖書集成》誤作“沬”。

〔四〕“腦”，紅絲欄鈔本誤作“春”，汲古閣鈔本脱“腦”字，空一格。

〔五〕“馥”，底本原校“一作馡”，紅絲欄鈔本、汲古閣鈔本、四庫本、《圖書集成》、《詞綜》作“馡”。《絶妙好詞箋》引作“氲”。

〔六〕“烟”，汲古閣鈔本脱，空一格。《絶妙好詞箋》引作“香”。

〔七〕“似”，紅絲欄鈔本、《詞綜》誤作“侣”。

〔八〕“未”，四庫本作“不”。

〔九〕“當”，汲古閣鈔本脱，空一格。

〔十〕“煖”，汲古閣鈔本、《圖書集成》、《詞綜》作“暖”。

【注釋】

① 篔房李彭老商隱：李彭老字商隱，號篔房，生卒年不詳。《絶妙好詞箋》卷六引《景定建康志》："李彭老，淳祐中，沿江制置司屬官。"與弟萊老有《龜溪二隱詞》。周密《齊東野語》卷十九"賈氏園池"條記權臣賈似道（1213—1275）之盛衰，李彭老有一絶刺之曰："瑶房錦榭曲相通，能幾番春事已空。惆悵舊時吹笛處，隔窗風雨剥青紅。"其爲人或可於此得見。

② 搗麝成塵：研麝香爲細末。

薰薇注露：製薔薇水。詳王沂孫首注釋③"薇露"條。

百和花氣：百和香。詳周密首注釋③"鳳雲百和"條。

按："搗麝"至"花氣"三句寫製香。意謂研麝香作細末，蒸薔薇成花露，以製龍涎香。焚爇香餅，風中即酣滿百和香之花氣。

③ 雲頭：合香一種，即"東閣雲頭"。詳馮應瑞首注釋⑧"幾片金昏字古"條。"品重雲頭"伏筆下片"消未盡當時愛香意"句。

葉翻蕉樣：龍涎香餅，狀如蕉葉。

内家新製：内家，宫廷。新製，指龍涎合香。

按："品重"至"新製"三句寫品香。意謂從前曾與詞友品評宫廷新製之龍涎香，形如蕉葉，品第重於"東閣雲頭"也。

又按：周嘉胄（1582—1658）《香乘》卷七"宣和香"條引《癸辛雜識外集》："宣和時常造香於睿思東閣。南渡後如其法製之，所謂'東閣雲頭香'也。"顧文薦《負暄雜録》"龍涎香品"條："紹興光堯萬機之暇，留意香品，合和奇香，號'東閣雲頭'。"宣和，宋徽宗年號；紹興，宋高宗年號。是知香品乃兩代君主之所好也。徽宗是亡國之君，高宗號中興之主，而詞中特舉"東閣雲頭"，事涉兩代，且説"内家新製"，是輕點"新製"龍涎香所寓之興亡感慨。所謂"共説"者，説香品亦説内家，然内家早已亡矣。

④ 海沫：即龍涎。

誰喚覺鮫人春睡：唤醒鮫人採香。見前引《嶺外代答》卷七寶貨門"龍涎”條。

⑤ 片腦：龍腦香，詳周密首注釋②。

芬馥半是沉水：芬馥，芳香。沉水，沉香。以沉香爲香骨，故云“半是”。詳吕同老首注釋②“冰片鎔肌水沉换骨”條。

按：“波浮”至“沉水”三句寫製香。意謂有人唤醒鮫人採集波上龍涎以製香，香餅飽含龍腦之清潤與水沉之馥郁。

⑥ 酒邊雨外：酒邊，把盞也。焚香須於深房曲室之中，風雨不能透，故曰“雨外”。

⑦ 不似寶珠金縷領巾紅墜：寶珠金縷，即龍涎珠珮。詳王易簡首注釋⑦“珮珠”條、唐藝孫首注釋⑦“懶收珠珮”條。領巾紅墜，紅色墜飾之垂於領巾者。龍涎珠珮與紅墜，垂於領巾，可承佳人華首之芳，今我願似之而不可得，故曰“不似”。

按：“相逢”至“紅墜”四句以詞家“艷語”寫回憶，意謂曾與佳人把盞於曲室之内，當時爐火初温，烟縷纖細；惜我不似香珠墜飾，可長垂於佳人領巾。意者，此或從陶淵明(352或365—427)《閑情賦》“願在衣而爲領，承華首之餘芳”句化出。若以比興讀之，則是心繫故君之意。

⑧ 荀令如今憔悴：詳王沂孫首注釋⑧“荀令如今頓老”條。

按：“荀令”至“素被”四句，筆勢陡跌，重返現實，運意與王沂孫首同。意謂我是愛香荀令，如今雖是憔悴，然當時愛香之不曾消減。情懷自熱，觸目是冷，唯見香燼煖，青燈寒，秋聲動，素被冷。下片情真事假筆實，筆墨與王沂孫同。

又按：“荀令如今憔悴。消未盡、當時愛香意”句，應上片“品重雲頭”與“内家新製”句，意謂我雖憔悴，然憶念故國故君不盡也。

【輯評】

徐珂校訂《天蘇閣叢刊》本《樂府補題》：“雲形”之“形”旁加點，

"蕉樣"之"樣"旁加點,"金縷"之"縷"旁加點,"紅墜"之"墜"旁加點。"荀令"至"愛香意"連圈。

黄兆顯《樂府補題研究及箋注》:"起六句製香,波浮二句補寫採香,清潤二句言片腦沉水非龍涎之比。下片數句言燒香,荀令四句寫今日愛香之情未減,惟已非昔矣。"

五松　李居仁師吕〔一〕①

瀛嶠浮烟,滄波挂〔二〕月,潛虬睡起清曉②。萬里槎〔三〕程,一番花信,付與露薇冰腦③。纖雲漸暖〔四〕,凝翠席、氤氲不了④。銀葉重調火活,珠簾日〔五〕垂風悄〔六〕⑤。　螺屏酒醒夢好。繡羅幬、依舊痕少〔七〕⑥。幾度試拈〔八〕心字,暗驚芳抱⑦。隱約仙洲〔九〕路杳,謾珮影、玲瓏護嬌小⑧。素手金籌,春情未老。

【校勘】

〔一〕"五松李居仁師吕",紅絲欄鈔本但作一"王"字。汲古閣鈔本脱,空一行。南詞本、《歷代詩餘》作"無名氏",四庫本作"失名氏",《圖書集成》作"闕名"。

〔二〕"挂",南詞本、紅絲欄鈔本、汲古閣鈔本、四庫本作"掛"。

〔三〕"槎",汲古閣鈔本、四庫本作"查"。《圖書集成》作"楂"。

〔四〕"暖",南詞本誤作"腝"。

〔五〕"日",《圖書集成》作"自"。

〔六〕"悄",紅絲欄鈔本誤作"情"。

〔七〕“繡羅幬依舊痕少”,紅絲欄鈔本誤作“綉羅依舊痕壽少”。“羅幬”,《圖書集成》作“羅幃”。

〔八〕“拈”,紅絲欄鈔本誤作“招”。

〔九〕“洲”,底本原作“舟”,原校“一作洲”。紅絲欄鈔本、汲古閣鈔本、四庫本、《圖書集成》、《圖書集成》作“洲”。據改。按:意與吕同老首“仙山路杳”同。

【注釋】

① 五松李居仁師吕:李居仁,字師吕,號五松。生卒仕履不詳。

② 瀛嶠浮烟:詳王沂孫首注釋②“孤嶠”條。王沂孫本題同賦有“孤嶠蟠烟”句,王易簡有“烟嶠收痕”句,吕同老有“蜿蜒夢斷瑶島”句,李居仁有“瀛嶠浮烟”句。

潛虬睡起:詳前引《嶺外代答》卷七寶貨門“龍涎”條。

③ 萬里槎程:乘槎採龍涎。詳王沂孫首注釋③“汛逝槎風”條。

花信:花信風。風至則花開。

露薇冰腦:詳王沂孫首注釋③“薇露”條,周密首注釋②“碧腦浮冰”條。

按:“瀛嶠”至“冰腦”六句寫採香與製香,而以虚筆出之,亦是以虚筆寫實物,運意與王沂孫首同。意謂海島之上,雲烟盤繞;海波之上,明月高掛。虬龍清晨睡起而去。採香人萬里乘槎,隨花信風至,採集龍涎。採得龍涎歸,付與薔薇水、龍腦片,始製成龍涎香品。

④ 纖雲:雲以喻烟縷,烟縷細,故曰“纖雲”。王易簡有“纖痕透曉,銀鏤小、初浮一縷”句,唐藝孫有“麝煤候煖,載一朵、輕雲不起”句。

翠席:“翠”言床席之美。宋人有床上焚香之習。詳周密首注釋⑥“翠屏深杳”條按語。

⑤ 銀葉重調火活:銀葉,周密首注釋⑤“銀葉”條。重調火活,謂重理爐火,使活焉。詳馮應瑞首注釋⑤“清寒一點”條,吕同老首注釋⑤“簾影垂風不

動屏深護春宜小”條。

珠簾日垂風悄:詳王沂孫首注釋⑦“小窗深閉”條。好香宜夢,伏過片“酒醒夢好”句。

按:“纖雲”至“風悄”四句寫焚香頗工細,意謂香爐漸暖,烟縷升起,如輕雲一朵,瀰漫於床席間,氤氳不散。重理活火銀葉,放下珠簾,風不動,好香宜夢。

⑥ 螺屏:屏風之飾以螺者。屏風,所以障風,使香不散也。詳周密首注釋⑤“銀葉”條。

繡羅幬依舊痕少:羅幬,羅帳。亦床上焚香之意。痕,烟。焚香以無烟爲佳,故曰“痕少”。

⑦ 心字:詳王沂孫首注釋③“心字”條。

按:“螺屏”至“慌抱”四句抒情曲折。意謂酒醒,好夢亦醒,但見螺屏之内,床帳之中,烟縷依舊纖細。擬再添香尋夢,幾次試拈龍涎心字香,又暗驚好夢難尋矣。好夢如何,詞人未有言明,蓋夢中所見,是已逝之佳人,故下有“仙洲路杳”句。若以比興讀之,則所夢是故國故君耶?李煜(937—978)《浪淘沙令》曰“夢裏不知身是客,一晌貪歡”,亦好夢也,而曰“無限江山”、“天上人間”,是夢後惆悵無限也。李居仁夢醒而不述夢境,反怕好夢難尋,其反覆矛盾之情可想矣。

⑧ 仙洲路杳:亦吕同老首“仙山路杳”之意。按:路杳,則致忠難矣,唯憑入夢耶?

珮影:龍涎香珮,故曰“玲瓏嬌小”,詳王易簡首注釋⑦“珮珠”條。

按:“隱約”至“未老”四句拓勢之筆,抒情又一曲折,意謂仙洲路隱約杳遠,我徒然護持此玲瓏嬌小之香珮,從前素手添香,香薰衣被之情懷,我則不曾衰減。“春情未老”者,是繫念佳人之情不老,蓋亦忠愛故君之情不曾衰減之意。另參周密首注⑧宋幼主詩。

【輯評】

徐珂校訂《天蘇閣叢刊》本《樂府補題》:"纖雲"至"不了"連點。"幾度"二句,句圈。"隱約"至未,連圈。

黄兆顯《樂府補題研究及箋注》:"起六句取香,纖雲四句燒香,但首二句自有景象。下片三句昔日,幾度二句今時。隱約數句再開拓,結句與賃房首大同。"

水龍吟① 浮翠山房②擬賦白蓮

【校勘】

四庫本無"擬"字。

【注釋】

① 水龍吟:《欽定詞譜》卷三十收"水龍吟"一調共二十五體:雙調一百二字十九體,雙調一百一字二體,雙調一百四字二體,雙調一百六字二體。王奕清等云:"此調句讀最爲參差,今分立二譜。起句七字,第二句六字者,以蘇軾爲正格。起句六字,第二句七字者,以秦觀爲正格。其餘添字減字,句讀押韻不同者,各以類列。此調之源流正變,盡於此矣。此調前後段第三句至第八句例作四字句,前後段第九句五字,第十句四字,前結六字折腰,後結四字。宋人精於審音,添字減字,攤破句法,悉中律吕。其譜不傳,填者但以蘇詞、秦詞爲式可也。此調前後段第九句以下,如譜内蘇詞則前段五字一句、四字一句、六字一句,後段五字一句、四字兩句,秦詞則前段九字一句、六字一句,後段九字一句、四字一句,均爲合格。"按:《補題》本題諸作亦百二字,起句六字,應屬秦觀一格,然無一與《欽定詞譜》所列者合。萬樹(1630—1688)《詞律》卷十六收三體,第二體例詞爲辛棄疾"楚天千里清秋",一百零二字,《補題》本題除唐珏、趙汝鈉、李居仁詞外,其餘七首與之合。萬樹論前人詞譜之失甚辯,並謂:"《詞綜》載趙汝鈉、李居仁詞,後結作七字一句,三字二句,與本調不合,乃是誤筆。此正誤讀坡詞(蘇東坡詞)之類。此調作者最多,俱無此格。"《欽

定詞譜》第七體收趙長卿"烟姿玉骨塵埃外"七字起句一首,結作"壽陽宫、應有佳人,待與點、新妝額";第十五體收劉過"謫仙狂客何如"六字起句一首,結作"算平生、香傳風流,未肯向、香山老"。二家俱是上三下四並"結六字折腰",即萬樹所謂"結作七字一句,三字二句"者。趙汝鈉、李居仁詞亦此例,非無此格也。另,唐珏首上片結句"玉簪爲誰輕墜",作二四句式,與諸家不同。"水龍吟"姜夔注無射宫,俗名越調。曾覿詞名"豐年歲",吕渭老詞名"鼓石慢",楊樵雲詞名"小樓連苑",方味道詞名"莊椿歲"。

② 浮翠山房:《補題》詞人相聚社課處。未知主人爲誰。王樹榮《樂府補題跋》:"宛委爲陳行之別號,而宛委山房賦龍涎香陳不與焉;紫雲爲吕和甫別號,而紫雲山房賦蓴吕不與焉;天柱爲王理得別號,而天柱山房賦蟹王不與焉。浮翠山房賦白蓮,餘閒書院賦蟬,浮翠、餘閒,卷中未見。竊謂浮翠即唐英發之瑶翠而訛。以本卷例之,宋季遺民中如有以餘閒爲別號者,則所佚姓名不難推測而知矣。"按:王樹榮謂浮翠是瑶翠之訛,未知何據,謹備一説。

蘋洲　周密公謹①

素鸞飛下青冥,舞衣半惹凉雲碎②。藍田種玉,緑房迎曉,一奩秋意③。擎〔一〕露盤深,憶君清〔二〕夜,暗傾鉛水④。想鴛鴦正結,梨雲〔三〕好夢,西風冷、還驚起⑤。　應是〔四〕飛瓊仙會,倚凉飇〔五〕、碧簪斜墜⑥。輕妝鬬白〔六〕,明璫照影,紅衣羞避⑦。霽月三更,粉雲千點〔七〕,静香〔八〕十里⑧。聽湘絃奏徹,冰綃偷翦,聚相思淚⑨。

【校勘】

〔一〕"擎",紅絲欄鈔本脱,空一格。汲古閣鈔本作"檠"。

〔二〕“清”,鈔本《草窗詞》、《詞綜》作“凉”。

〔三〕“粉雲”,四庫本作“梨花”。

〔四〕“是”,紅絲欄鈔本誤作“具”。

〔五〕“颭”,鈔本《草窗詞》誤作“馭”。

〔六〕“鬪白”,“鬪”,紅絲欄鈔本誤作“間”。“白”,底本、南詞本、汲古閣鈔本、四庫本作俱作“目”,“鬪目”不辭,底本原校“一作白”,紅絲欄鈔本、鈔本《草窗詞》、《詞綜》、《絶妙好詞箋》作“白”,據改。

〔七〕“雲”,鈔本《草窗詞》、《詞綜》作“香”。

〔八〕“静香”,南詞本“静”字下衍一“天”字。《詞綜》作“静聞”。

【注釋】

①《圖書集成》誤作王沂孫。

② 素鸞飛下青冥:素鸞,白鸞鳥,喻白蓮。青冥,青天。“素鸞”用唐玄宗(李隆基,685—762)《霓裳羽衣舞曲》典以切白蓮。《龍城録》卷上“明皇夜游廣寒宫”條謂玄宗嘗與申天師同游“廣寒清虚之府”,於烟霧中“下見素娥十餘人皓衣乘白鸞,笑舞於廣庭大桂樹下,樂音嘈雜清麗”,歸而編律成音,製《霓裳羽衣舞曲》。明皇游月殿見載於多種唐宋人筆記,文字詳略不同,然情節則一。周密《癸辛雜識·前集》“游月宫”條亦載此故事,以爲“皆荒唐之説,不足問也。”

舞衣半惹凉雲碎:舞衣,喻白蓮花瓣。惹,毛晃(南宋人,生卒未詳)《增修互註禮部韻略》卷三“獨用三十五馬”:“惹,爾者切。亂也,引著也。”引著,牽引之意。李賀《昌谷北園新筍四首》:“古竹老梢惹碧雲,茂陵歸卧歎清貧。”李商隱《柳》:“江南江北雪初消,漠漠輕黄惹嫩條。”周邦彦《六醜·薔薇謝後作》:“長條故惹行客,似牽衣待話,别情無極。”諸例“惹”字俱作“引著”、“牽引”解。半惹,微動輕引。凉雲,謝朓(464—499)《七夕賦》:“朱光既夕,凉雲始浮。”喻蓮葉,姜夔《鬲山溪·題錢氏溪月》:“荷苒苒,展凉雲,横卧虹千尺”。

李居仁本題同賦有“碧雲不掩”句，張炎有“緑雲十里”句，王沂孫有“翠雲遥擁環妃”句，皆以雲朵喻蓮葉。

按：周密詞既曰“素鸞”、“舞衣”，則《霓裳羽衣曲》已寓焉。以《霓裳羽衣曲》詠白蓮，在周密前已有。釋居簡（1164—1246）《白荷花》：“數畮澄漪不用耕，移根玉井不曾耘。羽衣何處霓裳徧，翠蓋参差踏水雲。”羅椅（南宋末人，周密《癸辛雜識·續集》略載其行事）《白蓮花》：“白鸞仙人按羽衣，曲中弄影江南漪。江妃閉置未許歸，一把青寒縈玉絲。玉絲蟬連不禁折，折著透根仍透葉。風流極處絶成愁，君不見秋扇團圓似明月。”

又按：意者，周密以《霓裳羽衣曲》起調，蓋自有其深意存焉。白居易《長恨歌》曰：“漁陽鼙鼓動地來，驚破《霓裳羽衣曲》”，大有聲色招禍，繁華頓散之意。陳鴻（生卒未詳）《長恨歌傳》與樂史（930—1007）《楊太真外傳》俱謂楊貴妃進見玄宗之日，奏《霓裳羽衣曲》。樂史又曰：“妃醉中舞《霓裳羽衣》一曲，天顔大悦，方知回雪流風，可以回天轉地。”既言“回天轉地”，則人主之沉湎聲色可知矣，而終致漁陽之禍、馬嵬之變，與乎幸蜀之行。雖小説家言，然信之者衆，故宋人視《霓裳羽衣曲》爲亂亡之曲。鄭文寶（953—1013）《江表志》：“《霓裳羽衣曲》自兵興之後絶無傳者，周后（惠昭周后，936—965）按譜尋之，盡得其聲。”馬令（生卒未詳）《南唐書》卷六“女憲傳”：“唐之盛時，《霓裳羽衣》最爲大曲，罹亂，瞽師曠職，其音遂絶。後主獨得其譜，樂工曹生亦善琵琶，按譜粗得其聲，而未盡善也。后輒變易訛謬，頗去窪淫，繁手新音，清趣可聽，後主嘗演《念家山》舊曲，后復作《邀醉舞》、《恨來遲新破》，皆行于時。中書舍人徐鉉聞《霓裳羽衣》曰：‘法曲終慢，而此聲太急，何耶？’曹生曰：‘其本實慢，而宫中有人易之，然非吉徵征也。’歲餘，周后子母繼死，後主國步浸微，音之所起，實由人心，而嘽緩噍殺，治亂應之，豈虚言乎？”事又見陸游（1125—1210）《南唐書》卷十六“列傳”。唐玄宗創開元之盛，而後竟致安史之亂，史家以爲足可爲人君鑒誡。司馬光（1019—1086）《資治通鑑》卷二百十八：“臣光曰：聖人以道德爲麗，仁義爲樂；故雖茅茨土階，惡衣菲食，不恥其陋，惟恐奉養之過以勞民費財。明皇恃其承平，不思後患，殫耳目之玩，窮聲技之巧，自謂帝王富貴皆不我如，欲使前莫能及，後無以踰，非徒娱已，亦以誇人。豈知大盗在旁，已有窺窬之心，卒致鑾輿播越，生民塗炭。乃知人君崇華靡以示人，適足爲大盗之招也。"《霓裳羽衣曲》即聲技之酋也，顧炎武(1613—1682)《日知録》卷十三"家事"條："玄宗造《霓裳羽衣》之曲，而唐室遂亂。"揆之宋末，則理宗(趙昀，1205—1264)與度宗(趙禥，1240—1274)更下唐玄宗遠甚。佚名《宋季三朝政要》卷二："御史洪天錫劾內官盧允升、董宋臣，疏不行而去國。巨璫董宋臣迎逢上(理宗)意，起梅堂、芙蓉閣，奪豪民田，引倡優入宫，招權納賄，無所不至。人以'董閻羅'目之。時閻妃怙寵，馬天驥、丁大全用事，有無名子書八字於朝門云：'閻馬丁當，國勢將亡。'"卷四："上(宋度宗)自爲皇太子，以好內聞。既立，躭於酒色。賈似道以策立功制國命。上拱手而已。"理宗"引倡優入宫"，寵幸奸佞與閻妃，而度宗則"以好內聞"，"躭於酒色"，"拱手而已"，又豈唯"不思後患，殫耳目之玩，窮聲技之巧"哉？然自恃其承平而不思後患則一也，宜乎《宋史》譏其"亡國不於其身，幸矣！"羅椅藉《霓裳羽衣曲》詠白蓮曰"風流極處絶成愁"，蓋是盛極而衰之意，然則周密詞以《霓裳羽衣曲》起調，蓋亦暗寓此意，故下有"擎露盤深，憶君清夜，暗傾鉛水"之句。

又按：本題周密、唐珏、吕同老、王沂孫皆用《霓裳羽衣曲》典詠白蓮，蓋亦有本朝故事可參。周密《武林舊事》卷七"乾淳奉親"記：淳熙九年(1182)中秋，高宗與孝宗(趙眘，1127—1194)率后妃幸德壽宫香遠堂賞月觀百戲。香遠堂有"大池十余畝，皆是千葉白蓮。凡御榻、御屏、酒器、香奩、器用，並用水晶。南岸列女童五十人奏清樂；北岸芙蓉岡一帶，並是教坊工，近二百人。待月初上，簫韶齊舉，縹緲相應，如在霄漢。既入座，樂少止。太上召小劉貴妃獨吹白玉笙《霓裳中序》，上(孝宗)自起執玉杯，奉兩殿(高宗與吴太后)酒，並以壘金嵌寶注碗、杯盤等賜貴妃(小劉貴妃)。侍宴官開府曾覿(1109—1180)恭上《壺中天慢》一首云：'素飆颺碧，看天衢穩送，一輪明月。翠水瀛壺人不到，比似世間秋别。玉手瑶笙，一時同色，小按霓裳疊。天津橋上，有人偷記新闋。　　當日誰幻銀橋,阿瞞兒戲,一笑成癡絶。肯信群仙高宴處,移下水晶宫闕。雲海塵清,山河影滿,桂冷吹香雪。何勞玉斧,金甌千古無缺。'上皇(高宗)曰:'從來月詞不曾用金甌事,可謂新奇。'賜金束帶、紫番羅、水晶注碗一副。上(孝宗)亦賜寶盞、古香。至一更五點還内。是夜隔江西興,亦聞天樂之聲。"盛况不减唐玄宗。

③ 藍田種玉:藍田,傳爲秦孝公(前381—前338)所置縣名,在今陝西省,産美玉,曰藍田玉。"藍田種玉"之"玉"當指白玉,喻白蓮。李昴英(1200—1257)《賀新郎·同年顧君景沖雲翼經屬官舍白蓮盛開招飲水亭》:"誰種藍田玉。碧雲深、亭亭月上,水明溪曲。"

緑房迎曉:緑房,蓮房,即蓮蓬。陸雲(262—303)《芙蕖》:"緑房含青實,金條懸白璆。"李商隱(約812—858)《韓翃舍人即事》:"蘵草含丹粉,荷花抱緑房。""緑房迎曉"句文字直承李賀《牡丹種曲》:"水灌香泥却月盆,一夜緑房迎白曉。"李賀詠牡丹,周密詠白蓮,所詠不同。詠白蓮曰曉,蓋又承陸龜蒙(?—881)《和木蘭後池三詠·白蓮》:"素蘤多蒙别艷欺,此花真合在瑶池。還應有恨無人覺,月曉風清欲墮時。"蘇軾《評詩人寫物》以爲"無情有恨何人見,月曉風清欲墮時"二句"决非紅蓮詩",足見"詩人有寫物之功"。是蘇軾所見陸詩作"無情有恨何人見。"陸詩"月曉風清"一情境,本題諸家多有承用,周密曰"緑房迎曉"、"霽月三更",即自"月曉風清"化出。

一奩秋意:奩,鏡奩,喻水。曰"秋意",則花時過矣,伏下片"冰綃偷翦"句。

按:"素鸞"至"秋意"五句寫水上白蓮與蓮葉,意謂白蓮如素鸞自天而降,化身舞女,隨風起舞,舞衣微動蓮葉,遠觀之,如一片凉雲斷復連也。白蓮又如藍田美玉,立於水上,迎候破曉。放眼而望,但覺滿湖秋意。

④ "擎露"至"鉛水"三句:用李賀《金銅仙人辭漢歌》典以寄黍離之慨,詳《天香》詠龍涎香王沂孫首注釋②"鉛水"條及同條按語。擎露盤,喻蓮葉;鉛水,喻露水。露水聚於蓮葉上,滾滾如鉛水走珠,故以爲喻。白居易《潯陽三

題》其三《東林寺白蓮》:"洩香銀囊破,瀉露玉盤傾。"

按:"擎露"至"鉛水"三句,意謂蓮葉隨風側動,葉上露珠暗傾,如金銅仙人因思君之故,側倒擎露盤,盤中露水傾瀉也。李賀《金銅仙人辭漢歌》曰:"空將漢月出宫門,憶君清淚如鉛水。"仙人所憶之君,是"茂陵劉郎秋風客",即漢武帝(劉徹,前156—前87),而周密所憶之君,當指宋帝言。此三句承前《霓裳羽衣曲》典拓勢而來。

⑤ 梨雲好夢:梨雲,梨花雲。梨花與雲俱白,王建(約767—約830)《夢好梨花歌》(一作王昌齡(698—756)《夢中作梅花詩》):"薄薄落落霧不分,夢中唤作梨花雲。瑶池水光蓬萊雪,青葉白花相次發。"周密用王詩以補託白蓮之白。

按:"想鴛鴦"至"還驚起"四句,意謂西風驚起睡鴛鴦之好夢也。唐宋詩詞好以水禽鴛鴦點綴蓮花,然驚起鴛鴦者多爲採蓮女而非西風,以鴛鴦之成雙比對採蓮女之孤獨。驚起鴛鴦之夢,蓋亦詞家艷語,略有好夢頓醒之意,託意於似有還無之間。

⑥ 飛瓊仙會:飛瓊,仙女許飛瓊。仙會,仙家宴會。晏幾道《采桑子》上片:"白蓮池上當時月,今夜重圓。曲水蘭船,憶伴飛瓊看月眠。"晁端禮(1046—1113)《並蒂芙蓉》下片:"萼緑攬飛瓊,共波上游戲。"

凉颸:颸,旋風。凉颸,指上片之西風。

碧簪斜墜:碧簪,喻白蓮。謂白蓮是飛瓊所墜玉簪化成。唐珏首有"玉簪爲誰輕墜"句。楊億(974—1020)《白蓮》(一曰王禹偁《詠白蓮》):"昨夜三更裏,嫦娥墜玉簪。馮夷不敢受,捧出碧波心。"

按:"應是"至"斜墜"三句再换一譬喻,意謂許飛瓊赴仙家宴會時,於風中誤墜玉簪,化成白蓮。

⑦ 輕妝鬭白:白蓮色素淡,故曰輕妝。鬭白,白蓮互相比並也。

明璫:明月璫。《孔雀東南飛》:"耳著明月璫"。曹植(192—232)《洛神賦》寫與洛神相遇,旋又分别;洛神嘆人神道殊:"悼良會之永絶兮,哀一逝而異鄉。無微情以效愛兮，獻江南之明璫。雖潛處於太陰，長寄心於君王。”明璫借代洛神，再轉喻白蓮。

照影：謂白蓮立於水上，如洛神之鑒水自顧倩影也。陸雲《芙蕖》：“俯仰隨風傾，煒煒照清流。”

紅衣羞避：紅衣，借喻紅蓮。羞避，謂紅蓮自愧不如白蓮，故羞避之也。此亦襯託之筆。

按：“輕妝”至“羞避”三句寫白蓮及其倒影，並以紅蓮襯託，情韻盎然。以洛神喻蓮花，自唐人已然，如皮日休（約 834—902）《詠白蓮》其一：“通宵帶露妝難洗，盡日凌波步不移。”何希堯（生卒未詳）《操蓮曲》：“錦蓮浮處水粼粼，風外香生襪底塵。”《洛神賦》：“凌波微步，羅襪生塵”。皮詩與何詩以“凌波”、“襪塵”代洛神，再轉喻蓮花，周密詞亦然。用洛神典不必皆寄心君王，然上片既用金銅鉛淚典，則所謂“明璫”者，當有寄心君王之意，以應上片“憶君”句、煞拍“相思淚”句。

⑧ 霽月三更：雨雪晴曰霽；霽月，雨後月色明淨也。三更，夜深人静也，前引《白蓮》詩：“昨夜三更裏，嫦娥墜玉簪。”

粉雲千點：白雲，借喻白蓮，與上片“梨雲”同寫蓮之白，粉雲實寫，梨雲虛寫。千點，言白蓮之多也。

静香十里：静香，借代白蓮。静者，無人也；四野静，人心亦静，但覺花氣觸鼻生香也。十里，蓮花。《初學記》卷二十七“寶器部・芙蓉第十三”引王子年《拾遺記》：“漢昭帝游柳池，有芙蓉紫色，大如斗，花葉甘可食，芬氣聞於十里之内，蓮實如珠。”故唐宋詩詞間用以詠蓮，言其廣闊也，如韓愈（768—824）《酬司門盧四兄雲夫院長望秋作》：“曲江荷花蓋十里，江湖生目思莫緘。”柳永（約 987—約 1053）《望海潮》：“重湖疊巘清嘉，有三秋桂子，十里荷花。”

按：“霽月”至“十里”三句寫深夜雨後荷塘，以粉雲切白蓮。月與花俱白，遠觀之，千朵白蓮與月色渾然一片，如雲朵也。是時四野人心俱静，花氣觸鼻生香。陸龜蒙《白蓮》“月曉風清欲墮時”亦寫月花俱白，清風送香，周詞蓋得力於陸詩。

⑨ 聽湘絃奏徹：湘絃，湘靈瑟絃。湘靈鼓瑟見《楚辭・遠游》。今傳唐人湘靈鼓瑟詩數首，皆寫其聲之淒苦，以錢起(722—約780)《省試湘靈鼓瑟》詩名最著。至若湘靈鼓瑟，其聲淒苦，自是子虛烏有，乃詩家詞客想像之辭也，蓋人心淒苦，故湘絃亦隨之而苦，周密"聽湘絃奏徹"者，是其心苦久矣。李商隱《七月二十八日夜與王鄭二秀才聽雨後夢作》有"逡巡又過瀟湘雨，雨打湘靈五十絃"句，然則周密所聽者，雨也；湘絃，喻雨聲，謂聽罷雨聲而心自苦也，亦應上"霽"字，引下"冰綃"、"聚淚"二句。

冰綃偷翦：冰綃，喻白蓮花瓣。王勃(約650—約676)《七夕賦》："停翠梭兮卷霜縠，引鴛杼兮割冰綃。"偷翦，喻花瓣落而人不覺也。蓋花瓣於雨中落，故人不覺。

聚相思淚：聚淚，喻雨聚於蓮葉上也，應前"霽"字及"湘絃"句。淚曰相思，應上片"憶君"句，仍用李賀《金銅仙人辭漢歌》典以寫亡國之苦。

按："聽湘絃"至"相思淚"三句，續寫雨後所見，白蓮花瓣自落，雨水聚於蓮葉之上。蓋亦觸景生情，懷念故君之意。

【點評輯録】

陳廷焯《雲韶集輯評》卷八："此詞微嫌刻劃太過，但字斟句酌，有鏤雲裁月之妙，故録之。靜麗之至，一塵不染。"

陳廷焯《詞則・大雅集》卷三評"擎露盤深"至"還驚起"："鏤月裁雲，詞意兼勝。"

陳廷焯《白雨齋詞話》卷二："詞意兼勝，似此亦居然碧山矣。"

俞陛雲《唐五代兩宋詞選釋》："起筆取喻新穎，筆勢亦如翔鸞之破空而下。'藍田'三句詠本題。'擎露'三句有銅仙戀漢之悲。'驚起鴛鴦'句兼感身世。下闋詠本題而託諸仙蹤，如素鸞飛下廣寒,俗艷紅妝,自應避舍。‘霽月三更’句詠‘白’字,不事雕飾,句法雅切而渾成。以怨歌作結,更見君國之愛。”

徐珂校訂《天蘇閣叢刊》本《樂府補題》:“擎露”至“鉛水”連圈。“霽月”至“十里”連點。

薛礪若《宋詞通論》第七篇第一章::“寫白蓮、秋蟬、水仙,均哀艷雅潔,足與白石、碧山齊美,同爲古今絶唱。”

黄兆顯《樂府補題研究及箋注》:“擎露三句借喻,鴛鴦三句補敘,后妃北上由此見出。過片反覆,曲盡意態,碧簪明璫,當指孟后髻釵事。”

天柱　王易簡理得

翠裳微護冰肌,夜深暗泣瑶臺露〔一〕①。芳容淡〔二〕泞〔三〕,風神蕭散,凌波晚步②。西子殘妝,環兒初起,未須匀注③。看明璫素襪,相逢憔悴,當應〔四〕被、西〔五〕風誤④。

十里雲愁雪妒,抱淒凉、盼嬌無語⑤。當時姊〔六〕妹,朱顔褪酒,紅衣按舞⑥。别浦重尋,舊盟唯〔七〕有,一行鷗鷺⑦。伴玉顔月曉,盈盈冷艷,洗人間暑⑧。

【校勘】

〔一〕“露”,南詞本誤作“路”。

〔二〕“淡”,四庫本作“澹”。

〔三〕“泞”,南詞本“泞”不從“水”而從“足”,誤。

〔四〕“當應”,四庫本作“應當”。

〔五〕“西”，底本原校“一作薰”，南詞本、紅絲欄鈔本、汲古閣鈔本、《詞綜》、《圖書集成》、《歷代詩餘》作“薰”。四庫本作“熏”。

〔六〕“姊”，紅絲欄鈔本、《詞綜》作“娣”。

〔七〕“唯”，南詞本、紅絲欄鈔本、汲古閣鈔本、四庫本、《詞綜》作“惟”。

【注釋】

① 翠裳微護冰肌：翠裳，喻蓮葉。冰肌，借代仙女，再傳喻白蓮。白蓮在蓮葉叢中，故以微護爲喻。

夜深暗泣瑶臺露：瑶臺，仙人所居。瑶臺露，仙露，陸龜蒙《白蓮》：“此花真合在瑶池”，瑶池與瑶臺同在仙界，故白蓮能霑得瑶臺仙露。朱敦儒(1081—1159)《鵲橋仙·和李易安金魚池蓮》：“輕風冷露夜深時，獨自個、凌波直上。”

② 淡泞：澄澈、明淨。西晉木華(生卒未詳)《海賦》：“泱漭淡泞，騰波赴勢。”李善(630—689)《文選》注：“淡泞，澄深也。”

凌波晚步：用曹植《洛神賦》典。

按：“翠裳”至“晚步”五句寫水中白蓮在蓮葉叢中，如洛神凌波微步，鑒水自照，風神冷淡蕭散；夜深零露，又暗自低泣彈淚。

③ 西子殘妝：西子，西施，喻白蓮。皮日休《詠白蓮》其一：“静婉舞偷將動處，西施嚬效半開時。”其二：“吴王臺下開多少，遥似西施上素妝。”殘妝，白蓮間或有未全白，花瓣略帶粉紅者，遠觀不覺，逼視則可見，故以殘妝爲喻，仲殊(與蘇軾交，生卒未詳)《念奴嬌》詠白蓮：“雪艷冰肌羞淡泊，偷把胭脂匀注。”所詠即是。

環兒初起：環兒，楊貴妃(719—756)。初起，洗浴罷初出水。白蓮出水，如貴妃浴罷出水也。白居易《長恨歌》：“春寒賜浴華清池，温泉水滑洗凝脂。”凝脂，言其白也。杜衍(978—1057)《詠蓮》：“曉開一朵烟波上，似畫真妃出浴時。”王同祖(1219—?)《郡圃觀白蓮》：“嬌羞處子臨妝後，淡淨佳人出浴時。”

董斯張(1587—1628)《廣博物志》卷四十二引《三餘帖》:"蓮花一名玉環。"

未須勻注:勻注,勻掃胭脂。宋徽宗《宴山亭·北行見杏花》:"淡著燕脂勻注。"另參上引仲殊《念奴嬌》詠白蓮。曰"未須"者,言白蓮略著粉紅,如佳人未勻掃胭脂,色白中帶紅也。

按:"西子"至"勻注"三句特寫白蓮,以西施及楊貴妃爲喻,以見白蓮自有全白者,亦有略帶粉紅者。可謂觀察入微矣。

④ 看明璫素襪相逢憔悴:"相逢",謂與洛神相逢也。"明璫"、"素襪"俱用《洛神賦》典以喻白蓮。詳周密首注釋⑥"明璫"條及按語。憔悴,喻白蓮將落未落,應前"夜深暗泣"句。

西風誤:西風至則花落。賀鑄(1052—1125)《芳心苦》詠蓮:"當年不肯嫁春風,無端却被秋風誤。"

按:"看明璫"至"西風誤"四句寫西風中之白蓮,將落未落,我今見之,殊覺其憔悴極矣。王易簡用《洛神賦》典頗繁密,其寄心君王之意較周密首顯著。西風,喻世變也。又,白蓮之將落未落亦自陸龜蒙《白蓮》詩"月曉風清欲墮時"化出。

⑤ 十里雲愁雪妒:十里,借代白蓮,詳周密首注釋⑦"静香十里"條。雲雪雖白,亦未若白蓮,故生愁妒。

淒凉:趙崇嶓(1198—1256)《白蓮》:"坐令紅黛皆塵俗,一種淒凉不堪折。"

盼嬌無語:反用"解語花"典。王仁裕(880—956)《開元天寶遺事》卷下"解語花"條:"明皇秋八月,太液池有千葉白蓮數枝盛開,帝與貴戚宴賞焉,左右皆歎羨。久之,帝指貴妃示於左右曰:'爭如我解語花。'"白蓮不解言語,故曰"無語"。又李白(701—762)《淥水曲》:"荷花嬌欲語,愁殺蕩舟人"。

⑥ 姊妹:謂紅蓮,用以襯託白蓮。宋人以趙飛燕、趙合德姊妹、大小二喬姊妹(四人生卒俱未詳)喻蓮花;又以楊貴妃姊妹喻白蓮。邵雍(1011—1077)《雙頭蓮》:"漢室嬋娟雙姊妹,天臺縹緲兩神仙。"趙長卿(南宋初人,生卒未

詳)《虞美人·雙蓮》:“二喬姊妹新妝了。照水盈盈笑。”李洪(南宋初人,生卒未詳)《僧惠白蓮》:“太真姊妹温泉浴,竇氏兒郎丹桂風。”趙彦端(1121—1175)《鵲橋仙·二色蓮》:“一家姊妹,兩般梳洗,濃淡施朱傅粉。”趙彦端詞“姊妹”則喻紅蓮與白蓮。

朱顔褪酒紅衣按舞:朱顔,喻紅蓮;褪酒,謂褪去酒意,雙頰微紅也。紅衣,紅蓮。按舞,用“霓裳羽衣曲”典,詳周密首注釋①按語。此二句以紅蓮襯託白蓮。

按:“十里”至“按舞”五句以白雲、白雪、紅蓮襯託白蓮。白蓮招徠雲愁雪妒,故生淒凉之慨,猶默然不語;復想當時紅蓮如酒意初褪之佳人,被服紅衣,按曲起舞。以紅蓮之熱鬧,託出白蓮之冷淡孤淒。

⑦ “别浦”至“鷗鷺”:别浦重尋,即“重尋别浦”倒裝。“重尋别浦”者是詞人。“舊盟”二句用《列子》“鷗鷺忘機”典。《列子·黄帝》:“海上之人有好漚(鷗)鳥者,每旦之海上,從漚鳥游,漚鳥之至者百住(數)而不止。其父曰:‘吾聞漚鳥皆從汝游,汝取來,吾玩之。’明日之海上,漚鳥舞而不下也。故曰:至言去言,至爲無爲;齊智之所知,則淺矣。”鷗鷺,無機心者,陳宓(宰相陳俊卿〔1113—1186〕子,生卒未詳)《四月中澣流惠亭見蓮》:“我自得閒來臥看,狎人鷗鷺亦成群。”王詞曰“惟有鷗鷺”,蓋喻前盟舊友之有機心者已去,獨無機心者能不懈怠,潔身自愛也。

⑧ 伴玉顔月曉:玉顔,喻白蓮。月曉,從陸龜蒙《白蓮》“月曉風清”句化出。

盈盈冷艶:盈盈,儀態美好貌。冷艶,喻白蓮。

人間暑:喻人心抑鬱不平之慨也。白蓮冷艶出塵,見之忘俗,故能平伏人心,如洗却人間暑氣也。

按:“别浦”至“人間暑”六句,承上紅蓮之熱鬧與白蓮之冷淡拓勢而來。意謂我重尋别浦,其堅守舊盟者,唯有鷗鷺而已。獨有白蓮冷艶出塵,不與紅蓮按曲起舞,自甘憔悴;且伴白蓮等待月曉,以平伏我抑鬱不平之慨。此蓋王易簡自表冷淡，自傷寂寞之辭也。

【點評輯録】

陳廷焯《雲韶集輯評》："情詞淒艷。亦是奪胎方回。仙骨淩雲，凡襟頓滌。"

徐珂校訂《天蘇閣叢刊》本《樂府補題》："看明璫"至"西風誤"三句連圈。"當時姊妹"至"一行鷗鷺"六句連點。

俞陛雲《唐五代兩宋詞選釋》："處處不脱本題，詠'白'字而皆有蓮花淡逸之致，非泛論白色之花，是其工切處。結句尤超脱。"

黄兆顯《樂府補題研究及箋注》："上闋全爲白蓮寫照，明璫數句當暗指發后陵事。過片二句承西風句來，一行鷗鷺正爲當時三句對比，亦暗指后妃事。別浦數句境界孤寂，洗人間暑四字如許手筆。"

宛委　陳〔一〕恕可行之[①]

素姬初宴瑶池，珮環誤落雲深處[②]。分香華井，洗妝湘渚，天姿淡泞〔二〕[③]。碧蓋吹凉，玉冠迎曉，盈盈笑語[④]。記當時乍識，江明夜静〔三〕，只愁被，嬋娟誤[⑤]。　　幾點沙邊飛鷺，舊盟寒、遠迷烟〔四〕雨[⑥]。相思未盡〔五〕，纖羅曳水，清鉛泣露[⑦]。玉鏡臺空，銀瓶〔六〕綆絶，斷魂何許[⑧]。待今宵試採〔七〕，中流一葉，共凌波去[⑨]。

【校勘】

〔一〕“陳”，南詞本、紅絲欄鈔本、汲古閣鈔本、《詞綜》、《圖書集成》、《歷代詩餘》誤作“練”。底本及四庫本不誤。

〔二〕“泞”，紅絲欄鈔本脱，空一格。南詞本“泞”不從“水”而從“足”，誤。

〔三〕“静”，底本原校“一作淨”，紅絲欄鈔本、汲古閣鈔本、四庫本、《詞綜》、《歷代詩餘》作“淨”。

〔四〕“烟”，紅絲欄鈔本、汲古閣鈔本、《歷代詩餘》作“烟”。

〔五〕“盡”，南詞本誤作“識”。

〔六〕“瓶”，南詞本誤作“缾”。

〔七〕“採”，底本原作“探”，原校“一作採”，南詞本亦作“採”。紅絲欄鈔本、汲古閣鈔本、四庫本、《詞綜》、《圖書集成》、《歷代詩餘》皆作“採”。按：採指採蓮言，據諸本改。

【注釋】

① 陳恕可行之：據陳旅(1288—1343)《陳如心墓志銘》，陳恕可字行之，一字如心，固始人。曾以蔭補官，宋咸淳十年(1274)中銓試，授迪功郎，泗州虹縣主簿。宋亡後卜居西湖之上，與寓公遺老徜徉山水間，原擬以此終身。元世祖至元二十七年(1290)，徐琰(约 1220—1301)強之出任西湖書院山長。元成宗元貞元年(1295)，嘉興崇德縣改爲州，陳恕可之任崇德州儒學教授。此後歷任廬州路儒學教授、衢州路江山縣主簿、寶慶路總管府知事、松江府上海縣丞。年六十八，以承務郎平江路吴縣尹致仕。陳恕可出仕期間興學治民，頗有時譽，其門人蔣震孫(生卒未詳)推崇恕可爲人清介，不以黜陟榮辱累其心，爲官有元結(719—772)漫士之風。陳恕可學綜經史，達禮制，詩文醇正近古，小篆似吴興張有(1054—?)；耄耋耆年，見古法書名畫，猶能臨摹。因其越中故宅面向宛委山，故自號宛委居士，以示不忘鄉邦。元順帝至元五年(1339)卒，年八十二。編著《志言稿》、《餘學稿》、《宛委永言》、《古今率録》、

《復古篆韻》、《詞譜編目》、《樂府補題》諸書。今僅存《樂府補題》,餘皆佚失。

② 素姬初宴瑶池:素姬,素娥,仙女。瑶池,陸龜蒙《白蓮》:“此花真合在瑶池”。

珮環:喻白蓮,謂白蓮由仙家珮環化成。

③ 分香華井:華井,西嶽華山玉井。韓愈《古意》:“太華峰頭玉井蓮,開花十丈藕如船。”歐陽詢(557—641)《藝文類聚》卷八十二“草部下・芙蕖”引《華山記》曰:“山頂有池,池中生千葉蓮花,服之羽化,因名華山。”分香,謂白蓮自華山玉井分出,異於尋常花卉也。

洗妝湘渚:喻白蓮如湘妃於湘渚洗妝,白皙可觀也。以湘妃喻蓮,自唐人已然,如郭震(656—713)《蓮花》:“湘妃雨後來池看,碧玉盤中弄水晶。”梅摯(994—1059)《和王益新繁縣東湖瑞蓮歌》:“又認英皇立湘渚,翠華不返凝怨慕。”

淡泞:詳王易簡首注釋②。

按:“素姬”至“淡泞”五句,意謂白蓮本是素姬珮環所化,又分得華山玉井蓮之香氣,自是仙葩異卉。白蓮明淨素淡,如湘妃之洗去艷妝也。

④ 碧蓋:碧緑之車蓋,喻荷葉。

玉冠迎曉:玉冠,喻白蓮。白居易《六年秋重題白蓮》:“素房含露玉冠鮮,紺葉摇風鈿扇圓。”迎曉,從陸龜蒙《白蓮》“月曉風清”句化出。

盈盈笑語:用“解語花”典。詳王易簡首注釋⑤“盼嬌無語”條。

按:“碧蓋”至“笑語”三句以蓮葉補襯白蓮,意謂凉風吹動蓮葉,白蓮則如解語太真,戴玉冠以迎破曉也。

⑤ 嬋娟誤:嬋娟,姿態美好貌,形容女子、花卉,或月色之美好。蘇軾《水調歌頭》“千里共嬋娟”,即形容月色,借代月。陳恕可此處借以代月。月色嬋娟,白蓮花色與月色俱白,人不易辨,故曰“嬋娟誤”,是亦從陸龜蒙《白蓮》“月曉風清”句化出。

按:“記當時”至“嬋娟誤”四句,意謂記得初見白蓮之時,正是江明夜静,白蓮與月色俱白，月下白蓮，難以分辨，至使我生愁也。上片是逆筆虛寫，故曰“記當時”。

⑥ “幾點”至“烟雨”三句：用“鷗鷺忘機”典，詳王易簡首注釋⑦。

⑦ 相思未盡：所思者是鷗鷺，喻前盟舊友，應前“舊盟寒”句。

纖羅曳水：喻白蓮花葉觸水。

清鉛泣露：用李賀《金銅仙人辭漢歌》，詳《天香》詠龍涎香王沂孫首注釋②“鉛水”條及同條按語。

按：“幾點”至“泣露”六句以“相思”爲主眼，意謂烟雨迷離，遠隔沙邊鷗鷺，可望而不可再招，是舊盟已生寒矣，致使我相思不盡也。相思未盡，又見白蓮花葉曳水，露珠聚葉，如仙人泣下鉛水清淚，更益詞人愁緒。“清鉛泣露”句，寓黍離之痛也。

⑧ 玉鏡臺：《世説新語》“假譎第二十七”：“温公喪婦。從姑劉氏，家值亂離散，唯有一女，甚有姿慧，姑以屬公覓婚。公密有自婚意，答云：‘佳婿難得，但如嶠比云何？’姑云：‘喪敗之餘、乞粗存活，便足慰吾餘年，何敢希汝比。’却後少日，公報姑云：‘已覓得婚處，門地粗可，壻身名宦，盡不減嶠。’因下玉鏡臺一枚。姑大喜。既婚，交禮，女以手披紗扇，撫掌大笑曰：‘我固疑是老奴，果如所卜。’玉鏡臺，是公爲劉越石長史，北征劉聰所得。”玉鏡臺後指婚娶聘禮。

銀瓶綆絶：白居易《井底引銀瓶》：“井底引銀瓶，銀瓶欲上絲繩絶。石上磨玉簪，玉簪欲成中央折。瓶沉簪折知奈何，似妾今朝與君别。”又云“爲君一日恩，誤妾百年身。寄言癡小人家女，慎勿將身輕許人！”序曰：“止淫奔也。”

何許：何處。

⑨ 一葉：一葉舟，謂乘舟採白蓮。

凌波：用《洛神賦》典。

按：“玉鏡臺”至“凌波去”六句别有寄慨。意者，陳恕可本爲故宋迪功郎，泗州虹縣主簿，然自至元二十七年出任西湖書院山長始，歷任崇德州儒學教授、廬州路儒學教授、衢州路江山縣主簿、寶慶路總管府知事、松江府上海縣丞，終以承務郎平江路吴縣尹致仕。陳恕可身仕二朝，不克盡忠趙宋，以遺民終身，故於心實有愧焉，如女子之改嫁，又誤將身輕許他人，至婚姻不善，所謂“爲君一日恩，誤妾百年身”是也；今回首也，愧見前盟舊友，雖感極而悲，魂爲之斷，亦無告訴處。“待今宵”以下以採白蓮爲喻，乘一葉舟共白蓮凌波而去者，用《洛神賦》“寄心君王”意，以示心繫宋君也。

【點評輯録】

徐珂校訂《天蘇閣叢刊》本《樂府補題》：“只愁被嬋娟誤”連圈。“幾點”至“烟雨”二句句圈。“玉鏡”至“何許”三句連圈。“待今宵”至“凌波去”三句連點。

黄兆顯《樂府補題研究及箋注》：“上闋結構與理得一首同。佩環句暗喻，分香三句真是白蓮，見出神態。只愁一句當指后妃事。過片承上起下，相思三句正由后妃事拓出，玉鏡三句再開宕，結三句仍有所待，用意見忠厚。”

菊山　唐珏玉潛①

淡妝人更嬋娟，晚奩淨洗鉛華膩②。泠泠月色，蕭蕭風度，嬌紅斂〔一〕避③。太液池空，霓裳舞倦，不堪重記④。歎〔二〕冰魂猶在，翠輿難駐，玉簪爲誰輕墜⑤。　　別有凌空一葉，泛清寒、素波千里⑥。珠房淚濕，明璫恨遠，舊游夢裏⑦。羽扇生秋，瓊〔三〕樓不夜，尚遺仙意⑧。奈香雲易散，綃衣半脱，露涼如水⑨。

【校勘】

〔一〕“斂”，四庫本、《詞綜》、《圖書集成》、《歷代詩餘》作“欲”。

〔二〕“歎”，南詞本、紅絲欄鈔本、汲古閣鈔本、四庫本作“嘆”。按：“嘆”、“歎”二字多通用，然段玉裁(1735—1815)《説文解字注》謂：“古歎與嘆義別，歎與喜樂爲類，嘆與怒哀爲類。”

〔三〕“璚”：汲古閣鈔本、《詞綜》、《圖書集成》、《歷代詩餘》作“瓊”。按：“璚”有“渠營切”及“古穴切”二讀，讀“渠營切”與“瓊”通。

【注釋】

① 菊山唐珏玉潛：唐珏(1247—?)，字玉潛，號菊山，會稽山陰人。家貧力學，以授徒奉母。歲戊寅(1278)十二月十二日，元江南浮屠總攝楊璉真伽假朝命發趙宋諸陵，至斷殘肢體，攫搜財寶，焚其胔，棄骨草莽間。珏聞之，“亟貨家具，得白金百星許；執券行貸，得白金又百星許”，以此招里中少年助其瘞帝后遺骨。“唐葬骨後，又於宋常朝殿掘冬青樹植於所函土堆上，作《冬青行》二首”。邑人袁俊齋高其節行，延至賓館，且爲其聘室置田。世人多其義烈。事見陶宗儀《南村輟耕録》卷四“發宋陵寢”條載《唐義士傳》、張孟兼(1338—1377)《唐珏傳》。時潛瘞帝骨者，尚有林景熙(1242—1310)、謝翺(1249—1295)、王英孫(1238—1312)、鄭樸翁(1240—1302)、羅銑(生卒未詳)。唐珏、林景熙、謝翺均作詩文以紀其事。唐珏作《冬青行二首》、《瘞帝骨文》；林景熙作《酬謝皐父見寄》、《夢中作四首》、《冬青花》；謝翺作《冬青樹引别玉潛》、《古釵歎》。

② 淡妝：喻白蓮。陳景沂(南宋人，生卒未詳)《全芳備祖》前集“花部”卷十一“荷花”引楊萬里(1127—1206)《紅白蓮》：“紅白蓮花開共塘，兩般顔色一般香。恰如漢殿三千女，半是濃妝半淡妝。”

嬋娟：姿態美好貌，此處形容女子姿態之美好，再轉喻白蓮，用法與陳恕可首“嬋娟誤”異。

晚奩淨洗鉛華膩：奩，鏡奩，喻水。白蓮晚來立於水上，如佳人之臨晚鏡，洗鉛華，而真色真態自出也。膩，光滑。姜特立（南宋人，生卒未詳）《次楊元會白蓮二首》其一："不御鉛華似洛妃，清虚全與道相宜。"

③ 泠泠月色：月色潔白。泠泠，清白、潔白貌。東方朔（前 154—前 93）《七諫・怨世》："清泠泠而殲滅兮，溷湛湛而日多。"王逸（生卒未詳）注："清泠泠，以喻潔白。"劉向（前 77—前 6）《新序》卷七"節士・屈原"："吾獨聞之，新浴者必振衣，新沐者必彈冠，又惡能以其泠泠，更事汶汶嘿嘿者哉！"《楚辭・漁父》作"安能以身之察察，受物之汶汶者乎？"月色泠泠，與花俱白也，由陸龜蒙《白蓮》"月曉風清"句化出。

蕭蕭風度：謂白蓮風度蕭灑脱俗。蕭蕭，蕭灑。劉義慶（403—444）《世説新語》"容止第十四"："嵇康身長七尺八寸，風姿特秀，見者歎曰：'蕭蕭肅肅，爽朗清舉。'"

嬌紅斂避：嬌紅，喻紅蓮。斂避，收斂回避。

按："淡妝人"至"嬌紅斂避"五句直賦白蓮，並以紅蓮襯託。意謂月下白蓮，洗却鉛華，現出天姿真色，風度脱俗，紅蓮亦爲之收斂回避。

④ 太液池：《史記・封禪書》：漢武帝營建章宫，"其北治大池，漸臺高二十餘丈，命曰太液池，中有蓬萊、方丈、瀛洲、壺梁，象海中神山龜魚之屬。"後唐宋宫中池沼亦名太液池。唐玄宗與楊貴妃嘗臨太液池觀千葉白蓮，見前引"解語花"典。白居易《長恨歌》有"太液芙蓉未央柳"句。陳師道（1053—1101）《後山詩話》："（宋）太祖夜幸後池，對新月置酒，問：'當直學士爲誰？'曰：'盧多遜。'召使賦詩。請韻，曰：'些子兒。'其詩云：'太液池邊看月時，好風吹動萬年枝。誰家玉匣開新鏡？露出清光些子兒。'太祖大喜，盡以坐間飲食器賜之。"是太液池爲帝王宫中行樂之處。臨安城陷，宋度宗昭儀王清惠隨三宫北上大都，於途中賦《滿江紅》，起調曰："太液芙蓉，渾不似、舊時顏色。"首句直用《長恨歌》"太液芙蓉"，以太液池中蓮花自喻。故太液池可借代王城家國。"太液池空"者，即王城傾覆，家國敗亡也。

霓裳舞倦：用“霓裳羽衣曲”典，詳周密首注釋①按語。

按：“太液池”至“重記”三句，意謂太液池已空矣，則白蓮亦無所植焉。昔日白蓮如按霓裳羽衣之曲，隨風舞動；今已倦殆，是繁華逝水，不堪回首也。此三句實寓黍離麥秀之慨。蓋宋之亡也，君主難辭其咎，周密首注釋①按語已詳之，可參。唐珏此三句是反省語，感慨語，而微有諷焉。珏以忠義聞，然非一概爲尊者諱者，於此可見。

⑤ 冰魂：喻白蓮之魂。

翠輿難駐：翠輿即翠輦，帝王車駕，此喻蓮葉。駐，留駐。

玉簪：喻白蓮，參周密首注釋⑤“碧簪斜墜”條。玉簪亦花名，汪灝《廣群芳譜》謂“未開時正如白玉搔頭簪形”。

按：“嘆冰魂”至“輕墜”三句，意謂白蓮之精魂猶在，而蓮葉則難留駐，花葉俱殘，又爲誰哉？殊堪嘆息也。此三句承前太液池諸句拓勢而來，冰魂、翠輿、玉簪，蓋亦有寓意，意者，冰魂喻詞人憶念中之故宋精神，翠輿借喻蓮葉，再轉指趙宋故君。君已不在，則心繫故宋亦枉然。玉簪借喻白蓮再轉喻宋，“玉簪爲誰輕墜”即問宋因誰而亡。此問感慨良多。

⑥ 凌空一葉：一葉，一葉舟，指採蓮舟。舟行水上，如凌空而來，故云。

泛清寒：清寒，代水。秋至則水清寒，故云。泛清寒，即泛舟水上。

⑦ 珠房淚濕：珠房，蓮房。淚，喻露珠。

明璫恨遠：用《洛神賦》典。

舊游夢裏：舊游，舊日之游。白蓮已凋殘零落，繁華不再，舊游所歷，只能夢中可見，故曰“舊游夢裏”。

按：“別有”至“夢裏”五句，意謂不辭素波千里，乘舟採蓮；惜來時花期已過，但見蓮蓬聚露如凝濕淚，艷如明璫之白蓮已萎謝矣。亡國之時，宋度宗昭儀王清惠（1265—1294）隨三宮北上大都，於汴梁夷山驛壁上題《滿江紅》詞一首，上片曰：“太液芙蓉，渾不似、舊時顏色。曾記得、春風雨露，玉樓金闕。名播蘭簪妃后裏，暈潮蓮臉君王側。忽一聲、鼙鼓揭天來，繁華歇。”首句“太液芙蓉”，與本題諸家所賦同，唯非特謂白蓮而已；詞中又以“暈潮蓮臉”自喻，則謂唐詞“明璫恨遠”喻北去之宫人亦未嘗不可。王清惠詞和者不少，文天祥(1236—1283)、鄧光薦(1232—1303)、汪元量(1241—1317)等均有和詞傳世。然則本題諸家用太液池賦白蓮，非唯用古典，亦用今典也。

⑧ 羽扇生秋：林泳(林希逸〔1193—1271〕子，生卒未詳)《白蓮》之二：“紵袍羽扇吟相對，笑殺思王賦洛神。”

璚樓不夜：“璚樓”同“瓊樓”，月中宫殿，白蓮冰魂之所往也。不夜，熱鬧繁盛，唯在天上，不在人間。

尚遺仙意：仙意，喻人之所憶念者，即璚樓不夜之繁華也。尚遺仙意，謂尚有無限憶念留在人心也。

按：“羽扇”至“仙意”三句，意謂時届涼秋，白蓮雖重返天界，然尚留人心也。意者，亦寓思宋之意，蓋謂宋雖已亡，而尚留忠臣義士心眼也。

⑨ 香雲：喻蓮花香氣。

綃衣半脱：綃衣，喻白蓮花瓣。半脱，凋落而未盡。

按：“奈香雲”至“如水”三句，意謂花香易散，白蓮花落，露如水涼冷也。意者，此亦寓繁華易散之意。

【點評輯録】

周濟(1781—1839)《介存齋論詞雜著》：“北宋有無謂之詞以應歌，南宋有無謂之詞以應社。然美成《蘭陵王》、東坡《賀新郎》，當筵命筆，冠絶一時。碧山《齊天樂》之詠蟬，玉潛《水龍吟》之詠白蓮，又豈非社中作乎？故知雷雨鬱蒸，是生芝菌；荊榛蔽芾，亦產蕙蘭。”又曰：“玉潛非詞人也，其《水龍吟》‘白蓮’一首，中仙無以遠過。信乎忠義之士，性情流露，不求工而自工。特録之以終(《詞辨》)第一卷，後之覽者，可以得吾意矣。”

譚獻《譚評詞辨》：“‘太液’句開，‘别有’句推闡以盡能，‘珠房’

句合,‘奈香雲’句一唱三嘆有遺音者矣。”

徐珂校訂《天蘇閣叢刊》本《樂府補題》:“太液池”至“輕墜”六句連圈。“珠房”至“夢裏”三句連圈。“羽扇”至“仙意”三句句圈。“奈香雲”至“如水”三句連點。

黄樹榮(1863—1923)《樂府補題跋》:“榮前讀周止庵《宋詞選》,於唐玉潛賦白蓮曰:‘冰魂猶在翠輿難駐’,曰‘珠房淚濕明璫恨遠’,以爲當元僧楊璉真伽發宋諸陵而作。……今讀此卷,依類求之,此意無不可通,殆即玉潛所謂‘只有春風知此意,年年杜宇泣冬青’者也。”(按:所引春風杜宇一聯,當是林景熙《夢中作》四首之二。)

紫雲　吕同老和甫

素〔一〕肌不汙天真,曉來玉立瑶池裏①。亭亭翠蓋,盈盈素靨,時妝淨洗②。太液波翻,霓裳舞罷,斷魂流水③。甚依然舊日,濃香淡粉,花不似,人憔悴④。　欲唤凌波仙子〔二〕,泛扁舟,浩波千里⑤。只愁回首,冰奩半掩〔三〕,明璫亂墜⑥。月影淒迷,露華零落,小闌〔四〕誰倚⑦。共芳盟猶有,雙棲〔五〕雪鷺,夜寒驚起⑧。

【校勘】

〔一〕“素”,紅絲欄鈔本作“玉”,《詞綜》、《圖書集成》、《歷代詩餘》作“冰”。

〔二〕“仙子”,紅絲欄鈔本脱,空二格。

〔三〕“冰奩半掩”,“奩”,底本原作“簾”,原校“一作奩”,紅絲欄鈔本、汲古閣鈔本、四庫本、《詞綜》、《圖書集成》、《歷代詩餘》作“奩”。“掩”,南詞本作“捲”。按:此句底本原作“冰簾半掩”,南詞本作“冰簾半捲”。簾可捲,奩可掩;以鏡奩喻池沼,周密詞已用之,紅絲欄鈔本、汲古閣鈔本、四庫本、《詞綜》、《圖書集成》、《歷代詩餘》俱作“冰奩半掩”,今據改。

〔四〕“闌”,《詞綜》、《圖書集成》、《歷代詩餘》作“欄”。

〔五〕“棲”,南詞本誤作“雲”,有校者於“雲”字旁注一“棲”字。

【注釋】

① 素肌:素肌,借代女子肌膚之白皙者,再轉喻白蓮。

天真:天然真色。

曉來玉立瑶池裏:從陸龜蒙《白蓮》“在瑶池”及“月曉風清”句化出。

② 亭亭翠蓋:亭亭,直立貌。周敦頤(1017—1073)《愛蓮説》:“亭亭淨植。”翠蓋,喻荷葉。王之道(1093—1169)《荷花》:“亭亭青蓋倚宫粧,新浴温泉體自香。”

按:“素肌”至“淨洗”五句寫水中白蓮。意謂白蓮天然真色,不曾汙染,曉來立於水中,如在瑶池裏。荷葉亭亭,蓮花素雅,如佳人之洗盡時妝。一碧一白,對比鮮明可想。意者,吕詞“瑶池”一語,或別寓君王沉湎聲色之意,伏下“太液波翻”句。劉禹錫(772—842)《三鄉驛樓伏覩玄宗望女几山詩小臣斐然有感》:“開元天子萬事足,唯惜當時光景促。三鄉陌上望仙山,歸作《霓裳羽衣曲》。仙心從此在瑶池,三清八景相追隨。天上忽乘白雲去,世間空有秋風詞。”

③ 太液波翻:詳唐珏首注釋④“太液池”。柳永嘗製《醉蓬萊·慶老人星現》詞,有“太液波翻”句。黄昇(南宋人,生卒未詳)《花庵詞選》卷五:“永爲屯田員外,會太史奏老人星見,時秋霽宴禁中,仁宗命左右詞臣爲樂章。内侍屬柳應制。柳方冀進用,作此詞奏呈。上見首有‘漸’字,色若不懌,讀至‘宸游

鳳輦何處’，乃與御製真宗挽詞暗合，上慘然。又讀至‘太液波翻’，曰：‘何不言波澄？’投之於地，自此不復擢用。”

霓裳舞罷：用“霓裳羽衣曲”典，詳周密首注釋①按語。

斷魂流水：斷魂，舞霓裳羽衣曲者。流水，太液波翻所致，舞者魂亦爲之斷，且隨水而去，成陳跡矣。

按：“太液”至“流水”三句，意謂太液池水已覆，霓裳之舞亦罷，舞者魂斷，繁華已成陳跡矣。寓亡國之意顯然，與唐珏首“太液池空”句意同。吕詞所謂“瑶池”、“太液”、“霓裳”者，别寓君王沉湎聲色之意，劉禹錫《三鄉驛樓伏覩玄宗望女几山詩小臣斐然有感》可參。

④ 人憔悴：賞蓮之人憔悴也。

按：“甚依然”至“人憔悴”四句，以白蓮襯託賞蓮人，意謂白蓮依然濃香淡粉，風華如舊，不若人之憔悴甚矣。人憔悴者，太液波翻故也。

⑤ 淩波仙子：洛神。詳周密首注釋⑥按語。

泛扁舟浩波千里：泛舟，謂採蓮也。浩波千里，頗有遺世遠去之意。

按：“欲唤”至“千里”三句，謂欲與洛神泛舟採蓮，遺世遠去也。

⑥ 冰奩半掩：奩，鏡奩，喻池沼；冰奩，喻池沼清澈如冰也。半掩，謂荷葉敗落，掩蓋水面，如掩冰奩也。

明璫亂墜：明璫，喻白蓮；亂墜，零落。梁簡文帝（蕭綱，503—551）《採蓮賦》：“於是素腕舉，紅袖長，迴巧笑，墮明璫。”非唯用《洛神賦》典。

按：“只愁”至“亂墜”三句虚筆設想，謂今日不與洛神採蓮，則恐他日花葉零落，欲採無從矣。

⑦ 小闌誰倚：闌即欄。誰倚，謂復有誰倚欄哉？此反問句。

按：“月影”至“誰倚”三句，意謂方此月夜，寒露零落，又復有誰倚欄賞蓮哉？月夜露寒，池畔賞蓮，唯詞人而已，無復有誰也。一片淒迷孤寂可想矣。

⑧ “共芳”至“驚起”三句：用《列子》“鷗鷺忘機”典。詳王易簡首注釋⑦。

按：“共芳”至“驚起”三句，意謂有雙棲之雪鷺於此寒夜驚起，始知與我共守芳盟舊約者，唯有此雪鷺，無有他人也。以雪鷺作襯，更添孤寂。

【點評輯録】

陳廷焯《雲韶集輯評》卷十："題詠白蓮，詞則俱見人品，'甚依然'數語，字字新妙。同盟唯有雪鷺，與理得一闋同意。"

徐珂校訂《天蘇閣叢刊》本《樂府補題》："太液池"至"舞罷"二句句圈，"斷魂"至"憔悴"五句連點，"只愁"至"亂墜"三句句圈，"月影"至"誰倚"三句連點。

黄兆顯《樂府補題研究及箋注》："起五句神態，太液以下寄託，以花比人，又以花勝人，天地萬物總是身爲最苦。過片承上起下，只愁三句波瀾，月影以下勒住，芳盟三句轉收，章法顯然。"

月洲　趙汝鈉真卿[①]

露華洗盡凡妝，玉妃來〔一〕侍瑶池宴[②]。風裳水珮，冰肌雪艷，清凉不汗[③]。解語情多〔二〕，淩波步穩，酒容〔三〕消〔四〕散[④]。想温泉浴罷，天然真態，渾疑是，宫妝淺[⑤]。

暗想〔五〕淒愁别岸，粉痕消〔六〕、香腮凝汗〔七〕[⑥]。雪〔八〕空冰〔九〕冷，此情唯許，鷺知鷗見[⑦]。羽扇微摇，翠帷低擁，清〔十〕凉庭〔十一〕院[⑧]。待夜深，月上闌〔十二〕干，更〔十三〕邀取，姮娥〔十四〕伴。[⑨]

【校勘】

〔一〕"來"，南詞本誤作"未"。

〔二〕“情多”，四庫本作“多情”。

〔三〕“容”，紅絲欄鈔本誤作“客”。

〔四〕“消”，南詞本、底本作“易”，底本原校“一作消”，紅絲欄鈔本、《詞綜》、《歷代詩餘》、四庫本作“消”。按：“易”去聲，“消”平聲，本句此字可平可仄。作“酒容易散”者，句式似有歧解。若作“一二一”句式，以“容易”爲詞，則音節蹇吃，諸家此句皆作“二二”句式；若作“二二”句式，則以“易散”説“酒容”，“易”作“容易”解。以此句與前“解語多情，凌波步穩”二句並觀，即知詞人意謂“酒已散”，非“酒易散”。若作“酒容消散”，正是“二二”句式，語意連貫而略無歧義，故據紅絲欄鈔本等諸本改。

〔五〕“想”，原校“一作憶”，紅絲欄鈔本、汲古閣鈔本、四庫本作“憶”。

〔六〕“消”，紅絲欄鈔本作“銷”。

〔七〕“汗”，紅絲欄鈔本脱，空一格。《詞綜》、《圖書集成》、《歷代詩餘》誤作“腕”。

〔八〕“雪”，《歷代詩餘》作“雲”。

〔九〕“冰”，紅絲欄鈔本、汲古閣鈔本、四庫本、《詞綜》、《圖書集成》作“水”。

〔十〕“清”，紅絲欄鈔本誤作“淨”。

〔十一〕“庭”，紅絲欄鈔本、汲古閣鈔本、四庫本、《詞綜》、《圖書集成》作“亭”。

〔十二〕“闌”，《圖書集成》作“欄”。

〔十三〕“更”，南詞本誤作“是”，有校者於“是”字字形中央加一墨點，旁注一“更”字。

〔十四〕“娥”，南詞本脱。

【注釋】

① 月洲趙汝鈉真卿：趙汝鈉，字真卿，號月州，生卒仕履不詳，宋太宗趙

炅(939—997)第四子商王元份(969—1005)七世孫,世系見《宋史》卷二百三十《表第二十一·宗室世系十六·太宗九子七》。

② 玉妃:仙女。楊萬里《雪後霜晴元宵月色特奇》:"先煩玉妃整羽衛,次遣青女褰雲闕。"楊詩以玉妃詠雪,趙詞以玉妃詠白蓮,以其白故也。陳鴻《長恨歌傳》:"見最高仙山,上多樓闕,西廂下有洞户,東嚮,闔其門,署曰:'玉妃太真院'。"此玉妃是楊貴妃,伏筆下文楊貴妃典。

瑶池宴:仙人宴會。蓋從陸龜蒙《白蓮》"在瑶池"詩意化出。

③ 風裳水珮:喻白蓮花葉。李賀《蘇小小墓》:"草如茵,松如蓋,風爲裳,水爲珮。"姜夔《念奴嬌》(鬧紅一舸)詠蓮:"三十六陂人未到,水佩風裳無數。"

冰肌雪艷清凉不汗:孟昶(919—965)《避暑摩訶池上作》:"冰肌玉骨清無汗,水殿風來暗香暖。"蘇軾《洞仙歌》:"冰肌玉骨,自清凉無汗。水殿風來暗香滿。"仲殊《念奴嬌》詠白蓮:"雪艷冰肌羞淡泊。"

按:"露華"至"不汗"五句詠水上白蓮如侍宴之玉妃仙女,水珮風裳,冰肌雪白,觀之,但覺其出塵冷艷,清凉不汗。

④ 解語情多:用"解語花"典。王易簡首注釋⑤"盼嬌無語"條。

凌波步穩:用《洛神賦》典,詳周密首注釋⑥按語,王易簡首注釋④。

酒容消散:酒容,酒後面色。姜夔《念奴嬌》(鬧紅一舸)詠蓮:"翠葉吹凉,玉容消酒,更灑菰蒲雨。"

按:"解語"至"消散"三句寫白蓮意態,如凌波洛神;花色白中略帶微紅,如酒氣之消散也。

⑤ 温泉浴罷:白居易《長恨歌》:"春寒賜浴華清池,溫泉水滑洗凝脂。"李洪《僧惠白蓮》:"太真姊妹温泉浴,竇氏兒郎丹桂風。"

按:"想温泉"至"宫妝淺"三句以楊貴妃襯託白蓮。設想貴妃浴罷出水,淺著宫妝,水上白蓮,疑與之彷彿,俱是"天然真態"者也。

⑥ 淒愁别岸:王同祖(1219—?)《郡圃觀白蓮》:"無語倚欄如有恨,生嫌别岸污臙脂。"

粉痕消：喻白蓮凋謝。

香腮凝汗：香腮，喻白蓮；汗，喻露水。

⑦ 鷺知鷗見：用“鷗鷺忘機”典，詳王易簡首注釋⑦。

按：“暗想”至“鷗見”六句虚筆寫回憶。意謂暗想當日岸上分别之時，正值白蓮凋殘、露凝花上，一片雪空冰冷；此中淒愁之情，唯許鷗鷺知見。

⑧ 羽扇微摇：用林泳《白蓮》之二詩。見唐珏首注釋⑧“羽扇生秋”條。

清凉庭院：姜夔《八歸·湘中送胡德華》：“芳蓮墜粉，疏桐吹緑，庭院暗雨乍歇。”

⑨ 姮娥：嫦娥。

按：“羽扇”至“姮娥”七句，由虚返實。意謂庭院清凉，宜在室内低擁翠帷，輕摇羽扇；且待夜深月上欄干，始到池邊邀取姮娥作伴，共賞白蓮。月夜邀取姮娥，乃反用陸龜蒙《白蓮》“還應有恨無人覺”詩意以寫孤寂之懷。清凉上下片重見。

【點評輯録】

許昂霄《詞綜偶評》：“【雪空水冷】微複（按：許昂霄用《詞綜》，故作“水冷”）。【清凉亭院】清凉字複。結語似落套。”

張宗橚（1705—1775）《詞林紀事》：“‘不汗’二字微硬，視蜀王‘冰肌玉骨清無汗’，只换一字，何等穩妥。”

徐珂校訂《天蘇閣叢刊》本《樂府補題》：“解語”至“易散”連點。（按：此本作“易”不作“消”）“凝汗”之“汗”旁加點。

黄兆顯《樂府補題研究及箋注》：“上闋神態，過片三句借蓮寄託，别岸有所指，鷺知鷗見一句見事不得爲外人道者，羽扇三句實景，邀姮娥伴四字由鷗鷺一句開拓，其孤落如此。”

玉筒　王沂孫聖與

淡〔一〕妝不掃〔二〕蛾眉，爲誰佇〔三〕立羞明鏡①。真妃解語，西施淨洗，娉婷顧影②。薄露初勻，纖塵不染，移根玉井③。想飄然一葉，颼颼短髪，中流卧〔四〕，浮烟艇④。

可惜瑶臺路迥，抱淒涼，月中誰〔五〕認⑤。相逢還是，冰壺浴罷，牙床酒醒⑥。步襪空〔六〕留，羽衣微〔七〕褪，粉殘香冷⑦。望海山依約，時時夢想，素波千頃〔八〕⑧。

【校勘】

〔一〕"淡"，四庫本作"澹"。

〔二〕"掃"，《歷代詩餘》作"埽"。

〔三〕"佇"，底本及南詞本從"足"不從"人"，汲古閣鈔本作"竚"。紅絲欄鈔本作"玉"。

〔四〕"卧"，南詞本誤作"取"。

〔五〕"誰"，底本原校"一作難"。紅絲欄鈔本、汲古閣鈔本、四庫本、鈔本《玉筒詞》作"難"。

〔六〕"空"，紅絲欄鈔本誤作"定"。

〔七〕"微"，紅絲欄鈔本誤作"徵"。

〔八〕"頃"，南詞本誤作"傾"。

【注釋】

① 淡妝：喻白蓮，詳唐珏首注釋②。

不掃娥眉：譬白蓮之天然真色。杜甫(712—770)《虢國夫人》："却嫌脂粉汙顏色，淡掃蛾眉朝至尊。”《楊太真外傳》謂虢國夫人“不施脂粉，自炫美艷，常素面朝天。”

明鏡：喻水。

② 真妃解語：楊貴妃，詳趙汝鈉首注釋②“玉妃”條。解語，用“解語花”典，詳王易簡首注釋⑤“盼嬌無語”條。

西施淨洗：西施，喻白蓮，參前王易簡首注釋③引皮日休《詠白蓮》其一及其二。淨洗，喻其白也。林泳《白蓮》之一：“大士化身衣未解，西施淨面鏡慵粧。”淨面，即淨洗卸妝也。

娉婷顧影：姚勉（1216—1262）《玉井亭觀蓮》：“幾隊紅妝擁蓋青，凌波仙子立娉婷。”韓元吉（1118—1187）《觀蓮》七古：“仙姿不作時世妝，或凝朝霞艷秋霜。臨流顧影濯滄浪，游魚屬玉雙鴛鴦。”

按：“淡妝”至“顧影”五句直賦水中白蓮之形而別具情態。白蓮直立水中，如淨洗西施，解語楊妃，是爲誰淡妝鑑照，顧影嬌羞？

③ 纖塵不染：曾覿《隔浦蓮・詠白蓮》：“纖塵不到，夢遶玉壺清處。”

移根玉井：劉學箕（宋光宗時〔1190—1194〕人，生卒未詳）《賓從集藕花堂分韻得園字二十韻》：“太華峰頭十丈蓮，吾儂玉井親移根。”釋居簡《白荷花》：“數晦澄漪不用耕，移根玉井不曾耘。”另詳陳恕可首注釋③“分香華井”條。

按：“薄露”至“玉井”三句，意謂白蓮自華山玉井移根於此，露均其上，洗滌纖塵。

④ 一葉：一葉舟，即下文之“浮烟艇”。

颼颼短髮：颼颼，風聲；短髮，年紀老大，杜甫《春望》：“白頭搔更短，渾欲不勝簪。”陸游《秋夜池上作》：“短髮颼颼病骨輕，臨池閑看露荷傾。”

中流：賀知章（659—744）《採蓮曲》：“莫言春度芳菲盡，別有中流採芰荷。”

浮烟艇：浮烟中之採蓮舟。鹿虔扆（後蜀人，生卒未詳）《虞美人》：“卷荷香澹浮烟渚，綠嫩擎新雨。”

按："想飄然"至"浮烟艇"四句虚寫泛舟採蓮。意謂我縱老大，短髮颼颼，亦想烟波泛舟，中流採蓮。白蓮之美可見。

⑤ 瑶臺路迴：瑶臺，詳王易簡首注釋①"夜深暗泣瑶臺露"條。迴，遠。

抱淒凉月中誰認：花月俱白故也。化用陸龜蒙《白蓮》"還應有恨無人覺，月曉風清欲墮時"詩意。

⑥ 相逢：李白《清平調》其一："若非羣玉山頭見，會向瑶臺月下逢。"應前"瑶臺"句。

冰壺浴罷：冰壺，喻月。徐沖淵《沖虚齋池荷》："冰壺夜浸緑荷露，玉鑒晚吹紅藕香。"浴罷，白居易《長恨歌》："春寒賜浴華清池"。暗引入楊貴妃。

牙床酒醒：牙床，象牙床，後指床之精美者。趙彦端《鵲橋仙·二色蓮》："夜深風露逼人懷，問誰在、牙床酒醒。"趙詞"一家姊妹"句，化用楊貴妃眾姊妹典。濃施朱者姊妹，淡傅粉者貴妃。"牙床酒醒"者，亦貴妃，喻白蓮。

按："可惜"至"酒醒"六句化用唐玄宗楊貴妃事、李白《清平調》、陸龜蒙《白蓮》，借物興情，而出以逆起之虚筆。意謂我知白蓮已返瑶臺，惜乎瑶臺路遠，難以覓之。想白蓮佇立瑶池，與月色俱白，殊難辨認，亦無人見賞，唯獨抱淒凉而已；若與之相逢，白蓮應還是出塵脱俗，如貴妃之月下浴罷，又似貴妃牙床酒醒。虚寫瑶臺覓白蓮，與《長恨歌》臨邛道士之仙山覓貴妃，情節相類，所不同者，道士覓得貴妃，而王詞則否，所謂"可惜"、"誰認"是也。王詞此數句人花合寫，借李白《清平調》過渡，由白蓮移至楊貴妃。月下白蓮則化用陸龜蒙《白蓮》詩。

⑦ 步襪空留：喻白蓮花落，化用《洛神賦》及《楊太真外傳》二典，詳周密首注釋⑥按語，王易簡首注釋④。樂史《楊太真外傳》："妃子死日，馬嵬媪得錦袎襪一隻。相傳過客一玩百錢，前後獲錢無數。"袎襪事又見李肇（中唐人，生卒未詳）《國史補》、馮贄（晚唐人，生卒未詳）《記事珠》。

羽衣微褪：亦喻白蓮花落，用"霓裳羽衣曲"典，詳周密首注釋①按語。

按："步襪"至"香冷"三句，由虚返實，寫白蓮返瑶臺，即"粉殘香冷"。白蓮之凋殘也，如洛神、貴妃之仙去，空餘袎襪羽衣而已。由此三句可知下片前六句乃逆起之筆。後人或以此三句別寓宋亡後宫人被俘北上大都事。

⑧ 海山依約：依約，彷彿，隱約。《長恨歌》："忽聞海上有仙山，山在虛無縹緲間。"

按："望海山"至"千頃"三句從《長恨歌》海上仙山詩意化出。"時時"者，言莫可忘懷也；既曰"夢想"，則白蓮盛況不再可知，王沂孫滿懷失落亦可知矣。

【點評輯録】

徐珂校訂《天蘇閣叢刊》本《樂府補題》："想飄然"至"浮烟艇"三句句圈。"望海山"至"千頃"三句連點。

黄兆顯《樂府補題研究及箋注》："起八句神態，真妃二句措辭與理得西子二句相若。飄然四句急轉，事則今非昔比矣。過片三句承上四句來，如夢初醒，相逢三句波瀾，步襪三句承月中句來，粉殘四字與上闋正形反照，后妃事託極深，亦極顯，結三句烈女子語。"

高獻紅《王沂孫詞新釋輯評》："通覽全詞，從'移根玉井'、'望海山依約'諸字句來(觀)察，則此詠白蓮之作，似係影射至元十三年(1276)被迫北上之宋廷宫人。故詞中以花寫人，以人寫花，字裏行間透露出的故國之思，剴切動人。"

五松　李居仁師吕

蘂〔一〕仙羣擁宸游，素肌似怯〔二〕波心冷①。霜裳縞夜，冰壺〔三〕凝露，紅塵洗盡②。弄玉輕盈，飛瓊綽約，淡妝臨鏡③。更多〔四〕情一片，碧雲不掩〔五〕，籠嬌面，回〔六〕清影④。

菱唱數聲乍聽，載名娃，藕絲縈〔七〕艇⑤。雪鷗沙鷺，夜來同〔八〕夢，曉風吹醒⑥。酒暈全銷〔九〕，粉痕微漬，色明香瑩⑦。問〔十〕此花，盍〔十〕〔一〕貯瑶池，應未許，繁紅並⑧。

【校勘】

〔一〕“蘂”，紅絲欄鈔本誤作“蘗”。

〔二〕“似怯”，南詞本誤作“似却”，《歷代詩餘》作“恰似”。

〔三〕“壺”，紅絲欄鈔本誤作“壼”。

〔四〕“多”，汲古閣鈔本、紅絲欄鈔本脱，空一格。四庫本作“柔”。《歷代詩餘》作“多”。

〔五〕“掩”，南詞本、汲古閣鈔本、紅絲欄鈔本、《詞綜》、四庫本作“捲”。

〔六〕“回”，紅絲欄鈔本脱，空一格。四庫本誤作“目”。

〔七〕“縈”，紅絲欄鈔本誤作“榮”。

〔八〕“夜來同”，紅絲欄鈔本脱“夜來同”，空三格。

〔九〕“銷”，汲古閣鈔本、紅絲欄鈔本、《詞綜》、四庫本作“消”。

〔十〕“問”，紅絲欄鈔本脱，空一格。

〔十一〕“盍”，《詞綜》、《歷代詩餘》作“曷”。《詞綜》：“結句與調稍異。”

【注釋】

① 蘂仙：蘂珠宫仙女，指花仙。王安中（1075—1134）《和御製白蓮詩并序》：“唐昌玉蘂仙，流步光入扉。”蘂珠宫，仙人宫殿，佚名《上清黄庭内景經・上清章第一》：“上清紫霞虚皇前，太上大道玉晨君，閑居蘂珠作七言，散化五形變萬神。”李白《至陵陽山登天柱石酬韓侍御見招隱黄山》：“朗詠紫霞篇，請開蘂珠宫。”

宸游:《説文》:"宸,屋宇也。"後人稱帝王居曰宸。宸游,帝王之出游,指天帝。

素肌:素,白。借代仙女,再轉喻白蓮。

② 霜裳縞夜:霜裳,喻白蓮花瓣。《小爾雅・廣詁第一》:"縞、皓、素,白也。"縞夜,白夜,月色素白明亮故也。

冰壺凝露,紅塵洗盡:冰壺,月,詳王沂孫首注釋⑥"冰壺浴罷"條。凝露,露凝於花上,故紅塵爲之洗盡。

按:"藥仙"至"洗盡"五句直賦秋夜白蓮。秋月下之一片白蓮,如藥仙群擁天帝出游。素肌白裳,搖曳水中,露凝其上,似怯於波心水冷也。"霜裳縞夜"、"冰壺凝露",謂花月俱白也,化用陸龜蒙《白蓮》詩意。

③ 弄玉輕盈飛瓊綽約:弄玉飛瓊俱爲仙女。弄玉,秦穆公女,嫁蕭史,夫婦善吹蕭,後隨鳳凰飛去,故曰輕盈。詳《列仙傳》卷上。飛瓊,詳周密首注釋⑥"飛瓊仙會"條。綽約,柔婉美好貌。

臨鏡:鏡,喻水。

④ 碧雲:喻蓮葉。周密本題同賦有"舞衣半惹凉雲碎"句,張炎有"緑雲十里"句,王沂孫有"翠雲遥擁環妃"句。

嬌面:喻白蓮。

回清影:清影,月光。回,低回顧影。王詵(1048—1104)《潁昌湖上贈諸公》:"清影十分月,暗香千柄蓮。"

按:"弄玉"至"清影"七句寫白蓮風致。白蓮月下臨風照水,如弄玉飛瓊之淡妝臨鏡。白蓮情多,低回顧影,雖蓮葉亦不能掩蓋也。

⑤ 菱唱:即菱歌,女子採菱、採蓮、採蓴時所唱。吴文英《法曲獻仙音・黄鐘商・秋晚紅白蓮》有"半掬微凉,聽嬌蟬、聲遠度菱唱"句,是採蓮時非唯唱採蓮之曲,亦可唱菱歌也。下有"曉風"句,故知時屆破曉,蓮娃泛舟採蓮,而詞人竟夕無眠可知矣。

藕絲縈艇:採蓮,故藕絲縈艇。前曰乍聽,則未見採蓮人,唯聽而已,所謂名娃、藕絲者，當是虚筆想像。

按："菱唱"至"縈艇"三句虚寫採蓮情景。意謂我但聽見菱唱，則知"藕絲縈艇"情景。

⑥ 雪鷗沙鷺：用"鷗鷺忘機"典，詳王易簡首注釋⑦。雪、沙，喻白。

同夢：同心同志故同夢也。

曉風吹醒：曉風，化用陸龜蒙《白蓮》詩意。吹醒，吹夢醒也。

按："雪鷗"至"吹醒"三句蕩開一筆，意謂雪鷗與沙鷺本同夢，而竟爲菱唱所驚、爲曉風吹醒。鷗鷺一醒，則各自分飛可知矣。言外之慨，謂意志不堅者自有人在焉。

⑦ 酒暈全銷：酒暈，飲酒後臉上泛起紅暈。劉清夫（寧宗時人，生卒未詳）《沁園春·詠劉簹栗碧蓮，時内子將誕》上片："記湘濱露冷，酥容倍潔，華清水滑，酒暈全消。"劉詞以"酒暈全消"狀碧蓮之"酥容倍潔"，李居仁則用以狀白蓮之白。

粉痕微漬：《説文·水部》："漬，漚也。"引申作"濕潤"、"漬跡"解。粉痕，喻白。謂蓮花色白如著粉，而露凝於上，如粉痕之漬跡也。

色明香瑩：色明，白蓮色白明亮，月曉故也。瑩，玉色。《廣韻》"庚韻"讀"永兵切"，平聲；"徑韻"讀"烏定切"，去聲。此句當讀去聲。香瑩，謂蓮花香氣如白玉之剔透也。

⑧ 問此花盍貯瑶池：化用陸龜蒙《白蓮》"此花真合在瑶池"詩意。

應未許繁紅並：白蓮脱俗出塵，不許紅蓮與之並處也。此蓋有自喻之意，謂不與順應時俗之人共處也。

按："酒暈"至"繁紅並"六句寫白蓮之色香與意格。意謂白蓮色香雅潔剔透，非是凡物，應貯於天上瑶池，不與此間之紅蓮並處也。

【點評輯録】

張宗橚《詞林紀事》卷十七引王世貞（1526—1590）："李五松詠

白蓮詞，與唐菊山同一妙手。”

徐珂校訂《天蘇閣叢刊》本《樂府補題》：“雪鷗”至“吹醒”三句句圈。“問此花”至“繁紅並”三句句圈。

黄兆顯《樂府補題研究及箋注》：“籠嬌面，回清影，正是多情。過片蕩開，結句突如其來(如)，筆力扛鼎！后妃之尊，胡虜之野，盡在於此，使人叫絶！亦使人恨絶！”

玉田　張炎叔夏[①]

仙人掌上芙蓉，娟娟〔一〕猶濕〔二〕金盤露[②]。淡〔三〕妝照水，纖裳玉立〔四〕，無言〔五〕似〔六〕舞[③]。幾度銷凝，滿湖烟〔七〕月，一汀〔八〕鷗鷺[④]。記小舟清夜〔九〕，波明香遠，渾不見，花開處[⑤]。　　應是浣紗人妒，褪紅衣、被誰輕誤[⑥]。閒情淡雅〔十〕，冶容〔十一〕清潤，憑嬌待語[⑦]。隔浦相逢，偶然傾蓋，似傳心素[⑧]。怕湘皋珮解，緑雲十里，捲西風去[⑨]。

【校勘】

〔一〕“娟娟”：《圖書集成》、鈔本《玉田詞》作“涓涓”。

〔二〕“濕”，底本原作“溼”，今統一爲“濕”。底本原校“一作裛，一作滴”，紅絲欄鈔本脱，空一格。汲古閣鈔本、鈔本《玉田詞》作“滴”。

〔三〕“淡”，《歷代詩餘》、《圖書集成》、鈔本《玉田詞》作“輕”。

〔四〕“玉立”，底本原作“立玉”，南詞本誤作“立立”，有舊校於第二個“立”字字形中央加一墨點，旁注一“玉”字。四庫本作“玉立”。按：作“玉立”則與上：淡妝照水對偶；此二句本題諸家多用對偶，吕同老又有“曉來玉立”之句,今據南詞本舊校及四庫本改。

〔五〕“無言”,底本原校“一作飄颻”,《詞綜》、《圖書集成》、鈔本《玉田詞》作“飄颻””。《歷代詩餘》作“飄飄”。

〔六〕“似”,底本原校“一作自”,紅絲欄鈔本脱,空一格。汲古閣鈔本、四庫本作“暗”。

〔七〕“烟”,汲古閣鈔本、《歷代詩餘》作“烟”。

〔八〕“汀”,紅絲欄鈔、汲古閣鈔本作“行”。

〔九〕“清夜”,底本原校“一作夜悄”,《詞綜》、《歷代詩餘》、《圖書集成》、鈔本《玉田詞》作“夜悄”。

〔十〕“淡雅”,《詞綜》、《圖書集成》作“雅澹”。鈔本《玉田詞》作“雅淡”。

〔十一〕“容”,《詞綜》、《圖書集成》、鈔本《玉田詞》作“姿”。

按:下片底本原校:“别本後闋云:應是浣紗人妒,褪紅衣、被誰輕悮。六郎意態,何郎標格,泠然意趣。待折瓊芳,楚江難涉,謾摇心素。怕湘娥佩解,緑雲十里,捲西風去。”四庫本下片正是如此,唯“悮”作“誤”,“佩”作“珮”。紅絲欄鈔本下片“妒”作“妬”,脱“輕”字,空一格,又脱“泠然意趣”,空一格。汲古閣鈔本下片“妒”亦作“妬”,亦脱“泠然意趣”,空四格。

【注釋】

① 玉田張炎叔夏:張炎(1248—1320),字叔夏,號玉田,晚年號樂笑翁。循王张俊(1086—1154)六世孫。妙解音律,論詞主清空騷雅,著有《山中白雲詞》及《詞源》。亡國前生活優裕,宋亡後家道中落,而未嘗出仕。嘗北游大都,寫金字《藏經》;後南歸,漂泊落拓以終。

② 仙人掌上芙蓉:仙人掌,華山名勝,在華山東峰。鄭剛中(1088—1154)《西征道里記》嘗記華山名勝謂:“蓮華峰、仙人掌、石月、玉女盆、二十八宿明星館、石鼓山,皆在最高處,獨蓮華峰、仙人掌可望而見。”芙蓉即蓮花,《華山記》稱山頂有池,開千葉蓮花,故韓愈《古意》有“太華峰頭玉井蓮”句,詳

前引陳恕可首注釋③“分香華井”條。

娟娟：美好貌。以佳人喻白蓮。秦觀（1049—1100）《荷花》：“芙蕖淨娟娟，麗服撫翠衾。”

金盤露：用李賀《金銅仙人辭漢歌》典以寄黍離之慨。

按：“仙人掌”至“金盤露”二句，意謂白蓮本生於華山仙人掌上，故花上仍有金盤仙露。合華山名勝、《華山記》與《金銅仙人辭漢歌》典爲一，起調即寓亡國之悲。

③ 照水：詳周密首注釋⑦“照影”條。趙長卿《虞美人・雙蓮》：“照水盈盈笑。”

無言似舞：無言，反用“解語花”典，詳王易簡首注釋⑤“盼嬌無語”條。王仲修（北宋人，生卒未詳）《宫詞》：“誰道荷花嬌欲語，夜來露冷却無言。”舞，喻白蓮隨風擺動。皮日休詠《白蓮》其一：“静婉舞偷將動處。”

按：“淡妝”至“似舞”三句寫白蓮意態，意謂白蓮如纖裳淡妝之佳人，玉立無言，臨水顧影，隨風輕擺，似自舞焉。

④ 銷凝：銷魂凝神。秦觀《八六子》：“正銷凝，黄鸝又啼數聲。”

滿湖烟月：趙崇嶓《白蓮》：“微波脉脉露光溥，姑射仙人步烟月”。

一汀鷗鷺：喻前盟舊友，用“鷗鷺忘機”典，詳王易簡首注釋⑦。

按：“幾度”至“鷗鷺”三句寫回憶，意謂曾經幾度池邊銷凝放眼，當時但見湖上烟月，汀上鷗鷺。略有如今已成陳跡之慨，然則前盟舊友，已不在焉。

⑤ 小舟清夜：林逋（967—1082）《小舟》：“舷低冷戛荷千柄，底舯斜穿月半輪。”宋伯仁（1199—?）《小舟晚賞荷花回文》：“天浮月景水浮天，路繞山頭樹繞烟。船小小行人意適，藕花新索酒杯傳。”

香遠：周敦頤（1017—1073）《愛蓮説》：“香遠益清。”

渾不見花開處：化用陸龜蒙《白蓮》“還應有恨無人覺”詩意。

按：“記小舟”至“花開處”四句續寫回憶，意謂又記得曾清夜泛舟，當時水月交映，花月俱白，不見花開，但覺蓮香清遠也。

⑥ 浣紗人:西施。借以襯託白蓮。

⑦ 待語:用"解語花"典,另參前引李白《渌水曲》。此句應前"無言似舞"句,下啓"似傳心素"句。

按:"應是"至"待語"六句當前,再寫白蓮花色意態。意謂蓮花應是爲浣紗西施所妒,又或是被人輕誤,致使褪却紅衣,一身素白。白蓮閑情淡雅,花容清潤,滿是嬌態,似有所待而語者。意者,張炎未言明白蓮所欲語之言爲何,然既用解語花典,則白蓮所欲言者,亦聲色招禍耶?

⑧ 隔浦相逢:白居易《隔浦蓮》:"隔浦愛紅蓮,昨日看猶在。"張炎相逢者白蓮,非紅蓮。

傾蓋:蓋,喻蓮葉。蓮葉偶然隨風傾側,故以傾蓋爲喻。《史記》卷八十三《魯仲連鄒陽列傳》:"諺曰:'有白頭如新,傾蓋如故。'何則?知與不知也。"司馬貞(唐玄宗時人,生卒未詳)《史記索隱》:"《家語》:'孔子遇程子於途,傾蓋而語'。又《志林》云:'傾蓋者,道行相遇,軿車對語,兩蓋相切,小欹之,故曰傾也。'"

心素:心意。王羲之(303—361 或 321—379)《雜帖》:"足下不返,重遣信往問,願知心素。"應前"待語"句。

按:"隔浦"至"心素"三句賞蓮。意謂今與白蓮隔浦相逢,但見花葉偶然隨風輕擺,如與故人傾蓋而語,傳其心素。心素者,待我至而欲語我之言也。

⑨ 湘皋珮解:鄭交甫向江妃二女請佩,江妃與之;交甫喜,懷佩趨走數十步,視佩,空懷無佩,顧二女,忽然不見矣。詳《列仙傳》卷上"江妃二女"條。屈原《離騷》:"解佩纕以結言兮,吾令蹇修以爲理。"《九歌·湘君》:"捐余玦兮江中,遺余佩兮醴浦。"珮解,喻白蓮花落。花落,則徒憶念其心素也。

緑雲十里:緑雲,喻蓮葉。十里,蓮花,詳周密首注釋⑧"静香十里"條。周密本題同賦有"舞衣半惹涼雲碎"句,李居仁有"碧雲不掩"句,王沂孫有"翠雲遥擁環妃"句。

按:"怕湘皋"至"西風去"三句設想花落。意謂唯恐秋節至,届時白蓮花落，十里花葉亦爲西風捲去矣。

【輯評】

許昂霄《詞綜偶評》："【記小舟清夜，波明香遠，渾不見，花開處。】何減魯望（陸龜蒙）月曉風清之句。"又曰："仙人掌上玉芙蓉"，王建《宫詞》。

陳廷焯《雲韶集輯評》卷九："意度閒雅，非人所及。若諷若惜，如怨如慕，直入方回之室矣。結更精湛。"

徐珂校訂《天蘇閣叢刊》本《樂府補題》："記小舟"至"花開處"四句連點。"隔浦"至"心素"三句句圈。"怕湘皋"至"西風去"連圈。

薛礪若《宋詞通論》第七篇第一章："其工麗妍細處，與梅溪詠春作可謂工力悉敵，梅溪不得專美了。"

黄兆顯《樂府補題研究及箋注》："上闋見境界，小舟數句由茂叔香遠益清四字化出，荷花芬馥，長康歛筆。過片提起，寫后妃事甚明。閒情六句實不易着筆，無玉田之輕麗，休得沾手。湘皋一結，真是我見猶憐！"

附四庫本下片注釋：

應是浣紗人妒，褪紅衣、被誰輕誤。六郎意態，何郎標格，泠然意趣[①]。待折瓊芳，楚江難涉，謾摇心素[②]。怕湘娥珮解，緑雲十里，捲西風去。

【注釋】

① 六郎:"六郎"即張昌宗,與兄易之同爲武則天(624—705)面首,排行第六,故稱"六郎"。楊再思諂媚張昌宗曰:"人言六郎面似蓮花;再思以爲蓮花似六郎,非六郎似蓮花也。"見《舊唐書》卷九十《楊再思傳》,後爲詠蓮典實。

何郎:"何郎"即何晏(? —249),白皙姣好,人稱"傅粉何郎"。此喻蓮花之白。

泠然:輕妙。

② 待折瓊芳楚江難涉:《古詩十九首》其六:"涉江采芙蓉,蘭澤多芳草。采之欲遺誰? 所思在遠道。"

玉筍　王沂孫聖與

翠雲遥擁環妃,夜深按徹霓裳舞①。鉛華淨洗,娟娟出浴,盈盈解語②。太液荒寒,海山依約,斷魂何許③。甚人間别有,冰〔一〕肌雪艷,嬌無〔二〕那〔三〕,頻相顧④。　三十六陂烟雨,甚〔四〕淒凉,向誰〔五〕堪訴⑤。如今謾〔六〕説,仙姿自〔七〕潔,芳心更苦⑥。羅襪初停,玉璫〔八〕還解,早淩波去⑦。試乘風一葉,重來月底,與修花譜⑧。

【校勘】

〔一〕"冰",紅絲欄鈔本誤作"水"。

〔二〕"無",紅絲欄鈔本誤作"年"。

〔三〕"那",南詞本、紅絲欄鈔本、汲古閣鈔本、四庫本、《歷代詩餘》作"奈"。

〔四〕"甚",紅絲欄鈔本、汲古閣鈔本、四庫本作"舊"。

〔五〕“向誰”，底本原校“一作有誰，一作誰向。”紅絲欄鈔本作“有誰”。

〔六〕“謾”，紅絲欄鈔本、汲古閣鈔本、《歷代詩餘》作“漫”。

〔七〕“自”，紅絲欄鈔本誤作“典”。

〔八〕“璫”，南詞本誤作“鐺”。

【注釋】

① 翠雲：喻蓮葉，周密本題同賦有“舞衣半惹凉雲碎”句，李居仁有“碧雲不掩”句，張炎有“緑雲十里”句。

環妃：楊貴妃，喻白蓮。詳王易簡首注釋③“環兒初起”條。

夜深按徹霓裳舞：用“霓裳羽衣曲”典，詳周密首注釋①按語。

② 鉛華淨洗：鉛華淨洗則真色自見也。詳唐珏首注釋②“晚奩淨洗鉛華膩”條。

娟娟出浴：用貴妃出浴典。詳王易簡首注釋③“環兒初起”條。

盈盈解語：用“解語花”典。詳王易簡首注釋⑤“盼嬌無語”條。

按：“翠雲”至“解語”五句賦白蓮而别有寓意。意謂白蓮如貴妃浴罷，洗盡鉛華，在蓮葉間隨風摇曳，如按霓裳之舞，姿態盈盈，似解人語。意者，王沂孫連用貴妃典，亦借明皇貴妃事以寓聲色招禍之意，與周密、張炎同。此五句寫白蓮盛况，參以下文“甚人間”句，則知五句實乃虛筆，所寫本是憶述。

③ 太液荒寒：亡國之痛寓焉。詳唐珏首注釋④“太液池”條。應上“霓裳舞”句。

海山依約斷魂何許：用《長恨歌》典。詳王沂孫同題作注釋⑧“海山依約”條。何許，何處。

按：“太液”至“何許”三句，意謂太液池業已荒寒，池中白蓮亦已魂斷，嗟乎海山依約迷茫，不知白蓮之魂何在也。此三句後人或參以前首（淡妝不掃）以爲别寓宫人被俘北上事；或參以下文“三十六陂”、“芳心更苦”句，以爲詠度宗昭儀王清惠。王清惠《滿江紅》有“太液芙蓉，渾不似、舊時顔色”句。王沂孫謂“太液荒寒”,亦應有亡國之慨在焉。此三句亦是虚筆,憶述池荒花萎,與前五句憶述白蓮之盛作一盛衰對比。

④ 冰肌雪艷:借代白皙佳人,再轉喻白蓮。白居易《長恨歌》:“樓閣玲瓏五雲起,其中綽約多仙子。中有一人字太真,雪膚花貌參差是。”

嬌無那:那,《廣韻》“歌韻”讀“諾何切”,平聲;“哿韻”讀“奴可切”,上聲;“箇韻”讀“奴箇切”,去聲。此處讀去聲。“無那”用於形容詞後,多作“無限”解,“嬌無那”猶“嬌無限”。李煜(937—978)《一斛珠》:“繡床斜憑嬌無那”。

相顧:顧,回首。杜牧(803—852)《齊安郡中偶題二首》其一:“多少緑荷相倚恨,一時回首背西風。”

按:“甚人間”至“頻相顧”四句寫眼前白蓮,意謂太液池白蓮雖已仙去,人間仍有白蓮,依然冰肌雪艷,嬌態無限,頻頻隨風相顧。此四句實寫,“甚人間”一句由虚返實。

⑤ 三十六陂:地名,河南中牟及江蘇江都均有三十六陂。此泛指池沼湖泊,宋人好用之,如王安石(1021—1086)《題西太一宫壁》二首之一:“三十六陂春水,白頭想見江南。”康與之(生卒未詳)《洞仙歌令》:“與緑荷、相倚恨,回首西風,波淼淼、三十六陂烟雨。”姜夔《念奴嬌》詠荷:“三十六陂人未到,水佩風裳無數。”

甚淒凉:淒凉,見王易簡首注釋④引趙崇嶓《白蓮》。應上片“太液池”三句文意與盛衰之慨。

⑥ 仙姿自潔:仙姿,謂白蓮姿態出塵脱俗,如仙女。韓元吉(1118—1187)《觀蓮》:“仙姿不作時世妝,或凝朝霞艷秋霜。”潔,狀白蓮花色。白居易《池上清晨候皇甫郎中》:“池幽緑蘋合,霜潔白蓮香。”自潔,潔身自好。顧逢(南宋人,生卒未詳)《白蓮花》:“芳心能自潔,玉體静相依。”

芳心更苦:芳心,蓮心,味苦,故云。

按:“三十六陂”至“芳心更苦”六句寫烟雨中之白蓮,暗寓凋殘之意。意謂白蓮有滿懷淒凉心事,却逢此烟雨,花落矣,更無人可傾訴,縱仙姿自潔亦是徒然，故芳心更苦也。無人見賞，孤芳自苦，不減陸龜蒙《白蓮》"還應有恨無人覺"詩意。

⑦ "羅襪"至"波去"三句：用曹植《洛神賦》典。詳周密首注釋⑥按語。

按："羅襪"至"波去"三句寫白蓮花落，承上"烟雨"句來。"羅襪初停，玉璫還解"，喻花瓣凋零，凌波而去。

⑧ "試乘風"至"花譜"三句：試，設想之詞。一葉，一葉舟。乘風、月底，自陸龜蒙《白蓮》"還應有恨"、"月曉風清"一聯化出。與修花譜，謂與白蓮共修花譜。陳傅良(1137—1203)《和宗易賦素馨茉莉白蓮韻》："羞將姿媚隨花譜，愛伴孤高上月評。"姜夔《側犯》詠芍藥："寂寞劉郎，自修花譜。"

"試乘風"至"花譜"三句設想他日與白蓮月底修撰花譜。與修花譜，説興衰也。

【輯評】

陳廷焯《詞則·大雅集》卷四評"三十六陂"五句："寫出幽貞，意者亦指清惠乎？"(按：此説又見陳氏《白雨齋詞話》卷二。)

徐珂校訂《天蘇閣叢刊》本《樂府補題》："嬌無那，頻相顧"句"那""顧"二字旁加點。"如今"至"更苦"三句句圈。

俞陛雲《唐五代兩宋詞選釋》："集中倚《水龍吟》調凡五首，皆詠物之作，賦體與興體兼有之。詠白蓮兩首，次首猶勝。惟起五句詠本題，餘皆藉花以抒感。'海山'、'斷魂'句言末造飄流海島，落日狂濤，宫車不返。'别有冰肌'四句意謂兩朝冠劍，降表簽名，大有人在，而不欲斥言，乃託詞以隱刺。後段'仙姿'二句尤爲攖心深痛，縱埋名削跡，安能解其飲茹蘗之悲，何異於落盡蓮衣而蓮心更苦，乃整寫其哀思。'早凌波去'句悵鼎湖之去遠，'乘風盼歸'句，乃抱弓劍而仍號也。凡作詠物詞，須切定本題，如清真《水龍吟》詠梨花，既用樊川、靈關事，又用‘深閉門’及‘一枝帶雨’以切合之，若僅言花白，安見即是梨花。碧山此詞，雖意在君國，而本題亦不抛荒。首句之‘翠裳環妃’及後段之‘仙姿自潔’、‘玉璫凌波’句仍雅切白蓮，可謂句意兼得矣。”

錢基博(1887—1957)《中國文學史》：“此借白蓮以喻貞臣遺老，如謝枋德一流人也。‘海山依約，斷魂何許’，明指崖山之難，主臣蹈海。‘甚人間别有，冰肌雪艷，嬌無那，頻相顧’，言世間别有才士，而我何頻相顧。史稱世祖詔程文海以集賢學士拜侍御史，行御史台事，往江南博采知名之士。帝素聞趙孟洪、葉李名，諭必致此二人。文海復薦宋宗室趙孟洪及遺民三十人。謝枋得與焉，遺書文海，謂：‘自今無意人間事矣。亡國之士大夫，不可與圖存。’辭甚激抗。留夢炎，宋宰相也；即降元貴士，尤力薦之。枋得貽書辯論數千言，卒不出；所謂‘仙姿自潔，芳心更苦。羅襪初停，玉璫還解，早凌波去’也。以葉李、趙孟洪文采風流，亦宋遺民之錚佼者；故以‘甚人間别有冰肌雪艷’稱之，‘别有’者，謂不同於‘仙姿自潔芳心更苦’之‘早凌波去’者也。”

詹安泰《花外集箋注》：“《樂府補題》浮翠山房賦白蓮十首(沂孫兩首，餘人均一首)均係託喻后妃，語意均極相似，與楊髡發陵事有關，不徒爲清惠發也。兩首均有‘海山依約’。又第一首有‘步襪空留，羽衣微褪，粉殘香冷’句。第二首有‘甚人間别有，冰肌雪艷，嬌無那，頻相顧’之句，則悼亡之餘，兼有惜存之意。《遂昌雜録》：‘錢塘男女尚嫵媚，號‘龍袖驕民’(《太平清話》)。尤宣撫每出，見杭士女出游，仍故都遺風。公必停輿戒之曰：‘汝背尚瞢瞢睡邪？今日非南朝矣。勤儉力作，尚慮不能供徭役，而猶若是惰游乎？’是則當時必有‘商女不知亡國恨，隔江猶唱後庭花’之景況，悲往傷今，其此詞之本意與?”

黄兆顯《樂府補題研究及箋注》:“人間四句人花互憐，知己相遇也。太液三句及仙姿二句寫盡世間貞潔事，芳心句更是體物入微，代忠臣烈女説盡無限語。”

王筱雲《碧山詞研究》:“此詞上片以楊真紀遭際典事之事理爲脉絡，下片以白蓮在時序變化中的物應態物理爲脉絡組織意象。上、下片以‘甚人間’三句爲紐結。同樣以人物典事情思交融、虛實互發意藴層深，遭際不幸的擬人化象徵意象形態，傳達沉鬱淒婉的今昔興亡之痛，身世之悲。”

摸魚兒[①]　紫雲山房[②]擬賦蓴

【校勘】

四庫本無"擬"字。

【注釋】

① 摸魚兒：《欽定詞譜》卷三十六收"摸魚兒"一調共九體，雙調一百十六字六體，雙調一百十七字一體，雙調一百十四字二體，以晁補之(1053—1110)"買陂塘"詞、辛棄疾"更能消"詞及張炎"愛吾廬"詞爲正體，三詞皆雙調一百十六字一體；又以辛、張二家詞與晁詞比較，謂二家詞與晁詞同，唯辛詞前段起句押韻異，張詞前後段起句押韻異。萬樹《詞律》卷十九收雙調一百十六字一體，雙調一百十七字一體，以張翥(1287—1368)"漲西湖"詞爲例詞。張翥詞譜式與晁補之詞全同。至於雙調一百十七字一體，二書俱以歐陽修"卷繡簾"詞爲例，比勘二書，仍得九體。"摸魚兒"，唐教坊曲名，又名"摸魚子"、"買陂塘"、"陂塘柳"、"邁陂塘"，辛棄疾賦怪石詞名"山鬼謡"，李冶(？—784)賦並蒂荷名"雙蕖怨"。

按：本題諸家之作協韻與晁補之"買陂塘"詞同，而句讀異。與晁詞校，諸家上片第六、七句，下片第七、八句，俱作五字兩句。李彭老詞下片第五句"一葉又秋風起"三字一讀，作兩句，萬樹《詞律》以爲是"偶筆，不必學也。"《圖書集成》"博物彙編・草木典第六十五卷・蓴部・藝文一"："按《摸魚兒》又名《買陂塘》、《陂塘柳》、《邁陂塘》、《山鬼謡》、《雙蕖怨》。共九體。五首中，唯唐珏詞爲此調正格云。”五首,即本題五家之作。

② 紫雲山房:《補題》詞人相聚社課之處。紫雲山房主人即吕同老。

天柱　王易簡理得

怪鮫宫、水晶簾捲,冰痕初斷香縷①。澄〔一〕波蕩槳人初〔二〕到,三十六陂烟雨②。春又去。伴點點荷錢,隱約吴中路③。相思日暮。恨洛浦娉婷,芳鈿翠翦,奩影照〔三〕淒楚④。　功名夢,消得西風一〔四〕度。高人今在何許。鱸香菰冷斜陽裏,多〔五〕少天涯意緒〔六〕⑤。誰記取。但枯豉紅鹽,溜玉凝秋筯⑥。尊前起舞。算〔七〕唯〔八〕有淵明,黄花歲晚,此興共千古⑦。

【校勘】

〔一〕“澄”,四庫本、《詞綜》作“柔”,紅絲欄鈔本及汲古閣鈔本均脱,並空一格。

〔二〕“初”,紅絲欄鈔本及汲古閣鈔本均脱,並空一格。《詞綜》、《歷代詩餘》、《圖書集成》作“難”。

〔三〕“照”,四庫本作“炤”。

〔四〕“一”,紅絲欄鈔誤作“二”。

〔五〕“多”,紅絲欄鈔本脱,空一格。

〔六〕“緒”,紅絲欄鈔本脱,空一格。

〔七〕“算”,南詞本、紅絲欄鈔本、汲古閣鈔本作“筭”。

〔八〕“唯”,南詞本作“惟”。

【注釋】

① 怪:驚異。

鮫宫:鮫人之宫。

水晶簾:蓴嫩莖與嫩葉有透明膠質分泌物包裹,春天初生時更多,莖葉雖爲分泌物包裹,然清晰可見,故以水晶爲喻。蓴屬睡蓮科,叢生水中,葉浮水面而莖在水中;蓴莖細密,隨水漂蕩,觀之如簾浸於水,故以水晶簾爲喻。

冰痕:冰溶而未盡,尚有薄痕,早春故也。

香縷:蓴莖細,故以絲縷爲喻。初斷香縷,即初採蓴。

按:"怪鮫宫"至"香縷"二句,寫一片蓴浮於水中,如鮫人織就之水晶簾,令人驚異。王詞起調本楊萬里七律《松江蓴菜》首、頷聯:"鮫人直下白龍潭,割得龍公滑碧髯。曉起相傳蕊珠闕,夜來失却水精簾。"楊詩以龍公鬚髯喻蓴莖,謂蓴莖細如鬚也。水族以龍最尊貴,故楊詩以龍髯爲喻。陸璣《毛詩草木鳥獸蟲魚疏》卷上:"有肥者,著手滑不得停。""肥"即透明膠質分泌物,故楊詩曰"滑碧髯"。後魏賈思勰(生卒未詳)《齊民要術》卷八"食膾魚蓴羹"條:"芼羹之菜,蓴爲第一。四月蓴生,莖而未葉,名作雉尾蓴,第一肥美。葉舒長足,名曰絲蓴。五月六月用絲蓴。入七月盡九月十月内不中食,蓴有蝸蟲著故也,蟲甚細微,與蓴一體,不可識別,食之損人,十月,水凍蟲死,蓴還可食。從十月盡至三月,皆食環蓴。環蓴者,根上頭,絲蓴下茇。絲蓴既死,上有根茇,形似珊瑚一寸許,肥滑處任用,深取即苦澀。"是蓴自春至秋皆可食,非唯早春也,下曰"春又去"、"伴點點荷錢",是入夏矣;曰"溜玉凝秋筯",則值秋可知。

② 澄波蕩槳:《齊民要術》卷六"種蓴法"條:"蓴性易生,一種永得。宜淨潔,不耐污,糞穢入池即死矣。"故"澄波"非泛寫也。"澄波蕩槳",謂採蓴。

三十六陂:泛指池沼湖泊。詳《水龍吟》詠白蓮王沂孫"翠雲遥擁"詞注釋⑤"三十六陂"條。

按:"澄波"至"烟雨"二句,寫夏天蕩槳採蓴,人初到時,正值滿湖烟雨。

③ 荷錢:荷葉初出水之小者。

吴中路：《晉書》卷五十四《陸機傳》："至太康末，與弟雲俱入洛，造太常張華。華素重其名，如舊相識，曰：'伐吴之役，利獲二俊。'又嘗詣侍中王濟，濟指羊酪謂機曰：'卿吴中何以敵此？'答云：'千里蓴羹，未下鹽豉。'時人稱爲名對。張華薦之諸公。"事又見《世説新語・言語》。或以爲千里、未下是地名。吴中路，借代回鄉路。

按："春又去"至"吴中路"三句，意謂春去夏來，到此採蓴，又想起吴中故鄉。詠蓴著名典故有二，俱關吴中。一者陸機（261—303）"羊酪蓴羹"事，見前引《晉書・陸機傳》。另一即張翰（生卒未詳）"蓴鱸之思"事，見《晉書》卷九十二《文苑傳・張翰》："張翰，字季鷹，吴郡吴人也。父儼，吴大鴻臚。翰有清才，善屬文，而縱任不拘，時人號爲'江東步兵。'會稽賀循赴命入洛，經吴閶門，於船中彈琴。翰初不相識，乃就循言譚，便大相欽悦。問循，知其入洛，翰曰：'吾亦有事北京。'便同載即去，而不告家人。齊王冏辟爲大司馬東曹掾。冏時執權，翰謂同郡顧榮曰：'天下紛紛，禍難未已。夫有四海之名者，求退良難。吾本山林間人，無望於時。子善以明防前，以智慮後。'榮執其手，愴然曰：'吾亦與子采南山蕨，飲三江水耳。'翰因見秋風起，乃思吴中菰菜、蓴羹、鱸魚膾，曰：'人生貴得適志，何能羈宦數千里以要名爵乎！'遂命駕而歸。著《首丘賦》，文多不載。俄而冏敗，人皆謂之見機。然府以其輒去，除吏名。翰任心自適，不求當世。或謂之曰：'卿乃可縱適一時，獨不爲身後名邪？'答曰：'使我有身後名，不如即時一杯酒。'時人貴其曠達。性至孝，遭母憂，哀毁過禮。年五十七卒。其文筆數十篇行於世。"陸機與張翰俱是吴人。晉滅吴後，陸、張先後北游出仕，陸終見殺而張"見機"得免於禍。"蓴鱸之思"，思鄉而辭官，所謂"任心自適，不求當世"，知退以保其真也。本題五家詞人俱用此二典。

④ 洛浦娉婷：即洛神宓妃。喻前句"相思日暮"之佳人。

芳鈿：芳鈿，花鈿。鈿，女子首飾，繞髻鬟插戴，多以金珠沿邊勾勒成花形，飾以珠玉寶石，故稱花鈿、翠鈿、金鈿。鈿形似蓴葉，故以爲喻。佚名本題同賦有“點點翠鈿淨”句，王沂孫有“幾點青鈿綴”句。

翠翦：“剪翠”倒裝，採蓴。

奩影照淒楚：奩，鏡奩，喻水澄澈如鏡。奩影，水中倒影。淒楚者，“相思日暮”之佳人。

按：“相思”至“淒楚”四句，虛寫佳人採蓴，照影淒楚，皆想像之辭。意謂家鄉自有縈念之佳人在，不如早還鄉，以解“相思日暮”之苦。應前“冰痕”句之採蓴，啓下片蓴鱸歸興事。

⑤ 功名夢消得西風一度：張翰永寧元年(301)任齊王司馬冏(？—302)大司馬東曹掾，“功名”者即此。永寧二年(302)秋因“蓴鱸之思”辭官，故曰“夢”，曰“西風一度”。此亦“見機”之意。

高人：張翰。

鱸香菰冷：見前“吴中”條。

天涯意緒：謂天涯路遠，與佳人無由相見，致心緒難寧也。

按：“功名夢”至“意緒”五句因物興情，承上片“吴中路”來，用張翰典。意謂因眼前之蓴而想到昔日張翰見機知退，視功名如一夢，終保其真，誠高人也，而今之人能見機知退如張翰者鮮，故問“高人今在何許”。

又按：元世祖忽必烈(1215—1294)有徵召江南故宋士人出仕之策。《元史》卷一百九十《儒學二・熊朋來》：“世祖初得江南，盡求宋之遺士而用之，尤重進士，以故相留夢炎爲尚書，召甲戌狀元王龍澤爲江南行臺監察御史。”程鉅夫(1249—1318)《故建昌路儒學教授蔣君墓誌銘》：“至元二十三年(1286)，余以集賢學士行臺侍御史，將旨江南搜羅遺逸，得二十四人焉。既復命，朝廷分其半掌憲諸道，余悉授任有差。”謝枋得(1226—1289)《上程雪樓御史書》：“小兒傳到郡縣公文，乃知皇帝欲求至誠無僞，以公滅私、明達治體、可勝大任之才。執事(程鉅夫)薦士凡三十，賤姓名亦玷其中。執事將隆旨督郡縣以禮聘召。有願應詔者，以資幣厚遣，乘傳上京。弓旌招賢，輪帛迎士，此禮不見於天下久矣；豈非清明一盛事乎！有志經世者，孰不興起。惜乎！求異才而及某，非其人，非其人，貽笑於天下，取譏於後世，非皇帝夢卜求賢之初意也。”是謝枋得拒應詔也。當時宋遺民堅不仕者固多，然自甘降志或爲勢所迫者亦不少，《補題》詞人王沂孫曾任慶元路學政，仇遠更以杭州知事致仕，陳恕可以承務郎平江路吴縣尹致仕；而王易簡終身遺民，宋亡後未嘗出仕，今問“高人今在何許”者，蓋指逼於仕元之舊友，故以“洛浦娉婷”、“鱸香菰冷”、“天涯意緒”相勸，謂家鄉鱸香菰冷，且已斜陽日暮，爲時不多，回歸可也，不必與佳人天涯相隔，致使意緒難平。

⑥ 枯豉紅鹽：枯豉，見前“吴中路”條陸機“羊酪蓴羹”。紅鹽，段公路（唐懿宗年間人，生卒未詳）《北户録》卷二“紅鹽”條：“恩州有鹽場出紅鹽，色如絳雪，驗之，即由煎時染成，差可愛也。”陳鵠（宋南人，生卒未詳）：《耆舊續聞》卷二：“徐師川云：東坡《橄欖》詩云：‘紛紛青子落紅鹽’。蓋北人相以爲橄欖樹高難取，南人用鹽擦則其子自落。今南人取橄欖雖不然，然猶有此語也，東坡遂用其事。……世只疑紅鹽二字，以爲别有故事，不知此只《本草》論鹽有數種，北海青，南海赤，橄欖生於南海，故用紅鹽也。又《太平廣記》云：交河之間平磧中掘數尺，有戎鹽紅紫色，味頗甘。本朝建炎（宋高宗年號，1127—1130）間亦有貢紅鹽者。紅鹽字雅，宜用之。”段、陳二家，未詳孰是，蓋如陳鵠所言：“紅鹽字雅，宜用之。”

溜玉凝秋節：溜玉，冰掛，喻蓴之“肥”，本題佚名同賦作“玉溜”，曰：“玉溜青絲瑩”。溜即霤，屋檐滴水。滴水遇冷成冰，晶瑩剔透如玉，故云，謝朓（464—499）等聯句《阻雪》：“珠霙條間響，玉霤檐下垂。”凝秋節，秋蓴肥滑停於節上。

按：“誰記取”至“秋節”三句，意謂能記取規勸之言者，終究不多也；眼前唯見枯豉紅鹽，秋蓴肥滑凝於節上而已。詞人心緒千迴百轉可知。

⑦“算唯有”至“共千古”三句：陶淵明（約365—427）愛菊，所作詩每詠及菊，故云。周敦頤（1017—1073）《愛蓮説》謂“晉陶淵明獨愛菊”，菊仍“花之隱逸者”，而“菊之愛，陶後鮮有聞”。“黄花歲晚”，謂時日無多；“此興”者，歸隱

田園之興也。“共千古”者，謂只有淵明之歸田逸興，可與張翰之知機而退相比並；張、陶二公曾出仕而後知退還，足以千古不朽也。意謂今世之徒，能知機早退者鮮矣，唯尚友古人而已。

按：“尊前”至“千古”句，意謂張翰之後，只有淵明知退。張翰知機而退，陶淵明不爲五斗米折腰而退，皆能保其真者也，而今之人能效法者鮮矣，唯有痛飲起舞，聊以抒懷而已。王易簡宋亡不仕，是知退者也，然詞友舊朋之中仍有未退者，故有“誰記取”之嘆，既是寂寞之辭，亦是勸勉之辭。

【輯評】

徐珂校訂《天蘇閣叢刊》本《樂府補題》：“相思日暮”至“奩影照淒楚”連圈。“功名夢”至“意緒”三句句圈。“尊前起舞”至“千古”四句句圈。

沈澤棠《懺庵詞話》：“《樂府補題》王易簡《摸魚兒》‘賦蓴’云：‘功名夢，消得西風一度。高人今在何許。鱸香菰冷斜陽裏，多少天涯意緒。誰記取。但枯豉紅鹽，溜玉凝秋筯。尊前起舞。算唯有淵明，黄花歲晚，此興共千古。’此詞並步兵高致，亦一齊撇却，運意更高，固是熟事生用法，亦從東坡‘不爲鱸魚也自賢’句討出消息。”

俞陛雲《唐五代兩宋詞選釋》：“王碧山賦此題，前半徵實，後半課虚。此作雖不甚工切，後半‘鱸香’及‘鹽豉’句却不脱‘蓴’字，自是經意之作。”

黄兆顯《樂府補題研究及箋注》：“首四句採蓴，春又去三句言蓴之繁生，特表吴中路者，吴地產蓴最美，而吴人又善食之故。相思四句代採蓴人説，淒楚二字從日暮來，有美人遲暮之意。下闋身世，明指季鷹而實暗喻宋帝，可張夏（承燾）説。尊前以下，用元亮黄花結，正可與季鷹比並。推出以下千古二字。結表己志，使人有蓴鱸之意。”

佚名〔一〕①

過湘皋、碧龍驚起，冰涎猶護髯影②。春洲未有菱歌伴，獨占暮烟千頃〔二〕③。呼短艇。試翦〔三〕取纖條，玉溜青絲瑩④。尊前細認。似水面〔四〕新〔五〕荷，波心半捲〔六〕，點點翠鈿淨⑤。　淒涼味，酪乳那堪比並。吴鹽一筯秋冷⑥。當時不爲鱸魚去，聊爾動〔七〕渠歸〔八〕興。還記省。是幾度西風，幾度〔九〕吹愁醒⑦。鷗昏鷺暝⑧。謾〔十〕换得霜痕，蕭蕭兩鬢，羞與共秋鏡。⑨

【校勘】

〔一〕“佚名”，《詞綜》、《歷代詩餘》、《圖書集成》作“王易簡”。

〔二〕“頃”，南詞本誤作“傾”。

〔三〕“翦”，紅絲欄鈔本、汲古閣鈔本、四庫本作“剪”。

〔四〕“面”，紅絲欄鈔本脱，“水”字以下至該行盡皆空白。同行只得“前細認似水”五字，頂格書寫。

〔五〕“新”，紅絲欄鈔本脱，“荷”字是該行第三字，以上空二格，同行“淨”字以下至該行盡皆空白。此行空二格書寫，只有“荷波心半捲點點翠鈿淨”十字，緊接前“前細認似水”行。

〔六〕“捲”，底本原作“掩”，“捲”與“掩”形近，紅絲欄鈔本、汲古閣鈔本、四庫本作“捲”。按：“捲”字狀蓴葉新生未展之貌，唐珏本題同賦有“嫩荷半捲浮晴影”句，王沂孫有“雙捲小緘芳字”句，所詠相同，今據紅絲欄鈔本等對校本改。《詞綜》、《歷代詩餘》、《圖書集成》作“卷”，即“捲”字。

〔七〕“動”，底本原校“一作勤”。紅絲欄鈔本、汲古閣鈔本、《詞綜》作“勤”。唐珏本題同賦有“故人應動高興”句，可知作“勤”誤。

〔八〕“歸”，紅絲欄鈔本脱，空一格。

〔九〕“度”，《詞綜》、《歷代詩餘》、《圖書集成》作“處”。

〔十〕“謾”，紅絲欄鈔本、汲古閣鈔本、四庫本作“漫”。

【注釋】

① 佚名：夏承燾（1900—1986）《〈樂府補題〉考》認爲即瘞帝骨義士王英孫（1238—1312）。

② 湘皋：湘，湘湖，在今浙江蕭山。皋，水邊地。湘皋，湘湖岸邊。湘湖產蓴，陸游《稽山行》：“湘湖蓴菜出，賣者環三鄉。”舒岳祥（1219—1298）《將爲鄞江之游先寄正仲三首》其三：“鄞鄉風物好，蓴菜出湘湖。”本詞以湘湖切蓴。

碧龍驚起冰涎猶護鬚影：以龍鬚喻蓴莖，見前王易簡首。涎，龍涎，曰冰者，以其晶瑩之故，冰涎喻蓴之肥滑也。肥滑包裹蓴莖，故曰“護”。楊蟠（約1017—1106）《蓴菜》：“鶴生嫩頂浮新紫，龍脱香鬚帶舊涎。”另參王易簡首注①按語。

按：“過湘皋”至“鬚影”二句，比喻運意與王易簡相似。

③ 春洲未有菱歌伴：洲，水中沙土淤積地，略高於水面。吴文英《聲聲慢・餞魏繡使泊吴江爲友人賦》：“念聚散，幾楓丹霜渚，蓴緑春洲。”菱歌，採菱所唱之歌，陸游《長歌行》：“菰米如珠炊正熟，蓴羹似酪不論錢。翁唱菱歌兒舞櫂，醉耳那知朝市鬧。”

獨占：占，《廣韻》去聲“豔韻”：“固也，章豔切”。

暮烟千頃：暮烟，湖上霧靄。千頃，謂湖面廣闊也。未有菱歌，故蓴可獨佔千頃湖也。

按：“春洲”至“千頃”二句，意謂春蓴繁生，然採菱人未至，故無人唱菱歌；

但覺一片霧靄,滿湖静謐,爲春蓴獨占。

④ 短艇:即小艇。陸游《寒夜移疾二首》其一:"天公何日與一飽? 短艇湘湖自采蓴。"《沁園春·三榮横溪閣小宴》其三:"躲盡危機,消殘壯志,短艇湖中閑采蓴。"

纖條:蓴莖,借代蓴。楊萬里《松江蓴菜》:"可是士衡殺風景,却將羶膩比清纖。"羶膩,借代羊酪。

玉溜:即溜玉,喻蓴之肥滑,詳王易簡首注釋⑥"溜玉凝秋筯"條。

青絲:蓴莖,借喻蓴。王沂孫本題同賦有"翠絲微斷"句。

瑩:《廣韻》去聲"徑韻":"烏定切"。《説文》"玉部":"瑩,玉色也。從玉熒省聲。一曰石之次玉者,《逸論語》曰:'如玉之瑩'。"喻蓴之光澤如玉,有肥故也。

按:"呼短艇"至"青絲瑩"三句,盪舟採蓴。

⑤ 新荷:初出水之荷葉,即荷錢。蓴葉似荷葉而小,故以嫩荷之葉爲喻。

半捲:狀蓴葉新生未舒展貌。

翠鈿:喻蓴葉。另參王易簡首注釋④"芳鈿"條。

按:"似水面"至"翠鈿淨"三句謂既採得蓴,又端詳之。"新荷半捲"、"翠鈿",與前之"冰涎"、"髯影"、"纖條"、"玉溜"、"青絲",皆爲比喻,體物賦形而肖者也。

⑥ 酪乳那堪比並。吴鹽一筯秋冷:用陸機"羊酪蓴羹"典以切蓴,詳王易簡首注釋③"吴中路"條按語。

按:"淒凉"至"秋冷"三句,主眼在"淒凉味"。意謂一筯秋蓴,歸思繫之,此中滋味,非酪乳可比並也。味曰淒凉,頗堪細玩,蓋酪乳在帝京,秋蓴在故里,帝京爲競進求仕之地,故里是退隱保真之鄉,進退之間,五情内熱,五味俱陳,故曰淒凉。既曰"酪乳那堪比並",則進不及退可知也,規勸之意甚明。

⑦ "當時"至"吹愁醒"五句:用張翰"蓴鱸之思"典以切蓴,詳王易簡首注釋③"吴中路"條按語。

渠：所勸之人。

西風：喻世情時局。

按："當時"至"吹愁醒"五句，用張翰典勸"渠"。"渠"當時仕進之心未息，故不去，已失時機矣。當日鱸魚不能動其歸興，則今聊且再以秋蓴相勸，勸"渠"當記取張翰之見機知退，以存身保真也，即所謂"還記省"者。今世情時局如西風之凛冽，吹人醒覺又何止一度？幾度西風吹人愁醒，是漸次有知退者矣，世情時局如許，"渠"亦應知機而退，且莫再失時機，歸去可也。曰"不爲鱸魚去"，曰"聊爾"，則頗疑"渠"有無歸去之意。然則西風吹"渠"之愁醒耶？詞人未有言明，然既用張翰典，以蓴鱸相勸，則"渠"應是功名用世之志未遂，故宦游未歸而愁緒生，至其愁之醒無，莫可知也。本題王易簡與唐珏亦有"功名夢"之慨。

⑧ 鷗昏鷺瞑：昏、瞑，暗不明貌。鷗鷺，用《列子》"鷗鷺忘機"典。詳《水龍吟》詠白蓮王易簡注釋⑦。鷗、鷺，喻前盟舊友。方岳(1199—1262)《羹蓴》："烟雨中間幾白鷗，藕花菱葉小亭幽。紫蓴共煮香涎滑，吐出新詩字字秋。"曾協《水龍吟・别故人》上片："楚鄉菇黍初嘗，馬蹄偶踏揚州路。蓴絲向老，江鱸堪膾，催人歸去。秋氣蕭騷，月華如洗，一天風露。望重重烟水，吴淞萬頃，曾約舊時鷗鷺。"葛長庚(1194—？)《賀新郎》下片："此會明年知何處，蘋末秋風未久。漫輸與、鷺朋鷗友。已辦扁舟松江去，與鱸魚、蓴菜論交舊。因念此，重回首。"

按：鷗鷺本無機心，故無機心者可與之相交；機心一生，則鷗鷺"舞而不下"，心志異也。今鷗鷺昏暗不明，則機心之有無亦未可知。反用"鷗鷺忘機"典，以見前盟舊友之志難測也，是疑惑之辭，非欲以明《列子》至言至爲之理。

⑨ 霜痕：喻白髮，即下句"蕭蕭兩鬢"之意。

秋鏡：所以照見衰顔白髮，以示韶華與時光共去也，唐人已用之，白居易《早梳頭》："夜沐早梳頭，窗明秋鏡曉。颯然握中髮，一沐知一少。"又《新磨鏡》："衰容當晚節(一作'常晚櫛')，秋鏡偶新磨。一與清光對，方知白髮多。"

于鄴(生卒未詳)《書情》:“欲磨秋鏡淨,恐見白頭生。”

按:“謾换得”至“秋鏡”三句,意謂我等“渠”歸已久,如今攬鏡,亦羞見蒼顔白髮也。此中微有心灰意冷之意也。此詞與王易簡詞俱寫規勸,然情意略有不同,王詞旨在勸勉,兼自抒寂寞,人己兩寫;此詞則質疑“渠”之退意不堅,且自傷老大也。

【點評輯録】

徐珂校訂《天蘇閣叢刊》本《樂府補題》:“春洲未有”至“千頃”連點。“淒凉味”至“秋冷”三句句圈。“當時不爲”至“吹愁醒”五句連圈。“鷗昏鷺瞑”至“秋鏡”四句句圈。

俞陛雲《唐五代兩宋詞選釋》:“詠蓴較易於龍涎香,作者意有未盡,故再接再厲。上闋較前首體物尤工,喻以新荷半掩,殊肖。以下餘波蕩漾,句意並到。此二調若尹、邢並美也。”(俞陛雲以此首爲王易簡作,所謂前首者,指“怪鮫宫”首。)

黄兆顯《樂府補題研究及箋注》:“起四句寫蓴之繁生,以後寫採蓴。過片特標蓴絲美,當時二句總括一段文字,甚見筆力。夏承燾以過湘皋二句指宋帝,則此二句正是借喻;中原板蕩,鼎鑊見移,則歸興不爲魚膾明矣。還記省三句是眼,承上二句來,醒人耳目。鷗鷺以下身世,廉頗老矣,尚能飯否!”

菊山　唐珏玉潛

漸滄浪、凍痕銷〔一〕盡,瓊絲初漾明鏡①。鮫人夜翦〔二〕龍髯滑,織就水晶簾冷②。凫葉淨③。最好似,嫩荷半捲〔三〕浮晴影。玉流翠凝④。早枯豉融香，紅鹽和雪，醉齒嚼清瑩⑤。　功名夢，曾被秋風喚醒。故人應動高興⑥。悠然世味渾如水，千里舊懷誰省⑦。空對景。奈回首、姑蘇臺畔愁波暝〔四〕⑧。烟寒夜静。但只有芳洲，蘋花共〔五〕老，何日泛〔六〕歸艇⑨。

【校勘】

〔一〕“銷”，四庫本、《圖書集成》作“消”。

〔二〕“翦”，紅絲欄鈔本、四庫本、《詞綜》、《圖書集成》作“剪”。

〔三〕“捲”，紅絲欄鈔本、汲古閣鈔本作“卷”。

〔四〕“暝”，四庫本誤作“瞑”。

〔五〕“共”，底本原校“一作與”，紅絲欄鈔本、《詞綜》、《圖書集成》、《歷代詩餘》作“與”。汲古閣鈔本脱，空一格。許昂霄《詞綜偶評》：“與字疑訛，或是共字。”

〔六〕“泛”，紅絲欄鈔本、汲古閣鈔本作“汎”。

【注釋】

① 滄浪：古水名，見《尚書・禹貢》，此處泛指溪水池沼。

按：《孟子・離婁》“不仁者可與言哉”章：“孺子歌曰：‘滄浪之水清兮，可以濯我纓；滄浪之水濁兮，可以濯我足。’孔子曰：‘小子聽之，清斯濯纓，濁斯濯足矣。自取之也。’”《楚辭》載此爲漁父歌，唯“我”作“吾”。漁父所以歌也，亦規勸屈原“自取之”之意。唐宋人間或以滄浪水濱爲悟道者歸隱之地。蘇舜欽（1008—1048）購得五代孫承右（吴越國君錢鏐〔852—932〕近戚）池館，構亭北碕，號“滄浪”亭，常往焉，並作《滄浪亭記》以志其悟道之言曰：“形骸既適則神不煩，觀聽無邪則道以明；返思向之汩汩榮辱之場，日與錙銖利害相磨戛,隔此真趣,不亦鄙哉!噫!人固動物耳。情横於内而性伏,必外寓於物而後遣。寓久則溺,以爲當然;非勝是而易之,則悲而不開。惟仕宦溺人爲至深。古之才哲君子,有一失而至於死者多矣,是未知所以自勝之道。”宋人有以“滄浪”與“蓴”並言者,楊時(1044—1130)《言溪早起》:“短日催征轡,聽雞踏曉霜。遠山頻入望,薄酒漫搜腸。湘浦蓴絲滑,吴淞膾縷長。何時一疏放,把釣卧滄浪。”唐珏借滄浪代溪水池沼,當中亦或寓歸隱之意,本詞下片結句即曰“何日泛歸艇”。王沂孫本題同賦有“滄浪夢裏。縱一舸重游,孤懷暗老,餘恨渺烟水”句。

凍痕:詳王易簡首注①“冰痕”條。

瓊絲:蓴莖,借喻蓴。瓊,赤色玉,此但取其美玉之意以爲形容,即佚名首“青絲”之意。

明鏡:喻水。

② 鮫人:詳王易簡首注釋①按語。

龍髯滑:詳王易簡首注釋①按語。

水晶簾:詳王易簡首注釋①“水晶簾”條。

按:“漸滄浪”至“水晶簾冷”四句,意謂冰皮已解,春水澄澈,滿湖蓴絲盪漾,如鮫人翦取龍髯織就之水晶簾也。

③ 鳧葉:鳧葵之葉,蓴菜。《詩·魯頌·泮水》第三章:“思樂泮水,薄采其茆。”《毛傳》:“茆,鳧葵也。”陸璣(生卒未詳)《毛詩草木鳥獸蟲魚疏》卷上“薄采其茆”條:“茆與荇葉相似,葉大如手,赤圓,有肥者,著手中滑不得停。莖大如匕柄,葉可以生食,又可鬻,滑美,江南人謂之蓴菜,或謂之水葵,諸陂澤水中皆有。”

④ 嫩荷半捲:詳王易簡首注釋③“荷錢”條、佚名首注釋⑤“新荷”條、“半捲”條。

玉流翠凝:玉流,清澈流水。凝,聚積也,《廣韻》去聲“證韻”:“牛餧切”。翠,借代蓴。意謂蓴聚生於清澈流水中也。

⑤ 早枯豉融香紅鹽和雪：用陸機“羊酪蓴羹”典以切蓴，詳王易簡首注釋③“吴中路”條按語。

清瑩：詳佚名首注釋④“瑩”條。

按：“皃葉”至“清瑩”七句，意謂蓴聚生於清流之中，其葉如荷錢半捲於水上，淨潔可採。至若鹽豉美酒，早已備妥，可醉嚼蓴絲矣。

⑥ “功名夢”至“高興”三句：用張翰“蓴鱸之思”典，詳王易簡首注釋③“吴中路”條按語。

按：“功名夢”至“高興”三句，意謂時世如秋風冷洌，張翰曾被秋風吹醒功名之夢，故人鑒此，應動退還之興。人爲秋風吹醒，故可張目四顧，看清世情也，爲“悠然世味”句伏筆。唐詞之“秋風”即佚名詞之“西風”，而“故人”與佚名詞之“渠”雖未必即同一人，然亦是同一類人也。

⑦ 悠然世味渾如水：悠然，深遠無盡貌。渾，全然。世味，世態人情。意謂久歷人情，但覺世情冷淡如水也。應上“功名”“秋風”句。

千里舊懷誰省：許昂霄《詞綜偶評》：“千里，湖名。”杜甫《贈別賀蘭銛》：“我戀岷下芋，君思千里蓴。”“千里”用陸機典，應前“枯豉”、“和雪”二句。舊懷，舊日張翰之情懷。省，記。按：此句合用陸機、張翰二典，即千里蓴羹，張翰舊懷，今已無人省記矣。“誰省”之問，與王易簡“誰記取”之問意同。

⑧ 姑蘇臺：吴王夫差所建，在吴中，應前陸機典以切蓴。李曾伯(1198—?)《沁園春・餞稅巽甫》下片：“歸兮。歸去來兮。我亦辦征帆非晚歸。正姑蘇臺畔，米廉酒好，吴松江上，蓴嫩魚肥。”

⑨ 蘋花共老何日泛歸艇：“蘋花共老”者，謂蓴與蘋花共老，人亦老矣。陸游《菩薩蠻》：“江天淡碧雲如掃。蘋花零落蓴絲老。細細晚波平。月從波面生。漁家真箇好。悔不歸來早。經歲洛陽城。鬢絲添幾莖。”方岳《次韻吴殿撰多景樓見寄》：“多情王粲怕登樓，誰遣人間汗漫游。蓴菜夢回千里月，蘋花老却一江秋。人如沙燕年年別，騷到湘纍字字愁。正爾相觀衣帶水，角聲孤起暮雲稠。”陸詞方詩可參。“泛歸艇”，應前“功名夢”至“應動高興”三句。

按："悠然世味"至"歸艇"八句，意謂久歷人情，但覺世情冷淡如水，張翰見機而去之情懷，又有誰省記？徒然對眼前光景也。無奈回首，已是日暝，但見姑蘇臺畔，江水淒愁，一片荒凉；不覺間又烟寒夜静，唯有蘋花並蓴，與我共老矣。年華老去，空懷寂寞，故人何日歸來也？

又按：昔越王勾踐用大夫文種計以謀吴，遂獻神木一雙，供吴王夫差興土木。伍子胥諫，以爲不可納，吴王夫差不聽，受之，以築姑蘇臺。三年聚材，五年乃成，高見二百里，輝煌一時，而行路之人，道死尸哭。後勾踐又向吴請糴，伍子胥再諫，以爲危害社稷，若許越，則豕鹿游於姑蘇之臺矣。詳《越絶書》卷五《請糴内傳第六》、卷十二《内經九術第十四》、《吴越春秋·勾踐陰謀外傳第九》。唐宋人登臨姑蘇臺懷古，多好用此故事，以寓盛衰興亡之慨，如劉禹錫(772—842)《姑蘇臺》："故國荒臺在，前臨震澤波。綺羅隨世盡，麋鹿占時多。築用金鎚力，摧因石鼠窠。昔年雕輦路，唯有采樵歌。"又如吴文英《八聲甘州·姑蘇臺和施芸隱韻》："步晴霞倒影，洗閒愁、深杯灔風漪。望越來清淺，吴歈杳靄，江雁初飛。輦路凌空九險，粉冷濯妝池。歌舞烟霄頂，樂景沈暉。

别是青紅闌檻，對女墻山色，碧澹宮眉。問當時游鹿，應笑古臺非。有誰招、扁舟漁隱，但寄情、西子却題詩。閒風月，暗銷磨盡，浪打鷗磯。"唐珏詞用此故事，非爲懷古，直以姑蘇臺在吴中，應陸機、張翰典切蓴，並寄其黍離之悲也。本調五首，唯唐珏此詞微露亡國之思。

【點評輯録】

張宗橚(1705—1775)《詞林紀事》卷十七引陳卧子(子龍，1608—1647)："玉潛詠蓴諸作，巧奪天工。"

陳廷焯《雲韶集》卷十："極其工致而不傷雅。一笑回頭已非今日，始一'曾'字妙。一味清雋。"

《古今圖書集成》："五首中，唯唐珏詞爲此調正格云。"

徐珂校訂《天蘇閣叢刊》本《樂府補題》："功名夢"至"高興"三

句句圈。“悠然”至“誰省”二句連圈。“烟寒”至“歸艇”四句連圈。

黄兆顯《樂府補題研究及箋注》:“起二句蓴生,鮫人五句採蓴,玉流四句食蓴。下片身世,不仕胡君。渾如水由唤醒二字來。空對景以下無可奈何。結以境收,見章法。”

玉笥　王沂孫聖與

玉簾〔一〕寒、翠絲微斷,浮空清影零碎①。碧芽也抱春洲怨,雙〔二〕捲〔三〕小緘芳字②。還又似〔四〕。繫羅帶相思,幾點青鈿綴③。吴中舊事④。悵酪乳爭奇,鱸魚謾〔五〕好,誰與共秋醉⑤。　　江湖興,昨夜西風又起⑥。年年〔六〕輕誤歸計。如今不怕歸無準,却怕故人千里⑦。何況〔七〕是。正落日垂虹,怎賦登臨意⑧。滄浪夢裏〔八〕⑨。縱一舸重游,孤懷暗老,餘恨渺烟水⑩。

【校勘】

〔一〕“簾”,《歷代詩餘》作“匳”。

〔二〕“雙”,紅絲欄鈔本誤作“隻”。

〔三〕“捲”,紅絲欄鈔本、汲古閣鈔本、四庫本作“卷”。

〔四〕“似”,紅絲欄鈔本誤作“侣”。按:“似”異體字作“佀”,形近“侣”。

〔五〕“謾”,紅絲欄鈔本、汲古閣鈔本、四庫本、《歷代詩餘》作“漫”。

〔六〕“年”,紅絲欄鈔本脱,空一格,“年年”作“年”。

〔七〕“況”,紅絲欄鈔本誤作“沉”。按,“况”、“沉”形近。

【注釋】

① 玉簾：喻蓴，另詳王易簡首注釋①“水晶簾”條。

翠絲：蓴莖，借喻蓴。佚名本題同賦有“玉溜青絲瑩”句。

浮空清影零碎：浮空且清影零碎者，蓴也。水澄澈見底，如空虛無物也，蓴浮於水上，若憑空浮起，故曰浮空。

按：“玉簾”至“零碎”二句，寫一片春蓴浮水之態。“浮空”一句，賦物而得似。

② 碧芽：蓴之新芽。

春洲：詳佚名注釋③“春洲未有菱歌伴”條。

雙捲小緘芳字：蓴初生，葉片兩邊向内捲曲，未舒張，故曰“雙捲”。小緘芳字，書信。唐代李涉（生卒未詳）《和尚書舅見寄》：“深謝陳蕃憐寂寞，遠飛芳字警沉迷。”高觀國（南宋人，生卒未詳）《金人捧露盤》（楚宫閑）下片：“斜緘小字，錦江三十六鱗寒。此情天闊，正梅信、笛裏關山。”蓴葉未舒展，如已緘之書札，故以爲喻。

③ 繫羅帶相思：“羅帶繫相思”倒裝。

青鈿：喻蓴葉。詳王易簡首注釋④“芳鈿”條。

按：“碧芽”至“青鈿”五句，端詳蓴絲蓴葉，即採蓴也，而出以深情之筆，意謂蓴絲似羅帶，蓴葉似青鈿，其未舒展者則似緘札。曰“芳字”、曰“相思”，是有所繫念也，伏下“誰與共秋醉”句。

④ 吴中舊事：即陸機與張翰故事。

⑤ 悵酪乳爭奇鱸魚謾好：兼用陸機“羊酪蓴羹”及張翰“蓴鱸之思”典，詳王易簡首注釋③“吴中路”條按語。

按：“吴中”至“秋醉”四句，意謂想到無人與我共醉，則王濟酪乳雖奇，張翰鱸魚縱好，亦徒添惆悵而已。

⑥ 江湖興昨夜西風又起：用張翰典，詳王易簡首注釋③“吴中路”條按語。

⑦ 故人千里:與朋友相隔千里。

按:“江湖”至“千里”五句,意謂秋風起,興起我江湖歸興。從前人事蹉跎,誤我歸計久矣,今去意已決,不怕歸去無期,唯怕此去之後,又與故人相隔千里也。此應上片“誰與共秋醉”句,並啓以下文意。“年年”與“如今”二句,微露隱衷。王沂孫曾於至元中任慶元路學政,出仕蒙元非其本意,故早有歸志,然人事蹉跎,故歸計年年輕誤,未克成行也。此是解釋語。“不怕歸無準”者,是去意已決,擺落人事,不復疑慮也。此是表態語。解釋與表態,不無歉疚之意,王沂孫所謂“却怕故人千里”者,非唯怕與故人相隔千里,更怕爲故人拒於千里,不見諒也。然則本題諸家所規勸者,王沂孫應在焉。觀此五句,可知本題唱和,自有往來對答之意,非唯各自抒懷也。

⑧ 垂虹:垂虹亭,在吴江利往橋上。據朱長文(1039—1098)《吴郡圖經續記》卷中,利往橋建於北宋慶曆八年(1048),因上有垂虹亭,故又名垂虹橋,“横截松陵,湖光海氣,蕩漾一色,乃三吴之絶景也。橋成而舟楫免於風波,徒行者晨往莫歸,皆爲坦道矣。橋有亭曰垂虹。蘇子美(舜欽)嘗有詩云:‘長橋跨空古未有,大亭壓浪勢亦豪。’非虚語也。”垂虹橋乃水路要道,士庶官商,往來者不計其數。宋人或藉此抒懷,如袁説友(1140—1204)《泊吴江食蓴鱸菰菜二首》其二:“一舸清風四牡還,垂虹亭上幾欄干。季鷹命駕勞千里,如我清游却不難。”蔡戡(1141—1182)《送葛謙問》:“垂虹亭上少遲留,卧看冰輪萬里秋。正是蓴絲鱸鱠美,不妨乘興五湖舟。”葉茵(1199—?)《垂虹亭》:“東西耕釣窟,左右利名津。倚遍闌干曲,知幾有幾人。”上引諸家詠垂虹亭用張翰典,有繁華夢覺,不如歸去之意,王沂孫本詞亦然。

登臨意:宋玉《九辯》:“登山臨水兮送將歸”。所謂“登臨意”者,即“送將歸”之意。

按:“何况”至“臨意”三句,意謂想到將與故人相隔千里,本已難以爲懷,何况此際日暮,夕照垂虹?頓感時日催人,繁華夢覺,歸歟之興,離别之悲,與日後思念之情,諸般意緒,一時交集心頭,登臨送歸之意,更難賦寫也。

⑨ 滄浪：詳唐珏首注釋①“滄浪”條。

⑩ 餘恨渺烟水：餘恨，遺憾，此處指離別之恨。釋智圓(976—1022)《賦得送人自闕下還吴》：“蓴羹鱸膾美，張翰忽思歸。烟水東南闊，風帆旦夕飛。静吟新月正，閑望舊山微。獨羡長江上，遺名掩竹扉。”曾協(？—1173)《秦樓月·留别海陵諸公》：“清秋月。長空萬里烟華白。烟華白。江雲收盡，楚天一色。　　蓴絲惹起思歸客。清光正好傷離别。傷離别。五湖烟水，伴人愁絶。”智詩曾詞可參。

按：“滄浪”至“烟水”四句虚寫，非眼前實事也。意謂已夢見滄浪，並設想他日放舟重游滄浪之時，人已漸老，届時定是滿懷寂寞與離恨，瀰漫於烟水之間。

【點評輯録】

陳廷焯《詞則·大雅集》卷四評“江湖興”五句：“疏淡中見沉着，筆意自高。”

陳廷焯《白雨齋詞話》卷七“碧山詠蓴”條：“碧山詠蓴云：‘碧芽也抱春洲怨，雙捲小緘芳字。’下云：‘江湖興，昨夜西風又起。年年輕誤歸計。如今不怕歸無准，却怕敵人千里’玉田《長亭怨》云：‘故人何許。渾忘了、江南舊雨。’下云：‘如今又、京國尋春，定應被、薇花留住。’自甘終隱，而亦不願其友之枉道徇人，同一用意忠厚。”

徐珂校訂《天蘇閣叢刊》本《樂府補題》：“碎”字傍加點。“碧芽”至“芳字”二句連點。“江湖”至“歸計”三句句圈。“如今”至“千里”二句連圈。“滄浪”至“烟水”四句句圈。

俞陛雲《唐五代兩宋詞選釋》：“前四句賦‘蓴’，細膩熨帖。‘羅帶’二句喻新而句秀。‘吴中’四句以酪乳、鱸魚爲‘蓴’作陪賓，佐秋來之一醉，筆致生動。下闋因蓴鱸而動鄉思，兼有蒹葭憶遠之情。因前半徵實，故後半課虚，虚實相乘，乃布局揣稱處。後路託想迢遞，詞客秋懷，與烟水同其浩渺矣。”

詹安秦《花外集箋注》：“按起結兩韻及過變三句，家國淪亡之感和盤託出。王易簡詞有‘唯有淵明，黄花歲晚，此興共千古’句，爲易代後之作尤明顯。佚名詞起云：‘過湘皋碧龍驚起，冰涎猶護鬚影。’唐詞亦有‘鮫人夜剪龍鬚滑，織就水晶簾冷’之句。‘碧龍’、‘鬚影’、‘龍鬚’，均指宋帝，則又爲發陵後詞矣。’”

黄兆顯《樂府補題研究及箋注》：“首七句採蓴，吴中四句兼寫己志，爲下文却怕故人千里開本，誰與共三字明隱者究無幾人。過片三句過脉，如今二句著力，暗射君國。何況三句再跌，愈是勾勒愈是渾厚。滄浪突出，餘恨句收住，自是大家筆法。”

常國武《讀〈花外集〉卮言》：“《樂府補題》中的詠物諸詞……確爲元僧楊璉真伽發陵事而作，其亡國之痛、故國之思往往見諸字裏行間……。然而收入《樂府補題》中的六首王詞未必首首皆然。例如《摸魚兒・蓴》，就是借張翰事寫懷歸與别友兩情的矛盾。所謂‘正落日垂虹，怎賦登臨意’，恐怕既不是辛棄疾《水龍吟・登建康賞心亭》中的登臨意，更不是陳亮《念奴嬌・登多景樓》中‘危樓還望，嘆此意、今古幾人曾會’的‘此意’，而可能是宋玉《九辯》中‘登山臨水送將歸’時的典型情緒。”

篔房　李彭老商〔一〕隱

過垂虹、四橋飛雨，沙痕初漲春水①。腥波十里吴歈遠，緑蔓半縈船尾②。連〔二〕復〔三〕碎〔四〕，愛滑卷，青綃〔五〕香裊冰絲細③。山人雋味④。笑杜老無情，香羹碧澗，空祇〔六〕賦〔七〕芹美⑤。　　歸期早，誰似季鷹高致。鱸魚相伴菰米⑥。紅塵如海邱〔八〕園夢，一葉又、秋風起⑦。湘湖外⑧。看采〔九〕擷芳條，際〔十〕曉隨漁市⑨。舊游謾〔十一〕記。但望裏〔十二〕江南，秦鬟賀鏡，渺渺隔〔十三〕烟翠⑩。

【校勘】

〔一〕"商"，南詞本誤作"啇"。

〔二〕"連"，紅絲欄鈔本誤作"蓮"。

〔三〕"復"，紅絲欄鈔本脱，空一格。

〔四〕"碎"，四庫本作"斷"。

〔五〕"綃"，紅絲欄鈔本、汲古閣鈔本、《詞綜》誤作"簫"。

〔六〕"祇"，紅絲欄鈔本、汲古閣鈔本、四庫本誤作"抵"。南詞本誤作"底"。

〔七〕"賦"，四庫本誤作"賤"。

〔八〕"邱"，南詞本、紅絲欄鈔本、汲古閣鈔本、四庫本、《詞綜》、《圖書集成》、《歷代詩餘》一作"丘"。

〔九〕"采"，南詞本、紅絲欄鈔本、汲古閣鈔本誤作"來"。

〔十〕"際"，紅絲欄鈔本脱，空一格。

〔十一〕"謾"，紅絲欄鈔本、汲古閣鈔本、四庫本作"漫"。

〔十二〕"裏"，紅絲欄鈔本、汲古閣鈔本脱，空一格。《詞綜》、《圖書集成》、《歷代詩餘》作"極"。

〔十三〕"隔"，紅絲欄鈔本脱，空一格。

【注釋】

① 垂虹：詳王沂孫首注釋⑧“垂虹”條。

四橋：即第四橋，吴中名勝，又名甘泉橋。范成大（1126—1193）《吴郡志》卷二十九：“松江水在水品第六，世傳第四橋下水是也。橋今名甘泉橋，好事者往往以小舟汲之。”“水品”者，烹茶水之品第也。宋人嘗詠及四橋，如蘇軾（1037—1101）《青玉案·和賀方回韻送伯固歸吴中故居》上片：“若到松江呼小渡。莫驚鷗鷺，四橋盡是，老子經行處。”劉仙倫（南宋人，生卒未詳）《賀新郎·題吴江》上片：“重唤松江渡。嘆垂虹亭下，銷磨幾番今古。依舊四橋風景在，爲問坡仙甚處。但遺愛、沙邊鷗鷺。”張炎《瑶臺聚八仙·爲野舟賦》下片：“他年五湖訪隱，第一是吴淞第四橋”。吴文英《瑞龍吟·送梅津》有“還背垂虹秋去，四橋烟雨，一宵歌酒”之句，李彭老詞起調或仿吴詞。

② 腥波：暗以龍涎喻蓴之肥滑。龍居水中，水染其氣味，故曰腥波。

吴歈：吴地之歌。《楚辭·招魂》：“吴歈蔡謳，奏大吕些。”王逸注：“吴、蔡，國名也。歈、謳，皆歌也。”

緑蔓：喻蓴絲。

③ 青絹：喻蓴絲。

冰絲：喻蓴絲，蓴之肥透明，故以冰爲喻。

按：“過垂虹”至“冰絲細”七句，意謂乘舟經過垂虹亭與四橋，此間十里舟程，風雨飄飄，吴歌聲遠，而蓴絲如蔓，縈繞船尾。舟行水上，但見蓴綴而復碎，其色如青絹，細如冰絲，香滑卷曲，裊裊水中。

④ 山人雋味：山人，隱居山野之人，孔稚珪（447—501）《北山移文》：“蕙帳空兮夜鶴怨，山人去兮曉猨驚。”後泛指歸隱之士。雋味，甘美深長之味，指蓴羹。暗用張翰典。詳王易簡首注釋③“吴中路”條按語。

⑤ “笑杜老”至“賦芹美”三句：杜甫《陪鄭廣文游何將軍山林十首》其二頸聯：“鮮鯽銀絲膾，香芹碧澗羹。”以杜甫賦芹而不賦蓴作襯，以見作羹之美者，蓴勝於芹。

按:“山人”至“賦芹美”四句,借杜甫詩作襯託,意謂蓴羹美味實乃山人所賞,然杜甫游山林,賦芹羹而不賦蓴羹,豈不知蓴遠勝於芹耶?實可笑也。

⑥“歸期早”至“菰米”三句:用張翰典。詳王易簡首注釋③“吴中路”條按語。

⑦ 紅塵如海:紅塵,繁囂俗世。人情世態,廣漠無端,變幻難測,故曰如海。孔武仲(1041—1097)七古《張秉叔出紫雲回鑾圖以示坐客因爲賦之》結句:“紅塵如海漲朝市,從此無人游玉京。”

邱園夢:邱園,又作丘園,即丘墟園圃,故鄉田園之意。《周易.賁》:“六五,賁於丘園,束帛戔戔。吝,終吉。”王肅(195—256)注:“失位無應,隱處丘園。蓋蒙闇之人,道德彌明,必有束帛之聘也。”孔穎達(574—648)疏:“丘謂丘墟,園謂園圃。唯草木所生,是質素之處,非華美之所。”後世又以“丘園”指隱居之處。邱園夢,即歸隱田園之夢。

一葉又秋風起:《淮南子·説山訓》:“見一葉落,而知歲之將暮。”唐庚(1070—1120)《唐子西語録》載唐人詩:“山僧不解數甲子,一葉落知天下秋。”萬樹《詞律》評“一葉又秋風起”,謂三字一讀,不必學也。

按:“歸期早”至“秋風起”五句,意謂張翰見秋風起,即思吴中蓴鱸菰米,動其歸鄉之高致;今之人如張翰之見機早退者,又復有誰?人世似海難測,歸鄉如夢難期,一葉飄零,秋風又起,今之人也,動歸興乎?規勸仕元者早退之意顯然,然既問“誰似季鷹”,則似季鷹者不多可知也。“誰似季鷹”之問,與王易簡“誰記取”之問,唐珏“誰省”之問意同。

⑧ 湘湖:湘湖産蓴,詳佚名首注釋②“湘皋”條。

⑨ 芳條:蓴絲,借代蓴。

際曉:到天明破曉之時。

按:“湘湖”至“漁市”三句,意謂又見採蓴人自湘湖外採得蓴歸,於臨曉之時,隨漁市開售。

⑩ 秦鬟賀鏡:鬟喻山,鏡喻水。秦鬟,秦望山。華鎮(北宋人,生卒未詳)

《秦望山》詩自注:“秦始皇東巡登高歷覽,刻石紀功,故曰秦望。”詩云:“秦人兩世盡東游,輦路曾臨到上頭。睫在眼前終不見,不知登望竟何求。”賀鏡,鑒湖,即鏡湖,曰賀鏡者,因賀知章(659—744)之故。范攄(唐僖宗年間〔873—888〕人,生卒未詳)《雲溪友議》卷下“雜嘲戲”條:“賀秘監(知章)、顧著作(況,727? —815?),吴越人也;朝英慕其機捷,競嘲之,乃胡南金後生中土也。每在班行,不妄言笑。賀知章曰:‘鈒鏤銀盤盛蛤蜊,鏡湖蓴菜亂如絲。鄉曲近來佳此味,遮渠不道是吴兒。’”詩後人題《答朝士》。周密《甘州・題疏寮園》下片有“羡風流魚鳥,來往賀家湖。認秦鬟、越妝窺鏡,倚斜陽、人在會稽圖”之句。“秦鬟”切吴中山水,“賀鏡”切蓴。

烟翠:青烟翠霧。岑參(715—770)五古《峨眉東脚臨江聽猿懷二室舊廬》起筆:“峨眉烟翠新,昨夜秋雨洗。”

按:“舊游”至“烟翠”四句,意謂臨曉之際,烟翠瀰漫,望不見江南山水,望不見前盟舊友,徒然憶念也。微露失望之意。本題五家,大有四對一之勢。王易簡、佚名、唐珏與李彭老四家俱勸仕元舊友潔身早退,此四家之所同者,而抒懷則各有所重,王易簡人我並寫,感傷寂寞;佚名質疑“渠”去意不堅,並自傷老大;唐珏亦寫寂寞與年邁,且暗寓黍離之悲;李彭老詞一片悲凉,微有失望之意。至於王沂孫詞則是解釋與表白,期望友人見諒。

【點評輯録】

徐珂校訂《天蘇閣叢刊》本《樂府補題》:“紅塵如海”至“秋風起”二句句圈。“舊游”至“隔烟翠”四句句圈。

俞陛雲《唐五代兩宋詞選釋》:“起筆從水鄉引起采蓴,有閑逸之致。‘緑蔓’四句詠物工細,旋用香芹碧澗羹詩作襯,以開宕局勢。下闋用季鷹事,雖意所易到,而接以‘紅塵如海’二句,意境便超。‘際曉隨魚市’句涉殊妙。結處‘秦鬟賀鏡’,殆謂秦封山及賀監湖,覺鍊字過於生硬。此詞見《樂府補題》,《詞綜》所載,則‘柔波’作‘腥波’，‘烟水’作‘烟翠’，與此略異。”（按：俞氏謂“與此略異”者，未詳所據何本。）

黄兆顯《樂府補題研究及箋注》：“首二句以景起，一片冥漠。腥波五句，泛湖所見，尊菜山人四句，以芹襯起，化詩入詞。過片五句入史事，湘湖二句始寫採摘。舊游應上闋，望裏二句眼前境，打入身世，情景收煞。”

齊天樂[1]　餘閒書院[2]賦蟬

【校勘】

四庫本無"擬"字。

【注釋】

① 齊天樂:《欽定詞譜》卷三十一收"齊天樂"一調共八體:雙調一百二字五體,一百三字二體,一百四字一體。王奕清等云:"此調以此詞(周邦彦"緑蕪凋盡"詞)爲正體,周詞别首(周邦彦"疏疏幾點"詞)及吴詞(吴文英"麴塵猶沁"詞)、姜詞(姜夔"庾郎先自"詞),宋人亦間爲之。若方詞(方千里"碧紗窗外"詞)、陸詞(陸游"角殘鐘晚"詞)、吕詞(吕渭老"紅香飄没"句)之添字,又攤破句法,皆爲變格也。"萬樹《詞律》卷十七收二體:一百二字一體,以本題王沂孫"一襟餘(遺)恨"詞爲例詞;一百三字一體,以陸游"角殘鐘晚"詞爲例詞。徐本立《詞律拾遺》卷五補一百四字一體,以衛元卿"藕花洲上"詞爲例詞。"齊天樂"又名"臺城路"、"五福降中天"、"如此江山"。姜夔詞注黄鍾宫,俗稱正宫。《詞律》以王沂孫"一襟餘(遺)恨"詞爲例詞,與《欽定詞譜》正體周邦彦"緑蕪凋盡"詞同譜式格律,皆一百二字,本題八家十首即依此體。

② 餘閒書院:《補題》詞人相聚社課之處。未詳主人爲誰。

紫雲　吕同老和甫

緑陰初蔽林塘路,淒淒乍流清韻[1]。倦咽高槐,驚嘶别柳,還憶當時曾聽②。西窗夢醒。歎絃絶重調,珥空難整③。綽約冰綃,夜〔一〕深誰念露華冷④。　　不知身世易老,一聲聲斷續,頻報秋信⑤。墜葉山明〔二〕,疏枝月小,惆悵齊姬薄倖⑥。餘音未盡,早枯翼〔三〕飛仙,暗嗟殘景〔四〕⑦。見洗冰奩,怕翻雙翠鬢⑧。

【校勘】

〔一〕"夜",紅絲欄鈔本誤作從"氵",形似"液"而非。

〔二〕"明",四庫本作"空"。

〔三〕"翼",南詞本作"葉"。

〔四〕"景",紅絲欄鈔本脱,空一格。

【注釋】

① 緑陰:借代樹陰。蟬棲身高樹,故以樹陰引入。

初蔽:蔽,遮蔽。樹陰纔可遮蔽,故曰"初蔽";初蔽則已非孟夏可知。《禮記·月令》謂仲夏之月"蟬始鳴"。

林塘路:樹林池塘間路。

淒淒:狀蟬聲之悲慘。王易簡本題同賦有"却是淒楚"句,王沂孫有"淒涼倦耳"句、"頓成淒楚"句,陳恕可有"勾引淒涼多少"句、"幾番悽惋"句,仇遠有"一番淒楚"句,周密有"淒淒切切"句,唐珏有"又抱葉淒淒"句,唐英孫有"淒咽流空清韻"句。

流:以水之流瀉比擬蟬聲之致遠。虞世南(558—638)《蟬》:"流響出疏桐。"

清韻:喻蟬聲。《詩·豳風·七月》:"五月鳴蜩。"孔穎達疏:"《夏小正》云:'五月螗蜩鳴,七月寒蟬鳴。'是其異也。"螗蜩、寒蟬,亦蟬類,所以異其名者，以其體形紋色不同，方言殊俗有別故也。詳《爾雅・釋蟲》及揚雄（前53—公元18）《方言》卷十一。五月仲夏，緑樹已成陰矣。唐宋人好以"韻"字寫蟬聲，如駱賓王《在獄詠蟬・序》："吟喬樹之微風，韻資天縱"；劉禹錫《始聞蟬有懷白賓客去歲白有聞蟬見寄詩云秖應催我老兼遣報君知之句》："蟬韻極清切，始聞何處悲"；沈亞之《村居》："月上蟬韻殘，梧桐陰繞地"；晏殊（一作歐陽脩）《蝶戀花》："梨葉疏紅蟬韻歇"；賀鑄（1052—1125）《江南曲》："蟬韻清絃，溪横翠縠"。

② 倦咽高槐驚嘶別柳：高槐、別柳，蟬所棲。前人好以槐柳詠蟬聲，如褚玠（528—580）《風裏蟬賦》："有秋風之來庭，于高柳之鳴蟬"；唐太宗（598—649）《賦得弱柳鳴秋蟬》："散影玉階柳，含翠隱鳴蟬"；白居易《答夢得聞蟬見寄》："槐花新雨後，柳影欲秋天"；許渾（約791—858）《蟬》："噪柳鳴槐晚未休，不知何事愛悲秋"；杜荀鶴（846—904）《離家》："槐柳路長愁殺我，一枝蟬到一枝蟬"；李中（約920—972）《送戴秀才》："河橋乍分首，槐柳正鳴蟬。"蘇軾《阮郎歸・初夏》："緑槐高柳咽新蟬。薰風初入絃。"王易簡本題同賦有"記槐影初凉，柳陰新雨"句，周密有"槐陰忽送清泠怨"句，陳恕可有"過雨高槐"句，唐珏有"幾度槐昏柳暝"句。咽，入聲，哽咽，聲塞也。嘶，嘶噪，喧亂也。蟬之鳴噪也，或倦而聲塞，或驚而喧亂。張九齡《和崔黄門寓直夜聽蟬之作》："蟬嘶玉樹枝，向夕惠風吹。"齊己（863—937）《蟬八韻》："咽咽復啾啾，多來自早秋。"

當時曾聽：白居易《答夢得聞蟬見寄》："人貌非前日，蟬聲似去年。"

按："緑陰"至"曾聽"五句，意謂緑樹成陰，纔遮蔽樹林池塘間路；蟬之棲高鳴噪也，或斷或續，或喧或止，淒淒然如水之自槐柳間流瀉而出。"還憶"者，由今日之所聽憶起當時之曾聽也。其聽蟬則一，然時世已换矣。曰倦曰驚者，寫蟬亦寫人也。高槐，此處也；別柳，彼處也。自蟬言，或於高槐倦而聲塞，或於別柳驚而喧亂；自人言，則或於此處哭至聲塞力倦，或於彼處驚惶呼號。本詞蟬與聽蟬者彼我分明，主語不混，意者，蟬即下片之齊姬，喻宋宫人。

臨安城陷，宫人於此處哭至聲塞力倦，後隨三宫北上大都，則於彼處驚惶呼號（詳下注釋⑥“齊姬薄倖”條及按語）。此當是想像之辭，非詞人所目見。今蟬鳴於槐柳間，詞人聽之興情。憶起當時曾聽者，憶起宫人之身世也。

又按：《大雅・蕩》第六章：“文王曰咨，咨女殷商，如蜩如螗，如沸如羹。小大近喪，人尚乎由行。内奰於中國，覃及鬼方。”“蜩螗”即蟬。“如沸如羹”者，國無寧，“天下蕩蕩”也。“中國”、“鬼方”句，内憂外患也。序：“《蕩》，召穆公傷周室大壞也。厲王無道，天下蕩蕩，無綱紀文章，故作是詩也。”本題諸家之詠蟬也，命意或得力乎此章。

③ 西窗夢醒：蟬鳴噪故也。曹鄴（816—?）《寄嵩陽道人》：“華表千年孤鶴語，人間一夢晚蟬鳴。”李中《海上從事秋日書懷》：“千里夢隨殘月斷，一聲蟬送早秋來。”尹鶚（唐末五代人，生卒未詳）《臨江仙》上片：“深秋寒夜銀河静，月明深院中庭。西窗幽夢等閑成。逡巡覺後，特地恨難平。”或可參。

絃絶重調：絃，琴絃。重調，琴絃斷絶，故再續之且調其音也。前人好以樂音喻蟬聲。張正見（? —582）《賦新題得寒樹晚蟬疏詩》：“聲疏飲露後，唱絶斷絃中”。顔之推（531—約 595）《和陽納言聽鳴蟬詩篇》：“單吟如轉簫，羣噪學調笙。”劉禹錫《答白刑部聞新蟬》：“一入淒凉耳，如聞斷續絃。”盧仝（約795—835）《新蟬》：“泉溜潛幽咽，琴鳴乍往還。長風翦不斷，還在樹枝間。”石孝友（南宋孝宗時人，生卒未詳）《鷓鴣天》：“驚秋遠雁横斜字，噪晚哀蟬斷續絃。”舒邦佐（1137—1214）《聞蟬》：“紗㡡紋簟北窗眠，只道清聲比管絃。”王易簡本題同賦有“錦瑟重調”句，王沂孫有“謾重拂琴絲”句，“玉筝調柱”句，周密有“危絃調苦”句，陳恕可有“琴絲宛轉”句，唐藝孫有“漸理琴絲”句，仇遠有“甚孏拂冰絃倦拈琴譜”句。

珥空難整：珥，蟬珥。本題王沂孫有“怕尋冠珥”句。《北齊書》卷十三《趙郡王琛子叡傳》載常山王高演（535—561）對顯祖（高洋，529—559）曰：“須拔（高叡）進居蟬珥之榮，退當委要之職”。《南史》卷六十二《朱異傳》：“（朱異）後除中書郎，時秋日，始拜，有飛蟬正集異武冠上，時咸謂蟬珥之兆。遷太子右衛率。”蟬珥，附蟬金璫，貂蟬冠飾也。以蟬象徵高潔者，由來尚矣。《荀子·大略》：“飲而不食者蟬也。”郭璞（276—324）《蟬讚》：“蟲之清絜，可貴惟蟬。潛蜕棄穢，飲露恒鮮。萬物皆化，人胡不然。”以其高潔，故取以爲侍中官帽飾。應劭（約153—196）《漢官儀》曰：“侍中金蟬左貂。金取堅剛，百鏈不耗。蟬居高食潔，目（口?）在腋下。貂内勁悍而外温潤。”曹植《蟬賦》亂曰：“帝臣是戴，尚其潔兮”。陸雲（262—303）《寒蟬賦並序》謂蟬有“文、清、廉、儉、信”五德，故“加以冠冕，取其容也。君子則其操，可以事君，可以立身，豈非至德之蟲哉?”徐堅（659—729）《初學記》卷三十“蟲部”引徐廣（352—425）《車服雜注》曰：“侍臣加貂蟬者，取其清高飲露而不食也。”崔豹（晉惠帝時人，生卒未詳）《古今注》卷上：“貂蟬，胡服也。貂者，取其有文采而不炳煥，外柔易而内剛勁也。蟬，取其清虚識變也。在位者有文而不自耀，有武而不示人，清虚自牧，識時而動也。”附蟬金璫者，金璫爲山形（五邊形）黄金片，尖頂，溜肩，兩邊内收，底邊平直，鏤空作蟬紋，即所謂附蟬也。今間有出土者，多爲晉人遺物。一九七二年，南京大學北大樓東晉墓出土附蟬金璫帽飾一組四件，分别飾於官帽之前後左右，飾於前者爲附蟬金璫。張九齡《和崔黄門寓直夜聽蟬之作》有“不是黄金飾”句，是反用附蟬金璫意以成句。珥空，冠珥附蟬殘缺不完也。難整，難以整理。王沂孫本同賦有“怕尋冠珥”句，陳恕可有“綴貂金淺”句。

按：“西窗”至“難整”三句寫蟬噪驚夢。意謂蟬噪驚醒我西窗之夢，覺後但見琴絃已斷，姑續之以調其音；而蟬珥之不完也，則欲整理無從，唯嘆息而已。

前人好以琴音喻蟬聲，蓋有所本。《後漢書》卷六十下《蔡邕傳》：“初，邕在陳留也，其鄰人有以酒食召邕者，比往而酒以酣焉。客有彈琴於屏，邕至門試潛聽之，曰：‘憘！以樂召我而有殺心，何也?’遂反。將命者告主人曰：‘蔡君向來，至門而去。’邕素爲邦鄉所宗，主人遽自追而問其故，邕具以告，莫不憮然。彈琴者曰：‘我向鼓絃，見螳蜋方向鳴蟬，蟬將去而未飛，螳蜋爲之一前一却。吾心聳然，惟恐螳螂之失之也，此豈爲殺心而形於聲者乎？'邕莞然而笑曰：'此足以當之矣。'"螳螂捕蟬事始見於《莊子·山木》，後又見於《韓詩外傳》卷十及《説苑·正諫》，俱不涉撫琴鼓瑟，《蔡邕傳》所記，恐是後人合螳螂捕蟬事與孔子撫琴鼓瑟事而成。《韓詩外傳》卷七："昔者孔子鼓瑟，曾子、子貢側門而聽。曲終，曾子曰：'嗟乎！夫子瑟聲殆有貪狼之志，邪僻之行，何其不仁趨利之甚？'子貢以爲然，不對而入。夫子望見子貢有諫過之色，應難之狀，釋瑟而待之。子貢以曾子之言告。子曰：'嗟乎！夫參，天下賢人也。其習知音矣。鄉者，丘鼓瑟，有鼠出游，貍見屬屋，循梁微行，造焉而避，厭目曲脊，逆色獲而不得。丘以瑟爲其音，參以丘爲貪狼邪僻，不亦宜乎！'《詩》曰：'鼓鐘於宫，聲聞於外。'"《孔叢子·記義第三》："孔子晝息於室而鼓琴焉。閔子自外聞之，以告曾子，曰：'嚮也，夫子之音，清徹以和，淪入至道；今也，更爲幽沈之聲。幽則利欲之所爲發，沈則貪得之所爲施，夫子何所感之若是乎？吾從子入而問焉。'曾子曰：'喏。'二子入問孔子，孔子曰：'然，汝言是也。吾有之，嚮見貓，方取鼠，欲其得之，故爲之音也，汝二人者孰視諸？'曾子對曰：'是閔子。'夫子曰：'可與聽音矣。'"蔡邕論琴事疑非實有，而范曄採之入傳焉。三書所記之"殺心形於聲"者甚明。前人用蔡邕典詠蟬，多但取琴聲以爲喻，類無寓"殺心"之意者；然本詞則未必無寓"殺心"之意。"絃絶重調"句主語是"我"，不是"蟬"；而"我"之再理琴調絃者，可作比喻讀。蒙元滅宋，其殺伐之烈，時人已筆之於書。劉一清《錢塘遺事》卷九"丙子北狩"條："（丙子二月）十六日早，（宋主）舟次常州，燬餘之屋無路，殺死之尸滿河，臭不可聞，惟此最多。次過奔牛鎮，夜泊吕城，白骨堆積如山。"林景熙《彝説》："柔兆困敦之歲（即丙子歲），朔騎壓境，所過殺掠，數十里無人烟。"其慘烈可知。意者，"我"之重理琴絃，或喻重憶世變之慘，琴聲正與蟬聲之淒楚相切。

又按："珥空"句亦疑别有所寄。貂蟬冠自秦漢至明皆沿用。《宋史》卷一百五十二《輿服四·諸臣服上》："貂蟬冠一名籠巾，織藤漆之，形正方，如平巾幘。飾以銀，前有銀花，上綴玳瑁蟬，左右爲三小蟬，御玉鼻，左插貂尾。"是宋制較晉人更華美。吕同老曰“珥空”，或是虚筆，未必就宋制言。林景熙(1242—1310)《聞蟬二首》其二：“近交紙薄雲翻手，舊夢冠空雪滿顛。却憶畫船曾聽處，夕陽高柳斷橋邊。”冠即貂蟬冠。“舊夢冠空”者，宦業成空也。吕同老曰“珥空難整”者，非徒謂蟬珥殘缺，難以整理，蓋謂宦業無成也，命意與林景熙“舊夢冠空”句近。元初廢科舉，遺民之有故宋功名者拒不出仕，未有功名者無從入仕，此所謂“舊夢冠空”，“珥空難整”也。

④ 綽約：柔弱貌。《荀子・宥坐》：“淖約微達，似察。”楊倞注：“淖當爲綽；約，弱也。綽約，柔弱也。”按：“綽約”當爲聯綿詞，不宜分訓。

冰綃：喻蟬翼。《説文》“糸部”：“綃，生絲也。從糸肖聲。”段玉裁注：“生絲，未湅之絲也。”湅，煮絲絹熟。謂蟬翼輕薄如綃，其色亦似之。冰，言蟬翼之潔白通透也。曹丕(187—226)詩：“絹綃白如雪。輕華比蟬翼。”王易簡本題同賦有“綃衣乍著”句，陳恕可有“昨夜綃衣初翦”句，“與整綃衣”句，唐珏有“綃衣翦霧”，仇遠有“薄翦綃衣”句。

誰念露華冷：前人以爲蟬飲露不食，故云“露華”。《吴越春秋・夫差内傳》：“太子友曰：‘……秋蟬登高樹，飲清露，隨風撝撓，長吟悲鳴，自以爲安，不知螳蜋超枝緣條，曳腰聳距而稷其形。……’”齊己《蟬八韻》：“冷憐天露滴，傷共野禽游。”誰念，無人念也。

按：“綽約”至“露華冷”二句，意謂蟬翼輕盈柔弱，難禁夜寒露冷，惜乎無人念及之。言外之意，唯詞人念之也。與“珥空”句並讀，蟬則露華清冷，人則宦業成空；蟬猶有我念，而我又復誰念哉？“綽約”二句略有李商隱《蟬》“一樹碧無情”、“我亦舉家清”之慨，我與蟬俱身世堪憐可知，伏下片“身世”句，此即張炎《詞源》所謂“最是過片，不要斷了曲意，須要承上接下”者。

⑤ 不知身世易老：《淮南子・説林訓》：“蟬飲而不食，三十日而脱。”《初學記》卷三十“蟲部”引《淮南子》曰：“蟬無口而鳴，三十日而死。”蟬短壽如此，故曰“易老”。《論語・述而》：“其爲人也，發憤忘食，樂以忘憂，不知老之將至云爾。”伏下煞拍“冰奩翠鬢”句。王沂孫本題同賦有“空憶斜陽身世”句。

一聲聲斷續：應上片"清韻"、"倦咽"、"驚嘶"三句。

頻報秋信：頻，不斷絶。《夏小正》："七月寒蟬鳴。"七月，孟秋之月。《禮記·月令》謂孟秋之月"凉風至，白露降，寒蟬鳴。"寒蟬鳴，秋至矣，故云。蕭穎士(717—768)《聽早蟬賦》："伊寒蟬之早聞，知凉風之初入。"許棠(822—?)《聞蟬十二韻》："報秋凉漸至，嘶月思偏清。"姜夔《惜紅衣》："高柳晚蟬，説西風消息。"秋信，頗有世運滄桑之意。歐陽修《秋聲賦》："商聲主西方之音，夷則爲七月之律。商，傷也，物既老而悲傷；夷，戮也，物過盛而當殺。"此蟬所報之秋信乎？若然，則應上片"絃絶重調"句。

按："不知"至"秋信"三句再寫蟬聲，亦詞旨之所繫。蟬之鳴也，自緑陰纔翳始，至秋猶不絶，其堅持若是，且不知身世已老。此"身世"者，亦蟬亦詞人，煞拍"怕翻雙翠鬢"句可參。蟬身世已老，詞人亦身世已老。老則老矣，而呼號如故，誠所謂不知老之將至也。詞人所呼號者，世運滄桑也，未之或忘。"身世"三句，一篇關鎖，非唯詞人夫子自道，抑亦士之宏毅者心曲。

⑥ 墜葉山明：貫休(823—912)《陋巷》："墜葉如花欲滿溝，破籬荒井一蟬幽。"蘇軾《鷓鴣天》："林斷山明竹隱墻。亂蟬衰草小池塘。"張鎡《晚步池上》："山明屋背髻鬟聳，蟬奏樹頭絲吹長。"王易簡本題同賦有"怕寒葉凋零"句，王沂孫有"病葉難留"句，"山明月碎"句，周密有"前夢蜕痕枯葉"句，陳恕可有"敗葉枯形"句。

疏枝月小：盧殷(唐順宗時人，生卒未詳)《悲秋》："秋空雁度青天遠，疏樹蟬嘶白露寒。"寇準(961—1023)《成安秋望有懷》："秋蟬殘韻摇疏樹，夕照寒光下古臺。"王昌齡《山中别龐十》："幽娟松篠徑，月出寒蟬鳴。"許棠《聞蟬十二韻》："報秋凉漸至，嘶月思偏清。"

齊姬薄倖：齊姬，齊女，蟬别名。崔豹《古今注》卷下："牛亨問曰：'蟬名齊女者何也？'答曰：'齊王后忿而死，尸變爲蟬，登庭樹，嘒唳而鳴，王悔恨。故世名蟬曰齊女也。'"薄倖，亦作薄幸，猶薄命。曹植有詩題《妾薄倖》，見虞世南《北堂書鈔》卷第一百三十二"服飾部一·帷七"引。妾薄倖，即妾薄命。齊后忿死化蟬，故云薄倖。王易簡本題同賦有“翠雲深鎖齊姬恨”句，王沂孫有“夢短宫深”句、“一襟遺恨宫魂斷”句，周密有“一襟幽恨向誰説”句，陳恕可有“爲渠一洗故宫怨”句，“齊宫路杳”句，唐珏有“怨結齊姬”句，仇遠有“行人猶與説當時齊女”句。

按：“墜葉”至“薄倖”三句寫蟬之薄命。墜葉、疏枝二句，寫出一派清秋月夜景致，宛然在目；意謂至此秋夜，蟬已老矣，聲已嘶矣，而無有憐之應之者，其命薄如斯，可堪惆悵也。此三句寫蟬亦自寫。蟬身世易老，飲露難飽，此其所以薄命；我亦身世易老，而世變不忘，宦業成空，無國報效，亦無有憐我者，薄命一也。

俞陛雲《唐五代兩宋詞選釋》謂本詞“含有傷離感逝之懷，借蟬聲而一洩”，惜未論“傷離感逝”者誰。意者，齊姬切北上大都宫人。宋度宗昭儀王清惠隨三宫北上，題《滿江紅》“太液芙蓉”詞於驛壁，後入道。參前《水龍吟·浮翠山房擬賦白蓮》唐珏首注釋④“太液池”條，又見周密《浩然齋雅談》卷下、陶宗儀《南村輟耕録》卷三“貞烈”條。“貞烈”條又載：“(丙子歲)五月二日，抵上都，朝見世皇(忽必烈)。十二日夜，故宋宫人安定夫人陳氏，安康夫人朱氏，與二小姬，沐浴整衣焚香，自縊死。朱夫人遺四言一篇於衣中云：‘既不辱國，幸免辱身。世食宋禄，羞爲北臣。妾輩之死，守於一貞。忠臣孝子，期以自新。丙子五月吉日，泣血書。’明日，奏聞，上命斷其首縣全后寓所。夫此四人之貞烈，視前日之託隱憂於辭章者，相去蓋萬萬矣。”王清惠與四貞婦者，即“齊姬薄倖”歟？即俞氏所謂“傷離感逝”者歟？諸家詞人即陶氏所謂“託隱憂於辭章者”歟？

⑦ 餘音：謂蟬聲暫歇，而其響似猶在焉。《又溪館聽蟬聯句》裴幼清(與顔真卿〔709—784〕同時，生卒未詳)句：“單嘶出迴樹，餘響思空城。”

枯翼飛仙：蟬蜕殼，故曰枯翼。夏侯湛(約 243—約 291)《東方朔畫贊》：“蟬蜕龍變，棄俗登仙。”《文選》吕延濟(生卒未詳)注：“蟬蜕，謂脱殼出其身；龍變，謂解其骨而騰形；棄俗登仙，有如此者。”葛洪(284—364)《抱樸子·内篇·論仙》:“按《仙經》云:‘上士舉形昇虛,謂之天仙。中士游於名山,謂之地仙。下士先死後蜕,謂之屍解仙。’”歐陽脩《鳴蟬賦》:“呼吸風露,能尸解者邪?”蜕,去其軀體,如蟬之蜕殼也。駱賓王(約 619—687)《在獄詠蟬·序》:“蜕其皮也,有仙都羽化之靈姿。”

暗嗟殘景:暗嗟,喻蟬聲,承前“餘音”句來,其聲弱而未斷。殘景,殘陽。賈島(779—843)《早蟬》:“早蟬孤抱芳槐葉,噪向殘陽意度秋。”傷時光流逝,所謂急景殘年也。應前“身世易老”句。

⑧ 見洗冰奩:即“冰奩見洗”倒裝。見洗,即今“被洗”也,被動句式。奩,鏡奩。冰奩,清如冰,故云。

怕翻雙翠鬢:翠鬢,鬢髮之烏亮者。崔豹《古今注》卷下:“魏文帝宫人絶所寵者,有莫瓊樹、薛夜來、田尚衣、段巧笑四人,日夕在側,瓊樹乃制蟬鬢。縹眇如蟬翼,故曰蟬鬢。”此前人詠蟬而及翠鬢所本。白居易《早蟬》:“一催衰鬢色,再動故園情。”羅鄴(825—?)《蟬》:“能催時節凋雙鬢,愁到江山聽一聲。”人已老矣,頭已白矣,故怕對鏡翻弄鬢髮也。王沂孫本題同賦有“鬢影参差斷魂青鏡裏”句,“爲誰嬌鬢尚如許”句,周密有“翠奩應怪我雙鬢如雪”句,陳恕可有“任翻鬢雲寒”句,“謾想輕盈粉奩雙鬢好”句,唐珏有“晚妝清鏡裏猶記嬌鬢”句,唐藝孫有“半窗留鬢影”句,仇遠有“凉生鬢影”句。

按:“餘音”至“翠鬢”五句,寫聽蟬而自傷老大。意謂蟬雖早已蜕殼飛升,而其聲未盡,猶可聞,似暗嗟殘年急景也;縱清鏡如洗,而我已白頭,不堪攬照也。此二韻頗有時世改換,盛時不再之嘆。蓋如今我已届垂暮,尚有何作爲耶?應上片“當時曾聽”句,又應“身世易老”句。

又按:既曰“不知身世易老”,又曰“暗嗟殘景”,其心緒反覆若是,可謂意徬徨無計,莫知所從也。

【輯評】

俞陛雲《唐五代兩宋詞選釋》:“審其詞意,含有傷離感逝之懷,借蟬聲而一洩,其音淒以遠,其辭麗而清。”

徐珂校訂《天蘇閣叢刊》本《樂府補題》:“西窗”至“難整”三句連圈。“餘音”至“殘景”三句連點。“見洗”、“怕翻”二句句圈。

黄兆顯《樂府補題研究及箋注》:“上闋蟬聲,綽約二句寄託,過片二句朱絃疏越,遺音自在。墜葉三句託起齊姬,一篇警策。楊僧發孟后陵村翁得髻釵,結句即用其事。”

天柱　王易簡理得

翠〔一〕雲深鎖齊姬恨,纖柯暗翻〔二〕冰羽①。錦瑟重調,綃衣乍著,聊飲人間風露②。相逢甚處。記槐影初涼,柳陰新雨③。聽盡殘聲,爲誰驚起又飛去④。　商量秋信最早,晚來吟未徹,却〔三〕是淒楚⑤。斷韻還連,餘悲似咽,欲和愁邊佳句⑥。幽期與〔四〕語。怕寒葉凋零,蜕痕塵土⑦。古木斜暉,向人懷抱苦。⑧

【校勘】

〔一〕“翠”,底本原校“一作碧”,紅絲欄鈔本、汲古閣鈔本、《詞綜》、四庫本作“碧”。

〔二〕“翻”,四庫本作“飛”。

〔三〕“却”,底本原校“一作都”,紅絲欄鈔本、汲古閣鈔本、《詞綜》、四庫本作“都”。

〔四〕“與”,底本原作“誰”,紅絲欄鈔本、汲古閣鈔本、《詞綜》、四庫本作“與”。按本題諸作此句皆作“平平仄仄”,無一例外;“誰”平聲,以諸作例之,則應作“與”。今據諸本改。

【注釋】

① 翠雲:喻樹冠。

齊姬恨:詳吕同老首注釋⑥“齊姬薄倖”條。俞陛雲《唐五代兩宋詞選釋》謂“起句宜虚罩全首,此作起筆用齊姬事,不能越‘一襟餘恨宫魂斷’之意。”意謂起調乃本詞主眼。吕同老本題同賦有“惆悵齊姬薄倖”句,王沂孫有“夢短宫深”句、“一襟遺恨宫魂斷”句,周密有“一襟幽恨向誰説”句,陳恕可有“爲渠一洗故宫怨”句,“齊宫路杳”句,唐珏有“怨結齊姬”句,仇遠有“行人猶與説當時齊女”句。

纖柯:纖,細,小。柯,枝莖,借代樹。

冰羽:喻蟬翼。

② 錦瑟重調:錦瑟,借代樂音,再轉喻蟬聲。《史記·封禪書》載漢武帝滅南越後,命公卿議郊祀樂,或曰:“太帝使素女鼓五十絃瑟,悲,帝禁不止,故破其瑟爲二十五絃。”李商隱《錦瑟》:“錦瑟無端五十絃,一絃一柱思華年。”詠蟬用樂音,詳吕同老首注釋③“絃絶重調”條。吕同老本題同賦有“歎絃絶重調”句,王沂孫有“謾重拂琴絲”句,“玉箏調柱”句,周密有“危絃調苦”句,陳恕可有“琴絲宛轉”句,唐藝孫有“漸理琴絲”句,仇遠有“甚嬾拂冰絃倦拈琴譜”句。

綃衣乍著:喻蟬翼。詳吕同老首注釋④“冰綃”條。吕同老本題同賦有“綽約冰綃”句,陳恕可有“昨夜綃衣初翦”句,“與整綃衣”句,唐珏有“綃衣翦霧”,仇遠有“薄翦綃衣”句。

按:“翠雲”至“風露”五句寫蟬之棲高、鳴噪、飲露、翻翼。意謂蟬乃齊姬之魂所化,至今猶懷恨意。其棲身樹陰也,如見鎖於樹冠;其鳴噪也,如重理寶瑟絃絲;其翻翼也,如乍著輕綃薄衣。蟬寄身人間,所爲何者? 聊且餐風飲露焉。詩家詞客多以棲高飲露喻高潔,然王易簡本詞則不然,意者首句“恨”

字方是蟬鳴噪飲露之因。齊姬遺恨人間，心殊不甘，故至今猶鳴噪不絕，不食人間甘旨，唯飲人間風露。蓋宋社既屋，時世已换，傷心人見傷心物，故吟之詠之，而出以悲辭恨語也。

③ 記槐影初凉柳陰新雨：詳吕同老首注釋②"倦咽高槐驚嘶别柳"條。張籍（約767—約830）《酬孫洛陽》："早蟬庭筍老，新雨徑莎肥。"

④ 聽盡殘聲爲誰驚起又飛去：方干（809—888）《旅次洋（一作揚）州寓居郝氏林亭》："鶴盤遠勢投孤嶼，蟬曳殘聲過别枝。"楊萬里《聽蟬八絶句》其六："乍來忽去爲誰忙，短氣誰教強作長。"傅察（1089—1125）《七月十一夜凉風聚至事書懷三絶句》之三："窗外時聞一葉落，槐陰驚起幾蟬鳴。"王詞此二句賦形摹神。

按："相逢"至"又飛去"五句寫聽蟬。意謂我聞蟬聲而興情，今已不復記得舊日與之相逢，聽其吟鳴之處，但記得當時情景，是槐影柳陰，新雨初凉也；而今之鳴也，已是殘聲，我亦聽盡之矣。驀然驚起飛去，又復爲誰哉？今之聽蟬，已非昔比，昔盛而今衰也。蟬則聲殘，我則聽盡，我與蟬俱是心疲力倦，有似王沂孫本題同賦所謂"淒凉倦耳"也。"爲誰"一句，問蟬耶？問齊姬耶？問蟬即問齊姬也。齊姬當時已爲齊王忿死，今日又復爲誰驚起飛去哉？惜乎有問無答。本詞起調曰"翠雲深鎖齊姬恨"，俞陛雲以爲是虚罩全首；意者，齊姬，宫人也，北上大都者亦宫人也，然則昔所恨者齊王，今所恨者當是宋主，昔恨今再恨，如此，"爲誰"句之"又"字方有落脚處。蓋宫人若王清惠、四貞婦者，其恨不亦宜乎？齊姬及宫人事詳吕同老首注釋⑥"齊姬薄倖"條及同注按語。

⑤ 商量秋信最早：商量，擬人，蟬聲低昂斷續，如人在商量。秋信，詳吕同老首注釋⑤"頻報秋信"條。蟬仲夏已鳴，至秋而止，故曰"最早"。楊萬里《聽蟬八絶句》其八："罪過渠儂商略秋，從朝至暮不曾休。"

晚來吟未徹：吟，詠也，喻蟬聲。徐幹（170—217）《於清河見挽船士新婚與妻别詩》："冽冽寒蟬吟，蟬吟抱枯枝。"褚雲《賦得蟬詩》："天寒響屢嘶，日暮聲愈促。”未徹，未盡也。

⑥ 斷韻還連：蟬乍鳴乍歇，故云。連，續也。褚雲《賦得蟬詩》：“繁吟如欲盡，長韻還相續。”另詳吕同老首注釋①“清韻”條。

餘悲似咽：餘悲，有餘不盡之悲，謂蟬聲餘響滿是悲愁也。張九齡《感遇十二首》其十二：“朝陽鳳安在，日暮蟬獨悲。”王維《早秋山中（一作居）作》：“草間蛩響臨秋急，山裏蟬聲薄暮悲。”咽，詳吕同老首注釋②“倦咽高槐驚嘶別柳”條。

欲和愁邊佳句：曰欲和，則未和可知。王之道（1093—1169）《聞蟬和彦時兄》：“詩成有佳句，往往勝得官。”史達祖（1163—1220?）《玉胡蝶》：“晚雨未摧宫樹，可憐閒葉，猶抱凉蟬。短景歸秋，吟思又接愁邊。”高觀國（與史達祖同時，生卒未詳）《喜遷鶯》：“試省喚回幽恨，盡是愁邊新句。倦登眺，動悲凉還在，殘蟬吟處。”另參元好問（1190—1257）《風柳鳴蟬》：“輕明雙翼曉風前，一曲哀箏續斷絃。移向别枝誰畫得，只留殘響客愁邊。”

按：“商量”至“佳句”六句續寫蟬鳴，由蟬鳴之淒楚轉筆到我之愁邊佳句。意謂蟬自夏已鳴，應是商量秋信，何其早也。今向晚矣，猶鳴而不歇，又何其淒楚也。蟬聲協韻，似斷還連，響曳餘悲，如哽似咽，是欲和我愁邊佳句也。佳句曰“愁邊”，時世改换故也。傷心人感傷心物，傷心物觸傷心人，此劉勰（約 465—约 520）《文心雕龍・物色》所以謂“情往似贈，興來如答”。

⑦ 幽期：歸隱之期約。謝靈運（385—433）《富春渚》：“平生協幽期，淪躓困微弱。”《文選》吕延濟注：“往時已有幽隱之期，但以沈頓，困於微弱，常不能就。”沈約（441—513）《答沈麟士書》：“冀幽期可託，克全素履。”另參陸游《初秋書感》：“流年冉冉不容追，餘息厭厭只自知。馬革裹屍違壯志，鹿門采藥卜幽期。林蟬委蜕仙何遠，巢燕成雛去已遲。觸事爾來多感慨，北窗閑賦早秋詩。”

怕寒葉凋零蜕痕塵土：木葉凋零，則蟬命亦盡，空遺軀殼於塵土也。李端（743? —782?）《晚秋旅舍寄苗員外》：“晚花唯有菊，寒葉已無蟬。”李商隱《五月六日夜憶往歲秋與徹師同宿》:“墮蟬翻敗葉,棲鳥定寒枝。”吕同老本題同賦有“墜葉山明”句,王沂孫有“病葉難留”句,周密有“前夢蜕痕枯葉”句,陳恕可有“敗葉枯形”句。

⑧ 古木斜暉:劉長卿(726? —786?)《鄖上送韋司士歸上都舊業》:“蒼苔白露生三徑,古木寒蟬滿四鄰。”盧殷《晚蟬》:“深藏高柳背斜暉,能軫孤愁減昔圍。”應前“晚來”句。

按:“幽期”至“懷抱苦”五句虛擬人蟬答贈,意謂我告蟬以幽隱之期,而蟬則怕木葉凋零,屆時蜕殼塵土,難以應約,故在此古木之間,斜暉之下,向我訴説其懷抱之苦。此五句再次人贈蟬答,情往興來,再唱再嘆。自蟬言則感傷薄命,自人言則滿懷寂寞。蟬是齊姬所化,一腔宫人之恨;人是故國之遺,滿腹黍離之悲。人與蟬各有悲恨,然則“向人懷抱苦”者,又豈獨蟬哉?意者,蟬命不永,蓋喻人命難久,然則人蟬答贈者,詞人自贈自答也。王沂孫本題同賦有“向人猶與訴憔悴”句。

【輯評】

俞陛雲《唐五代兩宋詞選釋》:“詠蟬較詠蓴取景爲寬,此作雖不及碧山之沉著,而通首皆功。易簡賦‘龍涎香’、賦‘蓴’、賦‘蟬’,所倚之調,皆與碧山同,蓋意在雲龍相逐也。起句宜虚罩全首,此作起筆用齊姬事,不能越‘一襟餘恨宫魂斷’之意。”

徐珂校訂《天蘇閣叢刊》本《樂府補題》:“相逢”至“飛去”五句連點。“斷韻”至“佳句”三句句圈。“古木”二句連圈。

黄兆顯《樂府補題研究及箋注》:“夏承燾氏以翠雲句明指后妃,固然,用重字,聊字可見;爲誰句亦甚明顯。下闋反覆道説,不外誰語二字,一唱三嘆,有遺音者矣。”

玉笥　王沂孫聖與

緑陰千樹西窗悄[一]，厭厭晝眠驚起[二]①。嫩翼風微，流聲露悄[三]，半翦[四]冰箋[五]誰寄②。淒凉倦耳。謾重拂琴絲，怕尋冠[六]珥③。夢短宫深[七]，向人猶與[八]訴[九]憔悴④。　殘虹[十]收盡過雨，晚來頻斷續，都是秋意⑤。病葉[十一]難留，纖柯易老，空憶斜陽身世⑥。山[十二]明月碎，甚已絶餘音，尚餘[十三]枯蜕⑦。鬢影参差，斷魂青[十四]鏡裏⑧。

【校勘】

〔一〕"悄"，底本原作"曉"，紅絲欄鈔本、汲古閣鈔本、四庫本、《詞綜》、鈔本《玉笥詞》作"悄"。按：日照西窗當云"暮"、云"夕"，不當云"曉"；下言"晝眠驚起"，不應"曉"字。《知不足齋叢書》本王沂孫《花外集》亦作"悄"。今據諸本改。

〔二〕"起"，《詞綜》作"睡"。

〔三〕"嫩翼風微流聲露悄"，鈔本《玉笥詞》、《詞綜》作"飲露身輕，吟風翅薄"。按：《知不足齋叢書》本王沂孫《花外集》亦作"飲露身輕，吟風翅薄"。諸本不復兩"悄"字。

〔四〕"翦"，紅絲欄鈔本、汲古閣鈔本、《詞綜》、四庫本、鈔本《玉笥詞》作"剪"。

〔五〕"箋"，紅絲欄鈔本、四庫本作"牋"。

〔六〕"冠"，南詞本從"刂"不從"寸"。

〔七〕"夢短宫深"，《詞綜》、鈔本《玉笥詞》作"短夢深宫"。

〔八〕“與”,《詞綜》作“自”。

〔九〕“訴”,汲古閣鈔本誤作“訢”。

〔十〕“虹”,南詞本、《詞綜》、四庫本作“紅”。許昂霄《詞綜偶評》:“‘殘紅牧(收)盡過雨’,‘紅’當作‘虹’。”

〔十一〕“葉”,鈔本《玉笥詞》誤作“業”。

〔十二〕“山”,《詞綜》作“窗”。

〔十三〕“餘”,底本原校“一作遺”,紅絲欄鈔本、汲古閣鈔本、《詞綜》、四庫本、鈔本《玉笥詞》作“遺”。

〔十四〕“青”,紅絲欄鈔本、汲古閣鈔本、《詞綜》、鈔本《玉笥詞》作“清”。

【注釋】

① 緑陰千樹西窗悄:詳呂同老首注釋①“緑陰”條、注釋②“西窗夢醒”條。

厭厭晝眠驚起:《詩·小雅·湛露》:“厭厭夜飲,不醉無歸”,《毛傳》:“厭厭,安静也。”《經典釋文》:“於鹽反。”平聲。一曰同“懨懨”,慵倦。司空曙(約720—790)《閑園書事招暢當》:“聞蟬晝眠後,欹枕對蓬蒿。”驚起者人,蟬鳴故也。

② 嫩翼風微:蟬翼薄,故曰“嫩翼”。徐鉉(916—991)《邵伯埭下寄高郵陳郎中》:“河灣水淺翹秋鷺,柳岸風微噪暮蟬。”

流聲:蟬聲。詳呂同老首注釋①“流”條。

半翦冰箋誰寄:冰箋,信箋之潔白者,蟬翼薄而通透,故以爲喻。“誰寄”,無人可寄也。李清照(1084—1155)《浣溪沙·閨情》下片:“一面風情深有韻,半箋嬌恨寄幽懷。”此句是過渡,前此寫蟬爲主,後此寫人爲主。

按:“緑陰”至“誰寄”五句,寫蟬聲驚醒午睡。意謂緑陰一片,本是静悄,我亦恬然午睡,而不意微風與蟬聲驚人午夢;但見蟬翼薄嫩,如半紙冰箋,是寄與誰哉?“冰箋誰寄”,無人可寄也,借喻我之深衷無有可告訴者也,頗有騷賓王《在獄詠蟬》"無人信高潔,誰爲表予心"之慨。"冰箋誰寄",人蟬合寫,明蟬暗我,由蟬而我,伏下"淒涼倦耳"句。

③ 淒涼倦耳:褚玠《風裏蟬賦》:"愁人兮易驚,静聽兮傷情。聽蟬兮靡倦,更相和兮風生。"另詳王易簡首注釋④"聽盡殘聲爲誰驚起又飛去"條按語。王沂孫本題第二首尚有"頓成淒楚"句、吕同老有"淒淒乍流清韻"句、王易簡有"却是淒楚"句、"聽盡殘聲"句、陳恕可有"勾引淒涼多少"句、"幾番悽惋"句,仇遠有"一番淒楚"句,周密有"淒淒切切"句,唐珏有"又抱葉淒淒"句,唐英孫有"淒咽流空清韻"句。

謾重拂琴絲:用蔡邕典,詳吕同老首注釋③"絃絶重調"條。吕同老本題同賦有"歎絃絶重調"句,王易簡有"錦瑟重調"句,王沂孫有"玉箏調柱"句,周密有"危絃調苦"句,陳恕可有"琴絲宛轉"句,唐藝孫有"漸理琴絲"句,仇遠有"甚嬾拂冰絃倦拈琴譜"句。

怕尋冠珥:詳吕同老首注釋③"珥空難整"條。

按:"淒涼"至"冠珥"三句寫聽蟬傷懷。意謂蟬聲淒涼,我已聽倦,今再撫琴理絃,亦是徒然,更怕尋貂蟬冠矣。"謾重拂琴絲"句與吕同老"歎絃絶重調"句意同,蓋亦追懷國變,然吕詞曰"歎",欷歔而已;王詞曰"謾",則直呼徒然,更覺沉痛。"怕尋冠珥"句與"珥空難整"句似而不同,吕同老感慨宦業成空,故曰"空",曰"難";王沂孫嘗任蒙元學正,自覺有虧遺民志節,前賦《摸魚兒》詠蓴已自陳悔疚,故曰"怕",怕涉足官場也。前曰"半翦冰箋誰寄",則其寂寞可知,亦可憫也。此所謂"斜陽身世"也。

④ 夢短宫深向人猶與訴憔悴:用齊女典。詳吕同老首注釋⑥"齊姬薄倖"條。王易簡本題同賦有"向人懷抱苦"句,"翠雲深鎖齊姬恨"句,陳恕可有"如訴幽抱"句,"爲渠一洗故宫怨"句,"齊宫路杳"句,周密本題同賦有"故苑愁長"句,"一襟幽恨向誰説"句,唐珏有"故宫烟樹翠陰冷"句,"怨結齊姬"句,仇遠有"齊宫往事謾省"句,"行人猶與説當時齊女"句,王沂孫有"一襟遺恨宫魂斷"句,王沂孫第二首有"夢短宫深"句。

按:“夢短”至“憔悴”二句代蟬設想。意謂未夢到深宮而蟬即醒覺,夢何短促,故猶向人訴説其憔悴也。蟬是齊后忿死所化,今夢往深宫,欲見齊王耶?惜乎夢短不到深宫,齊王無由得見,故憔悴生焉。向人訴憔悴者,人聽蟬鳴噪也。實則憔悴者人,夢往深宫者亦人。

⑤ 殘虹收盡過雨:耿湋(大歷十才子之一,生卒未詳)《晚夏即事臨南居》:“樹色迎秋老,蟬聲過雨稀。”李咸用(晚唐人,生卒未詳)《早蟬》:“暫默斜陽雨,重吟遠岸烟。”

晚來頻斷續都是秋意:詳吕同老首注釋⑤“頻報秋信”條。吕同老本題同賦有“一聲聲斷續,頻報秋信”句。

按:“殘虹”至“秋意”三句寫雨後蟬聲。意謂雨後殘虹,已是向晚,然蟬聲仍頻連斷續,未見稀疏。盈耳滿目,都是秋意。

⑥ “病葉”至“身世”三句:林逋(967—1028)《旅館寫懷》:“病葉驚秋色,殘蟬怕夕陽。”另詳吕同老首注釋⑤“不知身世易老”條及同注按語、注釋⑥“墜葉山明”條及同注按語、王易簡首注釋①“纖柯”條、注釋⑦“怕寒葉凋零蜕痕塵土”條。吕同老本題同賦有“不知身世易老”句,又有“墜葉山明”句,王易簡有“怕寒葉凋零”句,周密有“前夢蜕痕枯葉”句,陳恕可有“敗葉枯形”句。

按:“病葉”至“身世”三句亦蟬亦人。意謂病葉纖柯,難留易老,蟬再無棲身處,究是何去何從?況復時則向晚,候則金秋,蟬亦命不久矣,空自憶念其身世也。此三句亦自喻,“斜陽身世”者,不唯自傷老大,亦感前路茫茫,徬徨無所歸趣也。

⑦ 山明月碎:吕同老本題同賦有“墜葉山明疏枝月小”句。此句寫景宛然。

甚已絶餘音尚餘枯蜕:餘音已絶,蟬聲寂也。另詳吕同老首注釋⑦“餘音”條。枯蜕,蟬蜕。聲寂而遺其蟬蜕,則蟬命盡可知。

⑧ 鬢影参差斷魂青鏡裏:詳吕同老首注釋⑧“見洗冰奩”條、“怕翻雙翠鬢”條。應前“斜陽身世”句,此句主語是“我”,明言自傷老大,感極而悲,魂亦

爲之斷矣。吕同老本題同賦有“見洗冰奩怕翻雙翠鬢”句，王沂孫第二首有“爲誰嬌鬢尚如許”句，周密有“翠奩應怪我雙鬢如雪”句，陳恕可有“任翻鬢雲寒”句，“謾想輕盈粉奩雙鬢好”句，唐珏有“晚妝清鏡裏猶記嬌鬢”句，唐藝孫有“半窗留鬢影”句，仇遠有“凉生鬢影”句。

按：“山明”至“青鏡裏”五句分寫人蟬。意謂入夜之後，月照山頭，月影斑駁，而蟬聲已絶，但遺蟬蜕；回看青鏡，却見鏡中鬢髮參差不齊，我亦老矣，大可哀也。

【輯評】

許昂霄《詞綜偶評》：“組織處一一工妙。”

周濟《宋四家詞選》：“此身世之感。”

陳廷焯《詞則・大雅集》卷四評“短夢深宫”二句：“言中有意物，此指全太后祝髮爲尼事乎？”

陳延焯《雲韶集輯評》卷九：“較草窗一作稍覺婉雅，其借題抒寫身世之感，情則一也。有骨有韻，不獨哀感。後半直與草窗作無二。”

陳廷焯《白雨齋詞話》卷二：“碧山齊天樂諸闋，哀怨無窮，都歸忠厚，是詞中最上乘。……詠蟬首章云：‘短夢深宫，向人猶自訴憔悴。’言中有物，其指全太后祝髮爲尼事乎？後叠云：‘病葉難留，纖柯易老，空憶斜陽身世。山明月碎，甚已絶餘音，尚遺枯蜕。鬢影參差，斷魂青鏡裏。’意境雖深，然所指却瞭然在目。”

俞陛雲《唐五代兩宋詞選釋》：“起筆二句便得聞蟬神理。‘嫩翼’二句詠本題。‘冰箋’至‘憔悴’六句是蟬是人，同抱身世之感。轉頭處三句虹收殘雨、驚耳秋聲，即寫景亦是佳句，况詠蟬耶！‘病葉’三句無限蒼凉之思，尤耐吟諷。結筆‘枯蜕’、‘斷魂’四句詠蟬固佳，何淒清乃爾耶？"

徐珂校訂《天蘇閣叢刊》本《樂府補題》："半剪"至"憔悴"六句句圈。"病葉"至"身世"三句連圈。"山明"至"鏡裏"五句連點。

錢基博《中國文學史》："此託蟬以喻全太后祝髮爲尼也。'短夢深宫，向人猶自訴憔悴'，身份已見。史稱宋太后全氏至京，不習風土；世祖皇后翁吉喇特氏屢奏乞令回江南。意全太后必有訴苦於世祖皇后而託代奏之事；'向人'之人，疑即世祖皇后也。'病葉難留，纖柯易老，空憶斜陽身世。窗明月碎，甚已絶餘音，尚遺枯蜕'，自恨老病不死也。'鬢影参差，斷魂青鏡裏'，則祝髮矣。"

蘋洲　周密公謹

槐陰〔一〕忽送清商〔二〕怨，依稀乍〔三〕聞還歇①。故苑愁長〔四〕，危絃〔五〕調苦〔六〕，前夢蜕痕枯葉②。傷情念〔七〕别。是幾度斜陽，幾回殘月③。轉眼西風，一襟幽恨向誰説④。

輕〔八〕鬢猶記動影，翠奩〔九〕應怪〔十〕我，雙鬢如雪⑤。枝冷頻移，葉疏猶抱，空〔十一〕負好秋時節⑥。淒淒切切。漸迤邐黄昏，砌蛩相接⑦。露洗餘悲，暮寒〔十二〕聲更咽⑧。

【校勘】

〔一〕"陰"，紅絲欄鈔本、汲古閣鈔本作"熏"。南詞本作"重"。鈔本《草窗詞》作"薰"。

〔二〕"商"，底本原作"泠"，原校"一作商"，汲古閣鈔本、四庫本、《詞綜》、《歷代詩餘》、《圖書集成》、鈔本《草窗詞》作"商"。紅絲欄鈔本脱，空一格。

按:清泠,清澈涼爽之意,於詞意不協。清商,商聲,西風。揆諸本題諸家之作,當作清商,今據諸本及"一作"改。

〔三〕"乍",《詞綜》、《歷代詩餘》作"正"。

〔四〕"長",底本原校"一作深"。汲古閣鈔本、紅絲欄鈔本、四庫本、《圖書集成》、鈔本《草窗詞》作"深"。《詞綜》、《歷代詩餘》作"寫怨聲長"。

〔五〕"絃",底本原作"枝",原校"一作絃",汲古閣鈔本、四庫本、《詞綜》、《歷代詩餘》、《圖書集成》、鈔本《草窗詞》作"絃",紅絲欄鈔本脱,空一格。按:"危枝苦調"不若"危絃苦調"於意更協;危絃,急絃。今據諸本及"一作"改。

〔六〕"苦",鈔本《草窗詞》作"古"。

〔七〕"念",《詞綜》作"惜"。鈔本《草窗詞》脱。

〔八〕"輕",汲古閣鈔本、四庫本作"轉"。

〔九〕"奩",四庫本、《歷代詩餘》、鈔本《草窗詞》作"娥"。《詞綜》作"蛾"。

〔十〕"怪",《詞綜》、《歷代詩餘》鈔本《草窗詞》作"妒"。《圖書集成》、鈔本《草窗詞》作"妬"。

〔十一〕"空",《圖書集成》、《歷代詩餘》作"肯"。鈔本《草窗詞》作"好"。

〔十二〕"寒",《詞綜》、《歷代詩餘》、鈔本《草窗詞》作"烟"。

【注釋】

① 清商怨:清商,商聲,五音之一。《古詩十九首·西北有高樓》:"清商隨風發,中曲正徘徊。"歐陽修《秋聲賦》謂"商聲主西方之音"又謂"商,傷也,物既老而悲傷",故曰怨。喻蟬聲。

② 故苑愁長:故苑,故宫。用齊女典。詳吕同老首注釋⑥"齊姬薄倖"條。王沂孫本題同賦有"夢短宫深"句,"一襟遺恨宫魂斷"句,陳恕可有"爲渠一洗故宫怨"句,唐珏有"故宫烟樹翠陰冷"句,陳恕可有"齊宫路杳"句,仇遠有"齊宫往事謾省"句。

危絃調苦:危絃,急絃。調苦,應前清商句。用蔡邕典,詳吕同老首注釋

③“絃絶重調”條。吕同老本題同賦有“歎絃絶重調”句，王易簡有“錦瑟重調”句，王沂孫有“謾重拂琴絲”句，“玉筝調柱”句，陳恕可有“琴絲宛轉”句，唐藝孫有“漸理琴絲”句，仇遠有“甚嬾拂冰絃倦拈琴譜”句。

前夢蜕痕枯葉：詳王易簡首注釋⑦“怕寒葉凋零蜕痕塵土”條。

按：“槐陰”至“枯葉”五句寫聽蟬。意謂蟬在槐陰乍鳴乍歇，其聲淒怨，依稀可聞。蟬噪聲急，如繁絃苦調，應是齊姬淒愁深長未解，又前夢蜕殼於枯葉間，故愁苦若是。“故苑”句伏下“一襟幽恨”句。“危絃”句感懷國變。“前夢”句至下“向誰説”句，人蟬並寫。意者，此人應是齊姬；周密設想齊姬愁苦，且與之共感傷焉。

③ 傷情念別：張籍《思遠人》：“楊柳別離處，秋蟬今復鳴。”李覯（1109—1059）《蟬》：“一蜕囂塵向此生，柳枯槐老正傷情。”徐照（？—1211）《柳下聞蟬》：“晚凉多處聽蟬聲，齊女當年變化成。不合着身楊柳上，也令千古動離情。”

是幾度斜陽：詳吕同老首注釋⑦“暗嗟殘景”條、王易簡首注釋⑧“古木斜暉”條、王沂孫前首注釋⑥“病葉難留纖柯易老空憶斜陽身世”條。

幾回殘月：吴融（唐昭宗時人，生卒未詳）《李周彈筝歌》：“始似五更殘月裏，淒淒切切清露蟬。”李中《海上從事秋日書懷》：“千里夢隨殘月斷，一聲蟬送早秋來。”毛滂（1060—1124?）《立秋日破曉入山攜枕簟睡於禪静庵中作詩一首》：“斷蟬抱柳咽殘月，卧霞排霧通朝陽。”

④ 一襟幽恨向誰説：一襟幽恨，滿懷幽恨。向誰説，無人可説。王沂孫本題同賦有“一襟遺恨宫魂斷”句。

按：“傷情”至“向誰説”五句續寫齊姬之恨，兼寓我之同情。意謂齊姬化蟬後，仍傷情念别。“幾度斜陽，幾回殘月”者，時日難過，過後却又有匆匆之感，故有“轉眼西風”之嘆。時則往矣，齊姬滿懷幽恨，無可告訴，情何以堪？“一襟幽恨”句應前“傷情念別”句。齊姬忿死化蟬，故曰“傷情”；至若“念別”，自是引申。意者，周密借齊姬感傷宋宫人，若王清惠，四貞婦者，誠所謂“傷情念别”,“一襟幽恨”也。

⑤ “輕鬢”至“如雪”三句:用蟬鬢典,詳吕同老首注釋⑧“怕翻雙翠鬢”條。翡翠奩,鏡奩之飾以翡翠者。此或作鏡奩美稱。吕同老本題同賦有“見洗冰奩怕翻雙翠鬢”句,王沂孫有“鬢影参差斷魂青鏡裏”句,“爲誰嬌鬢尚如許”句,陳恕可有“任翻鬢雲寒”句,“謾想輕盈粉奩雙鬢好”句,唐珏有“晚妝清鏡裏猶記嬌鬢”句,唐藝孫有“半窗留鬢影”句,仇遠有“凉生鬢影”句。

⑥ 枝冷頻移:方干《旅次洋(一作揚)州寓居郝氏林亭》:“蟬曳殘聲過别枝。”

葉疏猶抱:詳吕同老首注釋⑥“墜葉山明”條、“疏枝月小”條。

空負好秋時節:陸游《新秋晚歸》首頷聯:“玉粒嘗新稻,金風作好秋。雁回沙漠信,蟬噪夕陽愁。”

按:“輕鬢”至“時節”六句寫攬鏡聽蟬。意謂我對鏡自照,想起舊日輕鬢蟬鬢,如今我兩鬢已白,鏡奩應以我爲怪異也。又見蟬不耐冷,頻移别枝,猶抱疏葉而鳴,與世相違,徒然負却好秋時節。意者,此借蟬以自寫胸臆,蓋謂時世雖换,干戈已靖,當世之徒亦以爲好時節至焉,然我已衰邁,我不與焉,我與世相違而不相應也。此即所謂抱疏葉且“空負好秋時節”也。

⑦ 淒淒切切:詳吕同老首注釋①“淒淒”條。

漸迤邐黄昏:迤邐,曲折延申貌。賀鑄《更漏子》:“迤邐黄昏,景陽鐘動,臨風隱隱猶聞。”

砌蛩相接:陸龜蒙《早秋吴體寄襲美》:“荒庭古樹只獨倚,敗蟬殘蛩苦相仍。”貫休《偶然作》:“蟬聲引出石中蛩,寂寞門扃葉數重。”楊萬里《聽蟬八絶句》其八:“莫嫌入夜還休去,自有寒蛩替説愁。”又《秋蟲》:“蟬哀落日恰纔收,蛩怨黄昏正未休。催得世人頭總白,不知替得二蟲愁。”《説文》“虫部”:“蛩蛩獸也。一曰秦謂蟬脱曰‘蛩’。”崔豹《古今注》卷中:“蟋蟀一名吟蛩,一名蛩,秋初生,得寒則鳴。一云濟南呼爲懶婦。”是“蛩”一名而兼“蟬蜕”與“蟋蟀”二物。

⑧ 露洗餘悲：蟬飲露，故云“露洗”。又詳王易簡首注釋⑥“餘悲似咽”條。

暮寒聲更咽：傅察（1089—1126）《次韻祝廉夫登南樓》：“蕭蕭林間蟬，已如咽暮寒”。又詳呂同老首注釋②“倦咽高槐驚嘶别柳”條。

按：“淒淒”至“聲更咽”五句續寫蟬鳴。意謂際此黄昏，日影綿長，蟬聲蛩聲，淒楚相接；日暮風寒，蟬聲更咽，望清露可洗去其餘悲也。是滿耳蟲聲，悲愁不斷，應上片“故苑愁長危絃調苦”句。

【輯評】

許昂霄《詞綜偶評》：“朗潤清越，詠物題中所難。”

徐珂校訂《天蘇閣叢刊》本《樂府補題》：“故苑”至“枯葉”三句句圈、“轉眼”至“誰説”二句句圈、“翠奩”至“如雪”二句句圈。“枝冷”至“時節”三句連點。

黄兆顯《樂府補題研究及箋注》：“翠匳二句身世，枝冷三句暗射家國。迤邐二句指宋末群小耶？”

宛委　陳〔一〕恕可行之

碧柯摇曳聲何許，陰陰晚凉庭院①。露濕身輕，風生翅薄，昨夜綃衣初翦②。琴絲宛轉。弄〔二〕幾曲〔三〕新聲，幾番悽惋③。過雨高槐，爲渠一洗故宫怨④。　清虚襟度漫〔四〕與，向人低訴處，幽思無〔五〕限⑤。敗葉枯形，殘陽絶響，消得西風腸斷⑥。塵情已倦。任翻鬢雲寒，綴貂金淺⑦。蜕羽難留〔六〕，頓覺〔七〕仙夢遠⑧。

【校勘】

〔一〕“陳”,紅絲欄鈔本、汲古閣鈔本、《詞綜》、《圖書集成》誤作“練”。底本及四庫本不誤。

〔二〕“弄”:紅絲欄鈔本作“筭”。按:紅絲欄鈔本又脱“幾”字以下“曲新聲幾番”五字,下至行末空七字,新行空六字續書。

〔三〕“曲”:四庫本作“回”。

〔四〕“漫”:紅絲欄鈔本脱,空一格。《詞綜》、《圖書集成》作“謾”。

〔五〕“無”:紅絲欄鈔本誤作“年”。

〔六〕“留”:四庫本作“回”。

〔七〕“覺”:底本原校“一作驚”,紅絲欄鈔本、汲古閣鈔本、《詞綜》、《圖書集成》作“驚”。

【注釋】

① 碧柯摇曳聲何許:方干《旅次洋(一作揚)州寓居郝氏林亭》:“蟬曳殘聲過别枝。”何許,何處。

陰陰晚凉庭院:杜甫《與任城許主簿游南池》:“晚凉看洗馬,森木亂鳴蟬。”李頻(818—876)《避暑》:“蟬從初伏噪,客向晚凉吟。”徐鉉《奉和御製聞早蟬》:“緑樹陰陰愜豫游,早蟬清韻遠還收。”李洪(南宋初人,生卒未詳)《和人》:“庭前槐樹緑陰陰,静聽玄蟬盡日吟。”陸游《昭君怨》:“晝永蟬聲庭院。人倦懶摇團扇。”“院”,《廣韻》“綫韻”:“王眷切”,去聲。

② 綃衣初翦:喻蟬翼。詳吕同老首注釋④“冰綃”條。陳恕可另有“與整綃衣”句,吕同老本題同賦有“綽約冰綃”句,王易簡有“綃衣乍著”句,唐珏有“綃衣翦霧”,仇遠有“薄翦綃衣”句。

按:“碧柯”至“初翦”五句寫蟬聲與蟬翼。意謂際此陰陰晚凉,蟬聲隨庭院碧樹摇曳,未知蟬在何處。忽見蟬滿身清露,翻弄薄翅,翼底生風,想是昨夜長成翅翼。

③ 琴絲宛轉:用蔡邕典,詳吕同老首注釋③“絃絶重調”條。吕同老本題同賦有“歎絃絶重調”句,王易簡有“錦瑟重調”句,王沂孫有“謾重拂琴絲”句,“玉筝調柱”句,周密有“危絃調苦”句,唐藝孫有“漸理琴絲”句,仇遠有“甚嬾拂冰絃倦拈琴譜”句。

新聲:楊億(974—1020)《館中新蟬》:“碧城青閣好追凉,高柳新聲逐吹長。”錢惟演(977—1034)同題:“冉冉光風泛紫蘭,新聲含怨日新殘。”

悽惋:詳吕同老首注釋①“淒淒”條。

按:“琴絲”至“悽惋”三句續寫蟬聲。意謂蟬之噪也,其聲宛轉多變,有似撫弄琴絃新曲,幾曲新聲,當中自有幾番悽惋。此三句用蔡邕典寄慨,詳見吕同老首注釋③按語。

④ 過雨高槐:詳吕同老首注釋②“倦咽高槐驚嘶别柳”條、王沂孫首注釋⑤“殘虹收盡過雨”條。

爲渠一洗故宫怨:渠,指齊后。用齊女典,詳吕同老首注釋⑥“齊姬薄倖”條。周密本題同賦有“故苑愁長”句,王沂孫有“夢短宫深”句,“一襟遺恨宫魂斷”句,唐珏有“故宫烟樹翠陰冷”句,陳恕可有“齊宫路杳”句,仇遠有“齊宫往事謾省”句。

按:“過雨”至“故宫怨”二句見雨灑高槐而興情。意謂過雨灑高槐,當可洗去蟬之淒怨。蟬是齊后所化,其事前注已詳。意者,陳恕可亦感傷宋宫人,與吕同老等諸家同。

⑤ 清虚襟度漫與:清,露;虚,風。蟬餐風飲露,故云。孟郊(751—814)《北郭貧居》:“欲識貞静操,秋蟬飲清虚。”崔豹《古今注》卷上:“貂蟬,胡服也。……蟬,取其清虚識變也。在位者有文而不自耀,有武而不示人,清虚自牧,識時而動也。”歐陽脩《鳴蟬賦》:“出自糞壤,慕清虚者邪?”襟度,襟懷與風度。晁説之(1059—1129)《和斯立見還詩卷》:“今日秋風客,襟度更爲優。”王洋(1087—1154)《和張可投詩十首》其九:“楚楚才名六尺身,此間襟度有殊珍。”漫與,隨意不拘。杜甫《江上值水如海勢聊短述》:“老去詩篇渾漫與,春

來花鳥莫深愁。"

幽思：王勃《三月曲水宴得烟字》："日斜真趣遠，幽思夢凉蟬。"

⑥ 敗葉枯形：吕同老首注釋⑥"墜葉山明"條，王沂孫前首⑥"病葉難留纖柯易老空憶斜陽身世"條。

殘陽絶響：司空圖(837—908)《攜仙籙九首》其一："坐來還見微風起，吹散殘陽一片蟬。"另詳吕同老首注釋⑦"暗嗟殘景"條。

西風腸斷：白居易《暮立》："黄昏獨立佛堂前，滿地槐花滿樹蟬。大抵四時心總苦，就中腸斷是秋天。"

按："清虚"至"腸斷"六句寫蟬聲絶響。意謂蟬襟抱清高之評是隨意之談，蟬本非如此，其向人低訴之處，實有無限幽微深衷，而非瀟灑超然。今蟬也，墮於敗葉間，至殘陽晚照，難禁西風，衷腸斷盡，其響方絶。是故宫之怨，一何深也。陳恕可反用蟬清高之象徵，以襯託其故宫之怨，一倍增其怨焉。

⑦ 塵情已倦：詳吕同老首注釋②"倦咽高槐驚嘶别柳"條，王沂孫首注釋③"淒凉倦耳"條。此句寫暮年之慨，蟬我並寫，亦蟬亦我。

雲寒：雲喻鬢髮之白；寒則稀疏故也。吕同老有"見洗冰奩怕翻雙翠鬢"句，王沂孫有"鬢影参差斷魂青鏡裏"句，"爲誰嬌鬢尚如許"句，周密有"翠奩應怪我雙鬢如雪"句，陳恕可有"謾想輕盈粉奩雙鬢好"句，唐珏有"晚妝清鏡裏猶記嬌鬢"句，唐藝孫有"半窗留鬢影"句，仇遠有"凉生鬢影"句。

綴貂金淺：詳吕同老首注釋③"珥空難整"條。金淺，蟬珥色淡，不明亮。馮應瑞《天香》詠龍涎香有"金昏字古"句，彼"昏"字與此"淺"字意近，年深月久故也，承上"翻鬢"句來。

⑧ 蜕羽：蟬蜕。

仙夢遠：詳吕同老首注釋⑦"枯翼飛仙"條。

按："塵情"至"仙夢遠"五句寫蟬亦寫我。意謂今倦於世情，任鬢白髮疏，珥冠已不勝戴矣。蟬蜕難留，頓覺飛仙之夢已遠。"塵情"一句，主語可蟬亦可我。自蟬言，"塵情"句應前"幽思"、"絶響"、"腸斷"諸句；自我言，則引下

"翻鬟"、"綴貂"、"飛仙"諸句,要之,皆爲倦於世情之由。陳恕可出仕蒙元,今已年邁,"塵情"亦倦,回首從前,頓覺功名褪色,仙夢已遠。頗有吴偉業(1609—1672)《過淮陰有感》"不隨仙去落人間"之悔。

【輯評】

徐珂校訂《天蘇閣叢刊》本《樂府補題》:"低訴處"之"處""旁點、"無限"之"限""旁點。"塵情"至"金淺"連圈。

黄兆顯《樂府補題研究及箋注》:"過雨二句,詩人無限憐惜。塵情以下,烈士暮年之悲。"

菊山　唐珏玉潛

蜕〔一〕痕初染仙莖露,新聲又移凉影①。珮玉流空,綃衣翦〔二〕霧,幾度槐昏柳暝②。幽窗睡醒。奈欲斷還連,不堪重聽③。怨結齊姬,故宫烟〔三〕樹翠陰冷④。　當時舊情在否,晚妝清鏡裏,猶記嬌鬟⑤。亂咽頻驚,餘悲漸杳,摇曳風枝未〔四〕定⑥。秋期話盡。又抱葉凄凄,暮寒山静⑦。付與孤蛩,苦〔五〕吟清夜永⑧。

【校勘】

〔一〕"蜕",底本原作"蠟",原校"一作蜕",紅絲欄鈔本、《詞綜》、《歷代詩餘》、四庫本作"蜕"。按:"蠟痕"不切題。"蜕痕"本題凡二見,王易簡曰"蜕痕塵土",周密曰"前夢蜕痕枯葉",均指蟬蜕。據"一作"及諸本改。

〔二〕"翦",四庫本作"剪"。

〔三〕"烟",紅絲欄鈔本作"烟"。

〔四〕"未",紅絲欄鈔本脱,空一格。

〔五〕"苦",紅絲欄鈔本脱,空一格。

【注釋】

① 蜕痕初染仙莖露:用李賀《金銅仙人辭漢歌》典,詳《天香》詠龍涎香王沂孫首注釋②"鉛水"條及同條按語。蟬飲露,故用此典,以寄亡國之慨。

新聲又移涼影:新聲,詳陳恕可前首注釋③"新聲"條。涼影,綠樹成陰故也。移,比擬飛。

② 珮玉流空:珮玉,喻蟬聲,謂蟬聲鏘鏘然如珮玉相擊也。流空,以水比擬蟬聲,於空中流過也。先比喻,再比擬。"珮玉"應前句"新聲";"流"字應"移"字。另詳吕同老首注釋①"流"條。

綃衣翦霧:綃衣,詳吕同老首注釋④"冰綃"條。翦霧,蟬翼薄似剪刀,於霧中飛過,如剪霧焉。"剪霧"亦應"移"字。吕同老本題同賦有"綽約冰綃"句,王易簡有"綃衣乍著"句,陳恕可有"昨夜綃衣初翦"句,陳恕可有"與整綃衣"句,仇遠有"薄翦綃衣"句。

槐昏柳暝:詳吕同老首注釋②"倦咽高槐驚嘶別柳"條。應前"涼影"。

按:"蜕痕"至"柳暝"五句泛寫蟬各種特徵。意謂蟬滿身清露,或於槐柳涼影間鳴噪,或於晚霧中飛過,如剪霧焉。曰"又",曰"幾度",所寫非一時之見聞可知。起調用李賀典,寄託亡國之意甚明。

③ 幽窗睡醒:詳吕同老首注釋③"西窗夢醒"條。

按:"幽窗"至"重聽"三句寫聽蟬。意謂我幽窗睡醒之後,聽得蟬聲欲斷還連,其聲悲苦,我不堪再聽之也。"不堪"句引出以下"齊姬"二句。

④ 怨結齊姬故宫烟樹翠陰冷:詳吕同老首注釋⑥"齊姬薄倖"條及同注按語。楊澤民(南宋人,生卒未詳)《慶春宫》:"青子垂枝,翠陰遮道,乍聞一兩蟬聲。"吕同老本題同賦有"惆悵齊姬薄倖"句,王易簡有"翠雲深鎖齊姬恨"

句，仇遠有“行人猶與説當時齊女”句。周密本題同賦有“故苑愁長”句，王沂孫有“夢短宮深”句，“一襟遺恨宮魂斷”句，陳恕可有“爲渠一洗故宮怨”句，陳恕可有“齊宮路杳”句，仇遠有“齊宮往事謾省”句。

按：“怨結”至“翠陰冷”二句承上“不堪重聽”來。意謂我不堪重聽蟬聲，以其結齊姬之怨故，又想故宮緑樹翠陰，如今應在一片烟霧中，何肅殺也。此二句聽蟬所感。怨者，所感也，以齊姬虚示，實是蟬聲；故宮云云，借齊姬拓勢來，明是齊宮，暗是宋宮。意者，齊姬亦指宋宮人。虚實明暗，要之，亦寄託也，前應起調，後應煞拍，如常山之蛇，擊其中則首尾應之。

⑤ 當時舊情在否：接上片“怨結齊姬”句，亦《詞源》“不要斷了曲意”者。

猶記嬌鬢：詳吕同老首注釋⑧“怕翻雙翠鬢”條。吕同老本題同賦有“見洗冰奩怕翻雙翠鬢”句，王沂孫有“鬢影参差斷魂青鏡裏”句，“爲誰嬌鬢尚如許”句，周密有“翠奩應怪我雙鬢如雪”句，陳恕可有“任翻鬢雲寒”句，“謾想輕盈粉奩雙鬢好”句，唐藝孫有“半窗留鬢影”句，仇遠有“凉生鬢影”句。

按：“當時”至“嬌鬢”三句續寫齊姬。意謂猶記得齊姬晚妝臨鏡，嬌鬢薄如蟬翼；當時舊情，未知是否仍在？此虚寫也。齊姬舊情，自是對齊王言；若謂齊姬影射宋宮人，則舊情當對宋君言。齊姬忿死，當時對齊王之舊情未知在否；宫人北上大都，對宋君之舊情亦未知在否。借齊姬提問，可謂怨而不怒也。

⑥ 亂咽頻驚：風枝不定故也，下有“摇曳”句。岑參《送永壽王贊府逕（一作遥）歸縣得蟬字》：“夜深露濕簟，月出風驚蟬。”

餘悲漸杳：餘悲，另詳王易簡首注釋⑥“餘悲似咽”條。漸杳，漸幽晦至不可聞也。

按：“亂咽”至“未定”三句寫續蟬聲。意謂風摇枝曳，幾番驚起蟬聲亂咽，聲有餘悲，響隨風遠，漸次杳不可聞。意者，“摇曳風枝”，世道陵替也。

⑦ 秋期話盡：喻蟬聲漸竭，應上句“杳”字。秋期，詳吕同老首注釋⑤“頻報秋信”條。

抱葉淒淒：詳吕同老首注釋①“淒淒”條、注釋⑥“墜葉山明”條。

按：“秋期”至“山静”三句寫蟬聲漸歇。意謂蟬之鳴噪，如向人訴説秋期，今亦盡矣，聲漸不聞。又或有殘蟬抱葉，淒淒而鳴，更覺暮色寒，山野静也。

⑧ 付與孤蛩苦吟清夜永：詳周密首注釋“砌蛩相接”⑦條。孤蛩，言其獨也。苦吟者，亦蛩亦人。姜夔《齊天樂》詠蟋蟀：“寫入琴絲，一聲聲更苦。”姜夔自注：“宣政間，有士大夫製《蟋蟀吟》。”宣政，宣和、政和，宋徽宗年號；《蟋蟀吟》者，可謂亡國之音也。其題外感慨隱約可見。今唐珏用此典，亦寄其黍離之悲也，應起調李賀典。清夜永，清夜長。

按：“付與”至“夜永”二句再借蛩聲寄慨。意謂蟬已歇其聲，交與孤蛩相接，於此清夜長鳴；而我亦於此清夜苦吟，以寄吾感慨也。由“幽窗睡醒”至“暮寒山静”，至“苦吟清夜”，詞人之聽蟬亦久矣。

【輯評】

徐珂校訂《天蘇閣叢刊》本《樂府補題》：“幽窗”至“重聽”三句連點。“怨結”至“陰冷”二句連圈。“摇曳”至“未定”三句連圈。

黄兆顯《樂府補題研究及箋注》：“寫后妃事甚明，晚妝二句指發陵事。如句自有寄託。”

瑶翠　唐藝孫英發

柳風微〔一〕扇閒〔二〕池閣，深林翠陰人静①。漸理琴絲，誰調金奏，淒咽流空清韻②。虹明雨潤。正乍集庭柯，凭闌〔三〕新聽③。午夢驚回，有人嬌困酒初醒④。　西軒晚〔四〕涼又嫩，向枝頭占得，銀露千頃⑤。蜕翦〔五〕花輕，羽〔六〕翻紙薄，老去易驚秋〔七〕信⑥。殘聲送暝。恨秦樹斜陽，暗催光景⑦。淡月疏桐，半窗〔八〕留鬢影⑧。

【校勘】

〔一〕“微”，紅絲欄鈔本誤作“徵”。

〔二〕“閒”，紅絲欄鈔本、汲古閣鈔本、南詞本、四庫本、《詞綜》、《圖書集成》作“閑”。

〔三〕“闌”，《詞綜》、《圖書集成》作“欄”。

〔四〕“晚”，四庫本誤作“曉”。

〔五〕“翦”，汲古閣鈔本、四庫本、《詞綜》、《圖書集成》作“剪”。

〔六〕“羽”，底本原校“一作翼”，紅絲欄鈔本、汲古閣鈔本、四庫本、《詞綜》、《圖書集成》、《歷代詩餘》作“翼”。

〔七〕“易驚秋”，紅絲欄鈔本脱“易驚”二字，空一格。“秋”字下空一格，未知何故。

〔八〕“窗”，紅絲欄鈔本作“囱”。

【注釋】

① 深林翠陰人静：王籍（梁朝人，生卒未詳）《入若耶溪詩》：“蟬噪林踰静，鳥鳴山更幽。”項斯（中唐人，生卒未詳）《送蘇處士歸西山》（一作許彬詩）：“深林蟬噪暮，絶頂客來稀。”韓偓（842—923）《夏日》：“庭樹新陰葉未成，玉階人静一蟬聲。”

② 漸理琴絲：用蔡邕典，以樂音喻蟬聲。詳吕同老首注釋③“絃絶重調”條。吕同老本題同賦有“歎絃絶重調”句，王易簡有“錦瑟重調”句，王沂孫有“謾重拂琴絲”句，“玉箏調柱”句，周密有“危絃調苦”句，陳恕可有“琴絲宛轉”句，仇遠有“甚嬾拂冰絃倦拈琴譜”句。

金奏：《周禮・春官・鍾師》：“鐘師掌金奏。”鄭玄（127—200）注：“金奏，擊金以爲奏樂之節。金謂鐘及鎛。”後世詩家多借代樂音。顔延之（384—

456)《五君詠·阮始平》:“達音何用深,識微在金奏。”

淒咽流空清韻:喻蟬聲。詳吕同老首注釋①“淒淒”條、“清韻”條、“流”條;注釋②“倦咽高槐驚嘶别柳”條、唐珏首注釋②“珮玉流空”條。

按:“柳風”至“清韻”五句寫蟬聲。意謂池旁小閣,翠柳成陰,微風輕扇,林深人静。聞得蟬聲漸響,如有人調理琴絃樂韻,淒淒咽咽,流過空中,此調琴者又是誰耶?此五句逆筆寫聲,下“乍集”“凭闌”句方寫聽。“誰”之一問,伏歇拍“有人嬌困”句。

③ 虹明雨潤:詳王沂孫首注釋⑤“殘虹收盡過雨”條。

乍集庭柯:樓鑰(1137—1213)《洛社老僧聽琴》:“少待庭柯蟬噪静,爲師更作醉翁吟。”

凭闌新聽:李中《聽蟬寄朐山孫明府》:“忽聽新蟬發,客情其奈何。”陸游《凭欄》:“蟬嘒晚尤壯,鴉棲久未安。”

④ 午夢驚回:詳吕同老首注釋③“西窗夢醒”條。

按:“虹明”至“初醒”五句寫聽蟬。意謂新蟬乍集庭樹而鳴,驚人午夢;我凭欄聽之,但見雨後虹現,想亦有人爲蟬鳴驚起午夢,殘醉初醒,尚餘嬌困也。“有人嬌困”句應前“誰調金奏”句。此嬌困者爲誰,詞人未有明言,既云嬌困,當是女子無疑;然則,調金奏者即此女子也,唯未審爲誰而已。嬌困酒醒,固是《樂府指迷》所謂“著些艷語”之“詞家體例”,然蟬鳴之際,而有嬌困佳人午夢酒醒,且調理金奏,亦事太湊巧矣。意者,“金奏”句、“有人”句或是想像虚寫,即或有之,亦借以發揮也。與下片“老去”“秦樹”諸句並讀,則嬌困者或喻宋宫人。王鎡(宋遺民,生卒未詳)《秋宫辭》:“蟬錦凉生玉漏秋,夢回空憶到龍樓。妾身恨不如黄葉,得趁流泉出御溝。”龍樓,宋故宫;御溝,大都皇宫。王鎡詩可參。

⑤ 西軒晚凉又嫩:西軒,西窗。嫩,嫩凉,微凉。郭應祥(南宋人,生卒未詳)《菩薩蠻·六月十三日,同官攜具,以予被薦》:“轉頭又是清秋近。晚風淅淅凉猶嫩。”

向枝頭占得銀露千頃：蟬飲露，故云。黄庭堅《演雅》："枝頭飲露蟬常餓"。庾信（513—581）《擬詠懷詩》其十五："秋雲粉絮結，白露水銀團。"

按："西軒"至"千頃"三句寫蟬棲高飲露。意謂日照西窗，晚風微凉；蟬棲於高枝，正占得露水不少。

⑥ 蜕翦花輕：翦花，剪綵花，謂蟬蜕輕如剪綵花也。劉憲（655—711）《奉和聖製立春日侍宴内殿出剪綵花應制》："剪花疑始發，刻燕似新窺。"

老去易驚秋信：詳吕同老首注釋⑤"不知身世易老"條、"頻報秋信"條。

按："蜕翦"至"秋信"三句寫身世易老。意謂蟬蜕輕如剪綵花，蟬翼如薄紙翻動，蟬聲頻報秋信，使人最易驚覺身世老去。

⑦ 殘聲送暝：殘聲，詳王易簡首注釋④"聽盡殘聲爲誰驚起又飛去"條。翁承贊（859—932）《題槐》："雨中妝點望中黄，勾引蟬聲送夕陽。"

秦樹斜陽：司空曙（約720—790?）《題江陵臨沙驛樓》："雁惜楚山晚，蟬知秦樹秋。"毛文錫（晚唐五代人，生卒未詳）《臨江仙》："暮蟬聲盡落斜陽，銀蟾影挂瀟湘。"宋祁（998—1062）《西征道中寄友人》："斜日楚楓低候雁，早霜秦樹送殘蟬。"另參吕同老首注釋⑦"暗嗟殘景"條、王易簡首注釋⑧"古木斜暉"條。

暗催光景：孟郊（751—814）《暮秋感思》其一："上有噪日蟬，催人成皓首。"劉滄（晚唐人，生卒未詳）《夏日登慈恩寺》："晚景風蟬催節候，高空雲鳥度軒層。"吴融《聞蟬》："夏在先催過，秋賒已被迎。"

按："殘聲"至"光景"三句續寫蟬聲。意謂蟬聲殘咽，送去落日，與秦樹斜陽，共催歲月，最使人恨也。此三句一片蒼凉衰颯，承上"老去"句來。詩家詞客，多以秦楚相對，謂天遥地遠也。今言秦而楚自在焉。諸家詞人在餘閒書院唱和，地在江南，然則秦當指北方。江南人老去，北地人亦老去。意者，謂北去之宋宫人也。汪元量隨三宫北上大都，十年後猶可黄冠南歸，而宫人則否，唯可送别元量而已，是有去無歸，老死異地也。

⑧ 淡月疏桐：虞世南《蟬》："流響出疏桐。"白玉蟾（1194—1229）《夜船與

盤雲聯句回文》:“蟬寒嘶月淡,雁過唳天長。”

半窗留鬢影:用蟬鬢典,詳吕同老首注釋⑧“怕翻雙翠鬢”條。駱賓王《在獄詠蟬》:“那堪玄鬢影,來對白頭吟。”吕同老本題同賦有“見洗冰奩怕翻雙翠鬢”句,王沂孫有“鬢影參差斷魂青鏡裏”句,“爲誰嬌鬢尚如許”句,周密有“翠奩應怪我雙鬢如雪”句,陳恕可有“任翻鬢雲寒”句,“謾想輕盈粉奩雙鬢好”句,唐珏有“晚妝清鏡裏猶記嬌鬢”句,仇遠有“凉生鬢影”句。

按:“淡月”至“鬢影”二句設想佳人憑窗。意謂淡月已照疏桐矣,想佳人應猶倚窗未寢,尚見其半窗鬢影,蓋佳人亦思量無限也。此佳人者,蓋亦宋宫人乎?

【輯評】

徐珂校訂《天蘇閣叢刊》本《樂府補題》:“午夢”至“初醒”二句句圈。“老去”至“光景”四句連圈。

黄兆顯《樂府補題研究及箋注》:“秦樹二句寫亡國身世甚明,結句雪泥鴻爪,有哀思之音。”

宛委 陳〔一〕恕可行之

蜕仙飛珮流空遠,珊珊數聲林杪〔二〕①。薄暑眠輕,濃陰聽久,勾引淒凉多少②。長吟未了。想猶怯高寒,又移深窈③。與整〔三〕綃衣,滿身風露正清曉④。 微薰〔四〕庭院晝永,那回曾記得,如訴幽抱⑤。斷響難尋,餘悲獨省,葉底還驚秋早〔五〕⑥。齊宫路杳。歎〔六〕往事〔七〕魂消,夜闌〔八〕人悄⑦。謾〔九〕想輕盈,粉奩雙鬢好⑧。

【校勘】

〔一〕“陳”,南詞本、紅絲欄鈔本、汲古閣鈔本、《詞綜》、《圖書集成》、《歷代詩餘》誤作“練”。底本及四庫本不誤。

〔二〕“杪”,紅絲欄鈔本誤作“抄”。

〔三〕“整”,紅絲欄鈔本誤作“憗”。

〔四〕“薰”,四庫本、《詞綜》、《圖書集成》作“熏”。

〔五〕“早”,紅絲欄鈔本誤作“草”。

〔六〕“歎”,南詞本作“嘆”。

〔七〕“往事”,原校“一作事往”,紅絲欄鈔本、汲古閣鈔本、四庫本、《詞綜》、《歷代詩餘》、《圖書集成》作“事往”。按:若作“事往”,則與“魂消”當句對,與下“夜闌”句對偶,似較佳,唯“往事”於文意無礙,故不改。

〔八〕“闌”:汲古閣鈔本、《詞綜》作“閑”。《歷代詩餘》作“閒”。俱誤。

〔九〕“謾”:《歷代詩餘》作“漫”。

【注釋】

① 蜕仙飛珮流空遠:蜕仙飛珮,喻蟬。流空遠,詳吕同老首注釋①“淒淒”條、“流”條;唐珏首注釋②“珮玉流空”條。

珊珊:玉佩聲。宋玉《神女賦》:“動霧縠以徐步兮,拂墀聲之珊珊。”杜甫《鄭駙馬宅宴洞中》:“自是秦樓壓鄭谷,時聞雜佩聲珊珊。”此喻蟬聲,應前“飛珮”。

數聲林杪:杪,《説文》“木部”:“木標末也。”今謂樹枝末梢。鄭獬(1022—1072)《感秋六首》其五:“林杪一蟬噪,翛翛凉風來。”趙蕃(1143—1229)《晚作》:“山陰雙鷺落,林杪幾蟬鳴。”

② 勾引淒凉多少:劉禹錫《答白刑部聞新蟬》:“一入淒凉耳,如聞斷續絃。”翁承贊《題槐》:“勾引蟬聲送夕陽。”

按:“蛻仙”至“多少”五句寫聽蟬。意謂數聲蟬鳴,珊珊然自樹梢林末横空而過，如水之流遠。方此薄暑時節，我輕眠睡起，佇立濃陰下，聽蟬也久矣；蟬聲勾起我淒凉感慨，亦已多矣。“數聲”句伏筆下片“斷響”句；“淒凉”句爲下片張本。

③ 長吟未了：許渾《蟬》：“朱門大有長吟處，剛傍愁人又送愁。”蘇軾《定惠院顒師爲余竹下開嘯軒》：“飲風蟬至潔，長吟不改調。”李復（1169—1238）《詠蟬》：“長吟不能休，自喜方得時。”

深窈：幽深，借代茂密樹陰，即前之“濃陰”。

④ 與整綃衣：喻蟬翼。詳吕同老首注釋④“冰綃”條。吕同老本題同賦有“綽約冰綃”句，王易簡有“綃衣乍著”句，陳恕可有“昨夜綃衣初翦”句，唐珏有“綃衣翦霧”，仇遠有“薄翦綃衣”句。

滿身風露正清曉：李復《詠蟬》：“清曉喜零露，晴晝弄凉颸。”

按：“長吟”至“清曉”五句逆筆鋪寫前“數聲林杪”句。意謂想蟬當在清曉之時整理翼翅，以致滿身風露；如今應猶怕高樹風寒，故又移往林深窈遠處；蟬飛遠矣，想仍是長吟未盡也。“又移”句是實，餘皆想像虚寫也。

⑤ 微薰庭院晝永：詳《天香》詠龍涎香吕同老首注釋④“微薰”條。晝永，白晝漫長也。陸游《昭君怨》：“晝永蟬聲庭院。人倦懶摇團扇。”

幽抱：幽獨深衷。即下“齊宫”、“往事”句。

⑥ 斷響：斷續聲響。趙鼎（1085—1147）《滿庭芳·九日用淵明二詩作》：“哀蟬斷響，燕雁度雲霄。”

餘悲獨省：餘悲，詳王易簡首注釋⑥“餘悲似咽”條。省，知曉，憶記；此處作知曉解。

葉底還驚秋早：喻鳧（曉唐人，生卒未詳）《驚秋》：“鶯囀纔間關，蟬鳴旋蕭屑。”孔武仲（1041—1097）《出京》：“東南爽氣來相逼，葉底初聞一片蟬。”陸游《夏日雜題》其四：“檐前桐影偏宜夏，葉底蟬聲漸報秋。”

按：“微薰”至“秋早”六句寫上片“淒凉”。意謂於庭院焚香以銷永晝之時，記起從前之聽蟬。當時蟬之噪也，如向人訴説幽情心事。今蟬也，驚秋早至而藏身葉底，絶響難尋而餘悲尚在；當時幽抱，今日餘悲，唯我獨知曉也。

⑦ 齊宫路杳：齊宫，用齊女典。詳吕同老首注釋⑥"齊姬薄倖"條。杳，不見也。路杳，謂不見返齊宫之路也。周密本題同賦有"故苑愁長"句，王沂孫有"夢短宫深"句，"一襟遺恨宫魂斷"句，陳恕可有"爲渠一洗故宫怨"句，唐珏有"故宫烟樹翠陰冷"句，仇遠有"齊宫往事謾省"句。

往事魂消：往事，謂齊女化蟬事，詞人寄託所在。魂消，即魂銷，感極而悲也。

⑧ 謾想輕盈粉奩雙鬢好：用蟬鬢典，詳吕同老首注釋⑧"怕翻雙翠鬢"條。吕同老本題同賦有"見洗冰奩怕翻雙翠鬢"句，王沂孫有"鬢影参差斷魂青鏡裏"句，"爲誰嬌鬢尚如許"句，周密有"翠奩應怪我雙鬢如雪"句，陳恕可有"任翻鬢雲寒"句，唐珏有"晚妝清鏡裏猶記嬌鬢"句，唐藝孫有"半窗留鬢影"句，仇遠有"凉生鬢影"句。

按："齊宫"至"雙鬢好"五句寫"餘悲獨省"，兼應上片"淒凉"句。意謂齊后化蟬後，已不見歸返齊宫之路。夜闌人静，詞人感傷往事，唯歎息而已，徒然想像從前齊后粉奩理妝之態，雙鬢輕盈之好。往事者何？詞人未有言明，意者，亦借齊后忿死化蟬事以寄託宋宫人事。宋宫人如王清惠與四貞婦者固可悲可憫，若楊淑妃遭遇，亦甚可哀可忿。《宋史》卷二百四十三《后妃下》："至元十四年(1277)，大軍圍昰(宋端宗趙昰，1269—1278)於海上。明年(1278)四月，昰卒，昺(少帝趙昺 1272—1279)代立。十六年(1279)春二月，昺投海死，妃(楊淑妃)聞之大慟，曰：'我艱關忍死者，正爲趙氏祭祀尚有可望爾，今天命至此，夫復何言！'遂赴海死。其將張世傑(？—1279)葬之海濱。"

【輯評】

徐珂校訂《天蘇閣叢刊》本《樂府補題》："蜕仙"至"林杪"二句連圈。"長吟"至"深窈"三句連點。"微薰"至"幽抱"三句句圈。"斷響"至"秋早"三句連點。

黄兆顯《樂府補題研究及箋注》:“薄暑三句聽蟬。齊宫三句指后妃北上事。結句望其無恙,亡國之音哀以思。”

山村　仇遠仁近①

夕陽門巷荒城曲,清音早鳴秋樹②。薄翦〔一〕綃衣,凉〔二〕生鬢影,獨飲天邊風露③。朝朝暮暮。奈一度淒吟,一番淒楚④。尚有殘聲,驀然飛過别枝去⑤。　齊宫往事謾〔三〕省,行人猶與説,當時齊女⑥。雨歇空山,月籠古樹〔四〕,彷彿舊曾聽處⑦。離情正〔五〕苦。甚嬾〔六〕拂冰絃〔七〕,倦拈琴譜⑧。滿地霜紅〔八〕,淺莎尋蜕羽⑨。

【校勘】

〔一〕“翦”,紅絲欄鈔本、汲古閣鈔本、四庫本、《詞綜》作“剪”。

〔二〕“凉”,紅絲欄鈔本誤作“澡”。

〔三〕“謾”,《歷代詩餘》作“漫”。

〔四〕“樹”,底本原校“一作柳”。紅絲欄鈔本、汲古閣鈔本、四庫本、《詞綜》、《歷代詩餘》作“柳”。

〔五〕“正”,紅絲欄鈔本誤作“止”。

〔六〕“嬾”,汲古閣鈔本、《詞綜》作“懶”。

〔七〕“絃”:底本原校“一作牋”,紅絲欄鈔本、四庫本作“牋”。汲古閣鈔本、《詞綜》、《歷代詩餘》作“箋”。

〔八〕“霜紅”,底本原作“紅霜”,原校“一作霜紅”,紅絲欄鈔本、汲古閣鈔本、四庫本、《詞綜》作“霜紅”。按:“霜紅”,經霜而紅者,指紅葉。今據“一作”及諸本改。

【注釋】

① 山村仇遠仁近：仇遠(1247—1326)，字仁近，一字仁父，錢塘人。自號山村、山村民，人稱山村先生。精擅詩、詞、書法。詩名猶著，與白珽(1248—1328)齊名，人並稱“仇白”。元大德年間，以貧故，任溧陽儒學教授；顧嗣立(1665—1722)《元詩選》謂遠以杭州知事致仕。遠嘗自比“出山小草”，追悔其出仕蒙元，不克以遺民終身也。有《金淵集》、《興觀集》、《山村遺集》及《無絃琴譜》傳世。

② 夕陽門巷荒城曲：高適(約702—765)《寄孟五少府》：“秋氣落窮巷，離憂兼暮蟬。”張籍《法雄寺東樓》：“四十年來車馬絶，古槐深巷暮蟬愁。”耿湋(大歷十才子之一，生卒未詳)《聽早蟬歌》：“依婆娑之古樹，思遼落之荒城。”劉滄《寓居寄友人》：“芳草衡門無馬跡，古槐深巷有蟬聲。”城曲，城角。

清音早鳴秋樹：薛濤(768—831)《蟬》：“露滌清音遠，風吹數葉齊。”李咸用《遣興》：“蟬稀秋樹瘦，雨盡晚雲輕。”

③ 薄翦綃衣：喻蟬翼。詳吕同老首注釋④“冰綃”條。吕同老本題同賦有“綽約冰綃”句，王易簡有“綃衣乍著”句，陳恕可有“昨夜綃衣初翦”句，“與整綃衣”句，唐珏有“綃衣翦霧”。

凉生鬢影：用蟬鬢典，詳吕同老首注釋⑧“怕翻雙翠鬢”條。吕同老本題同賦有“見洗冰奩怕翻雙翠鬢”句，王沂孫有“鬢影參差斷魂青鏡裏”句，“爲誰嬌鬢尚如許”句，周密有“翠奩應怪我雙鬢如雪”句，陳恕可有“任翻鬢雲寒”句，“謾想輕盈粉奩雙鬢好”句，唐珏有“晚妝清鏡裏猶記嬌鬢”句，唐藝孫有“半窗留鬢影”句。

按：“夕陽”至“風露”五句泛寫蟬各種特徵，有似唐珏。意謂蟬翅薄生風，棲身高樹，獨飲天邊風露；方此黄昏夕照，清音蟬噪，已響滿荒城窮巷。獨飲風露，有清高出塵之態，或喻宋宫人之如四貞婦、王清惠者。

④ 一度淒吟一番淒楚：徐夤(晚唐人，生卒未詳)《長安即事三首》其一：“便隨鶯羽三春化，只説蟬聲一度愁。”

⑤ 尚有殘聲驀然飛過别枝去：方干《旅次洋(一作揚)州寓居郝氏林亭》："蟬曳殘聲過别枝。"

按："朝朝"至"别枝去"五句寫蟬聲。意謂蟬不計朝暮而噪，奈何他一度淒吟，竟是一番淒楚；蟬尚有殘聲未盡，驀然飛起，又過别枝去矣。"淒吟"、"淒楚"二句，伏筆下片"齊宫"、"齊女"、"離情"諸句。

⑥ "齊宫"至"齊女"三句：用齊女典。詳吕同老首注釋⑥"齊姬薄倖"條。省，知曉，憶記，此處作憶記解。"行人猶與説"，"猶與行人説"倒裝。王安石《葛溪驛》："鳴蟬更亂行人耳，正抱疏桐葉半黄。"周密本題同賦有"故苑愁長"句，王沂孫有"夢短宫深"句，"一襟遺恨宫魂斷"句，陳恕可有"爲渠一洗故宫怨"句，"齊宫路杳"句，唐珏有"故宫烟樹翠陰冷"句。吕同老本題同賦有"惆悵齊姬薄倖"句，王易簡有"翠雲深鎖齊姬恨"句，唐珏有"怨結齊姬"句。

⑦ 雨歇空山：劉滄(曉唐人，生卒未詳)《旅館書懷》："雲低遠塞鳴寒雁，雨歇空山噪暮蟬。"

月籠古樹：武元衡(758—815)《送李(一作韋)秀才赴滑州詣大夫舅》："長亭叫月新秋雁，官渡含風古樹蟬。"

按："齊宫"至"聽處"六句借蟬聲寫齊后化蟬往事，應上片"淒吟"、"淒楚"二句。意謂蟬至今猶與行人訴説當時齊宫齊女往事，然事已往矣，憶記亦是徒然。今空山雨歇，月臨古樹，彷彿是舊時曾聽蟬鳴之處。齊宫往事，即齊后忿死化蟬事，意者，亦寄託宋宫人事。

⑧ 離情正苦：離情，即齊后齊宫往事也。羅鄴(825—?)《蟬》："不傍管絃拘醉態，偏依楊柳撓離情。"另詳周密首注釋③"傷情念别"引徐照《柳下聞蟬》。

甚嬾拂冰絃倦拈琴譜：用蔡邕典，詳吕同老首注釋③"絃絶重調"條。吕同老本題同賦有"歎絃絶重調"句，王易簡有"錦瑟重調"句，王沂孫有"謾重拂琴絲"句，"玉箏調柱"句，周密有"危絃調苦"句，陳恕可有"琴絲宛轉"句，唐藝孫有"漸理琴絲"句。

⑨ 淺莎尋蜕羽:莎,莎草。王涯(約 764—835)《宫詞三十首》其二十四:“迎風殿裏罷雲和,起聽新蟬步淺莎。爲愛九天和露滴,萬年枝上最聲多。”蜕羽,借代蟬蜕。劉兼(晚唐五代人,生卒未詳)《新蟬》:“只知送恨添愁事,誰見凌霄羽蜕功。”

按:“離情”至“蜕羽”五句寫聽蟬所感。意謂我爲齊后之離情感傷苦痛,懶得拈琴譜,理絃絲矣。俟異日霜紅遍地之時,再往莎草淺處尋蟬蜕。意者,“離情正苦”句,字面感傷齊后,題外感傷宋宫人;“冰絃”、“琴譜”二句,則與吕同老首“歎絃絶重調”句意近而辭氣更緩。

【輯評】

《詞林紀事》卷二十一引《詞苑》:“仇近仁居錢塘,游其門者,張雨、張翥,俱以能詞名。其詠蟬《齊天樂》極可誦。”

徐珂校訂《天蘇閣叢刊》本《樂府補題》:“朝朝”至“淒楚”三句連點。“尚有”“别枝去”二句連圈。“雨歇”至“聽處”三句連圈。

黄兆顯《樂府補題研究及箋注》:“蒙古入寇,后妃北上,驀然句即指此事。過片接得緊,齊宫三句味之苦不堪言。以下用舊字曾字離字點明已非其地,以下數句以不噪作結,别有章法意法!淺莎一句兼喻宋陵,尤耐人尋味!”

玉笥　王沂孫聖與

一襟遺〔一〕恨宫魂斷,年年翠陰庭宇〔二〕①。乍咽涼柯,還移暗葉,重把離愁低訴〔三〕②。西園〔四〕過雨,漸金錯鳴刀〔五〕,玉箏調〔六〕柱③。鏡掩〔七〕殘妝〔八〕,爲誰嬌鬢尚如許④。　銅仙鉛淚似〔九〕洗,歎〔十〕攜〔十一〕盤去遠,難貯零露⑤。病翼驚秋，枯形閱世，消得斜陽幾度⑥。餘音更苦，甚獨抱清高〔十二〕，頓成淒楚⑦。謾〔十三〕想薰〔十四〕風，柳絲千萬縷⑧。

【校勘】

〔一〕“遺”，《詞綜》、《圖書集成》、《歷代詩餘》、鈔本《玉笥詞》作“餘”。

〔二〕“宇”，底本原校“一作樹”。紅絲欄鈔本、汲古閣鈔本、四庫本、《詞綜》、《圖書集成》、鈔本《玉笥詞》作“樹”。南詞本誤作“羽”。

〔三〕“低訴”，《圖書集成》、《歷代詩餘》、鈔本《玉笥詞》作“深訴”。“訴”汲古閣鈔本、鈔本《玉笥詞》誤作“訢”。

〔四〕“園”，《詞綜》、《圖書集成》、鈔本《玉笥詞》作“窗”。

〔五〕“漸金錯鳴刀”，《詞綜》、《圖書集成》、《歷代詩餘》、鈔本《玉笥詞》作“怪瑶佩流空”。

〔六〕“調”，四庫本作“移”。

〔七〕“掩”，《詞綜》、《圖書集成》作“暗”。

〔八〕“殘妝”，《詞綜》、《圖書集成》、《歷代詩餘》、鈔本《玉笥詞》作“妝殘”。《知不足齋叢書》本王沂孫《花外集》亦作“妝殘”。

〔九〕“似”，四庫本作“如”。

〔十〕“歎”，四庫本作“嘆”。

〔十一〕“攜”，《詞綜》、《圖書集成》、《歷代詩餘》、鈔本《玉笥詞》作“移”。

〔十二〕“高”，《詞綜》、《圖書集成》、《歷代詩餘》作“商”。

〔十三〕“謾”，《歷代詩餘》作“漫”。

〔十四〕“薰”，作“熏”。

【注釋】

① 一襟遺恨宫魂斷：用齊女典。詳吕同老首注釋⑥“齊姬薄倖”條。周

密有“故苑愁長”句，王沂孫第一首有“夢短宫深”句，陳恕可有“爲渠一洗故宫怨”句，唐珏有“故宫烟樹翠陰冷”句，陳恕可有“齊宫路杳”句，仇遠有“齊宫往事謾省”句。

年年翠陰庭宇：詳唐珏首注釋④“怨結齊姬故宫烟樹翠陰冷”條。

② 乍咽凉柯：詳吕同老首注釋②“倦咽高槐驚嘶别柳”條。周邦彦《法曲獻仙音》：“蟬咽凉柯，燕飛塵幕，漏閣籤聲時度。”

離愁：詳仇遠首注釋⑧“離情正苦”條。

按：“一襟”至“低訴”五句寫蟬聲。意謂齊后忿死化蟬後，尚有滿襟遺恨未消，故年年在庭樹翠陰間鳴噪，或棲身樹上，或移身樹葉陰暗處，乍鳴乍咽，只爲再把當日魂斷齊宫之離愁低聲訴説。本詞起調頗有横空而來之勢。“宫魂斷”句伏筆下片“銅仙鉛淚”句。齊后居於深宫，銅仙立於宫闕，兩句前後映照，信乎此中别有寄託。齊后忿死，故生離愁，意者，亦指宋宫人言。此離愁者，宜兼生離者與死别者言，非專指某一宫人也。

③ 西園過雨：吴文英《鶯啼序·荷和趙修全韻》：“殘蟬度曲，唱徹西園”。另詳王沂孫前首注釋⑤“殘虹收盡過雨”條。

金錯鳴刀：錯，《廣韻》“鐸韻”：“倉各切”，入聲。錢昭度（五代吴越國忠懿王錢俶從弟偓之子，生卒未詳）詩：“荷揮萬朵玉如意，蟬弄一聲金錯刀。”金錯刀，古刀幣，王莽（前45—公元23）時製。《漢書》卷二十四《食貨下》：“錯刀，以黄金錯其文，曰‘一刀直五千’。與五銖錢凡四品，並行。”今所見出土實物錢孔上鐫“一”，孔下鐫“刀”，刀身鐫“平五千”，皆是篆文。張衡《四愁詩》：“美人贈我金錯刀，何以報之英瓊瑶。”金錯刀亦詞牌名，今存最早詞作乃馮延巳（903—960）所製，共兩首。王沂孫當用此意，借代樂音，再喻蟬聲。

玉筝調柱：用蔡邕典，詳吕同老首注釋③“絃絶重調”條。吕同老本題同賦有“歎絃絶重調”句，王易簡有“錦瑟重調”句，王沂孫有“謾重拂琴絲”句，周密有“危絃調苦”句，陳恕可有“琴絲宛轉”句，唐藝孫有“漸理琴絲”句，仇遠有“甚嬾拂冰絃倦拈琴譜”句。

按:“西園”至“調柱”三句寫聽蟬。意謂雨後到西園聽蟬,其鳴也,如調理玉箏音柱,撫弄一曲金錯刀。

④ 鏡掩殘妝爲誰嬌鬢尚如許:用蟬鬢典,詳吕同老首注釋⑧“怕翻雙翠鬢”條。此韻應前起調齊后典。吕同老本題同賦有“見洗冰奩怕翻雙翠鬢”句,王沂孫第一首有“鬢影参差斷魂青鏡裏”句,周密有“翠奩應怪我雙鬢如雪”句,陳恕可有“任翻鬢雲寒”句,“謾想輕盈粉奩雙鬢好”句,唐珏有“晚妝清鏡裏猶記嬌鬢”句,唐藝孫有“半窗留鬢影”句,仇遠有“凉生鬢影”句。

按:“鏡掩”至“如許”二句宕開一筆,借蟬鬢典應起調齊后,蓋嬌鬢薄如蟬翼,故由蟬翼聯想到嬌鬢,再聯想到齊后。意謂齊后容貌衰殘,推奩掩鏡,而尚有如許嬌鬢,是又爲誰哉?陳廷焯《白雨齋詞語》謂“此當指王昭儀改裝女冠”。陳説容或有穿鑿之嫌,然若與起調比讀,則謂寄託宋宫人事亦可。意者,此二句謂齊后縱容貌衰殘,不堪攬鏡,猶梳整蟬鬢如許,以喻宋宫人備嘗亡國之苦,體貌衰殘,而自持禮節若素。所爲者,非故君而誰?周濟《宋四家詞選》以爲本詞寓“家國之恨”,即讀上片已可知,讀至下片“銅仙”句,更無可疑也。

⑤ “銅仙”至“零露”三句:用李賀《金銅仙人辭漢歌》典,詳《天香》詠龍涎香王沂孫首注釋②“鉛水”條及同條按語。蟬飲露,故用此典以寄黍離之悲。

⑥ 病翼:賈島《病蟬》:“拆翼猶能薄,酸吟尚極清。”

枯形閲世:蟬以殘病之軀閲盡世情。孫楚(? —293)《蟬賦》:“翼如羅纏,形如枯槁。”

消得斜陽幾度:消,禁得起。另詳吕同老首注釋⑦“暗嗟殘景”條、王易簡首注釋⑧“古木斜暉”條、王沂孫前首注釋⑥“病葉難留纖柯易老空憶斜陽身世”條。

按:“銅仙”至“幾度”六句寫蟬命不永。意謂銅仙以鉛淚洗面,嘆息攜承露盤去遠,難貯露水,則蟬無以爲飲,致使翼病形枯,無怪乎鏡掩妝殘矣。“病翼”“枯形”二句與上片“鏡掩妝殘”句意脉相通。蟬以殘病之軀,閲盡世情,如今又驚悉秋至，不堪消得幾度斜陽，命將盡矣。王沂孫用李賀《金銅仙人辭漢歌》典以寄託亡國之痛，古今論者已多，不繁贅辭。“病翼”“枯形”寫蟬，是喻體，本體是亡國之人，宋宫人與宋遺民自在焉，故今人或以爲王沂孫自道身世。要之，喻體是蟬，本體則上片是宋宫人，下片是亡國之人。

⑦ 餘音更苦：詳吕同老首注釋⑦“餘音”條。

按：“餘音”至“淒楚”續寫蟬聲。意謂病蟬只剩淒苦餘音，其獨抱清高，本應超然忘情，何以頓然落得淒楚若是？陳匪石《宋詞舉》謂“以多情者每似無情，轉疑‘清高’者不應‘悽楚’，更透過一層。”

⑧ 謾想薰風：《南風歌》：“南風之薰兮，可以解吾民之愠兮！南風之時兮，可以阜吾民之財兮！”《史記》卷二十四《樂書》：“夫《南風》之詩者生長之音也，舜樂好之，樂與天地同意，得萬國之驩心，故天下治也。”蘇軾《阮郎歸》：“緑槐高柳咽新蟬。薰風初入絃。”

柳絲千萬縷：許渾《奉命和後池十韻》：“浴鳥翻荷葉，驚蟬出柳絲。”

按：“謾想”二句替蟬追憶昔日盛時。意謂昔日南風吹拂千萬縷柳絲，今日已然不再，徒然追憶而已。陳匪石《宋詞舉》謂“結拍兩語，因過變以下言秋後之蟬，乃回溯‘薰風’時節，蟬之始鳴，‘柳絲’以外不再著一語，作含蓄不盡之勢。其筆曲而不直，其意則回首前塵，無魂可斷，更爲絃外之音。”劉永濟《微睇室説詞》謂“‘謾想’二句，從詞法言，乃宕開作結法；從詞意言，則回憶盛時也。”

【輯評】

周濟《宋四家詞選》：“此家國之恨”。

陳廷焯《白雨齋詞語》卷二：“次章（首章即前首“緑陰千樹”）起句云：‘一襟餘恨宫魂斷。’下云：‘鏡暗妝殘，爲誰嬌鬢尚如許。’合上章觀之，此當指王昭儀改裝女冠。後叠云：‘銅仙鉛淚如洗，嘆攜盤去遠，難貯零露。病翼驚秋，枯形閲世，消得斜陽幾度。餘音更苦。甚獨抱清商,頓成淒楚。'字字淒斷,却渾雅不激烈。'餘音'數語,或有感於'太液芙蓉'一闋乎?"

張德瀛《詞徵》卷五:"王聖與多詠物詞……《齊天樂》詠蟬云:'病翼驚秋,枯形閲世,消得斜陽幾度。'家國之恨,惻然傷懷,殆畫傳中之馬半角也。"

王鵬運《四印齋所刻詞》本《花外集》跋文引端木埰評語:"詳味詞意,殆亦黍離之感也。首句'宫魂'字點清命意。'乍咽'、'還移',慨播遷也。'西窗'三句,傷敵騎暫退,宴安如故也。'鏡暗'二句,殘破滿眼,而修容飾貌,側媚依然。衰世臣主全無心肝,真千古一轍也。'銅仙'三句,宗器重寶均被遷敚澤不下究也。'病翼'二句,更是痛哭流涕,大聲疾呼,言海徼棲流,斷不能久也。'餘音'三句,遺臣孤憤,哀怨難論也。'漫想'二句,責諸臣到此尚安危利災,視若全盛也。"

譚獻《譚評詞辨》卷一:"此是學唐人句法、章法,'庾郎先自吟愁賦'逐其蔚跂。'西窗'句亦排宕法。'銅仙'三句,極力排蕩。'病翼'三句,玩其絃指收裹收,有變徵之音。結筆掉尾不肯直瀉,然未自在。"

徐珂校訂《天蘇閣叢刊》本《樂府補題》:"一襟"至"庭宇"二句連圈。"鏡掩"至"如許"二句連點。"銅仙"至"幾度"六句連圈。"謾想"至"千萬縷"二句連圈。

劉毓盤《詞史》:"張惠言謂其詠物詞並有君國之憂,周選謂其託意既高,隸事亦妙。惟唐珏可與並論,《樂府補題》所録同社各家詞,遠不能及也。"

俞陛雲《唐五代兩宋詞選釋》:"前首詠蟬乃身世之感,此首乃宗社之痛。端木子疇評此詞……其論與張皋文、周止庵之言相合，餘亦從之。滄桑遺黎，誦之嗚咽。”

陳匪石《宋詞舉》：“碧山《龍涎香》、《苔梅》、《紅葉》、《榴花》、《詠螢》、《詠蟬》諸作，論者多以爲各有所指，且求其事以實之……愚以爲詞境之高渾者，行乎其不得不行，不待規規於寄託。在讀者以意逆志，見仁見智，各有會心。若就詞論詞，起處不使一平筆，倒戟而入，自有無限深意，用齊女化蟬事，‘宫魂’二字仍是題面。‘乍咽’、‘還移’，寫蟬之鳴。‘西窗過雨’以下，用排宕法，雖知其心之戚，轉疑其心之歡，至曰‘爲誰嬌鬢尚如許’，則仍不信其魂斷，從反面翻足，以起下文；而五句一氣，又此調常法也。過變小中見大，因蟬飲露而生，故使魏明帝移承露盤故事，折歸‘宫魂斷’之本意。‘病翼’三句，一片變徵之音，誠如陳氏（陳廷焯）所評者。‘餘音’三句，再申占之。以多情者每似無情，轉疑‘清高’者不應‘悽楚’，更透過一層。結拍兩語，因過變以下言秋後之蟬，乃回溯‘薰風’時節，蟬之始鳴，‘柳絲’以外不再著一語，作含蓄不盡之勢。其筆曲而不直，其意則回首前塵，無魂可斷，更爲絃外之音。”

劉永濟《微睇室説詞》：“按二家（端木埰，陳廷焯）所説雖不同，此詞之作，絶非尋常詠物之語，實作者抒寫其家國淪亡之感。‘宫魂’句用齊王妃怨王而死，化爲蟬事，此陳氏據以爲指王昭儀之故……端木不從王昭儀一人立説，似勝陳氏。然句句比附，亦太拘牽。蓋詞家以比興詠物，固有意寄託之句，亦有僅詠本題，與託意無關者，故此詞家論詠物詞，當不粘不脱，乍合乍離，方爲佳作。即如此詞前半，句句以蟬説。從起句以齊王妃寫蟬至‘重把離愁深訴’止皆是。其中‘乍咽’、‘還移’皆渲染蟬之語。‘西窗’以下則聽蟬者之詞。‘瑶佩’、‘玉筝’皆形容蟬聲也。過拍用‘嬌鬢’，乃以古婦人之鬢比蟬翼。蟬翼雖出魏文帝宫人莫瓊樹所制，作者用之，未必以指王清惠。换頭三句用李賀《金銅仙人辭漢歌·序》……如謂元人破宋後，取重器北去，亦無不可。因此事與蟬關係不切，知作者用之，除‘零露’二字略切蟬飲露一點外，别無可説。‘病翼’三句雖亦從蟬立言，實作者自指身世。觀‘驚秋’、‘閲世’等辭可知。‘餘音’則寫秋後之蟬，曰‘獨抱清商’，曰‘頓成悽楚’，皆遺民之痛也。‘謾想’二句，從詞法言，乃宕開作結法；從詞意言，則回憶盛時也。按端木於‘病翼’以下，必切宋事，恐非作者本意。於此有一問題當注意者，即讀者與作者之關係，讀者體會作者之志，不可横生枝節，攙入主觀，方合於孟子‘以意逆志’之論……考端木説此詞中各語……雖似可比附，實非可盡信。蓋端木生當清末，目睹清廷於庚子八國聯軍入京之後，仍然歌舞昇平，心有感觸，故於讀此詞時一發洩之，遂不免摻入個人主觀感覺也。”

錢基博《中國文學史》：“此託蟬以喻王昭儀改裝女冠也。曰‘乍咽凉柯，還移暗葉’，言宋亡而北徙也。‘鏡暗妝殘，爲誰嬌鬢尚如許’，言國破身虜，不欲爲容也。‘餘音更苦，甚獨抱清高，頓成淒楚。謾想薰風，柳絲千萬縷’，則矢艱（堅）貞以自潔，而不欲爲楊柳之隨風作舞，趨炎想薰矣。”

唐圭璋《唐宋詞簡釋》：“此首詠蟬，蓋詠殘秋哀蟬也。妙在寄意沉痛，起筆已將哀蟬心魂拈出，故國滄桑之感，盡寓其中。‘乍咽’三句，言蟬之移棲，即喻人之流徙。‘西窗’三句，怪蟬之弄姿揭響，即喻人之醉夢。‘鏡暗’兩句，承‘怪’字來，傷蟬之無知，即喻人之無耻，真見痛哭流涕之情矣。换頭，嘆盤移露盡，蟬愈無以自庇，喻時易事異，人亦無以自容也。'病翼'三句，寫蟬之難久，即寫人之難久。'餘音'三句，寫蟬之悽音，不忍重聽，即寫人之婉轉呼號，亦無人憐惜也。末句，陡着盛時之情景，振動全篇。太白《越中懷古》有'宫女如花滿春殿，只今惟有鷓鴣飛'詩，蓋上極盛而下極哀，而此則上極哀而下極盛，反剔一句，亦自警動。"

詹泰安《花外集箋注》："按據友人夏承燾考證，《樂府補題》中詠物諸詞，皆作於元世祖至元十五年之後，則端木埰'敵騎暫退，宴安如故'，時間不合，且《補題》中賦蟬，十詞九用鬢鬟，實係賦孟后陵事，與謝翱《古釵嘆》同一故實。"

胡雲翼《宋詞選》："這裏的秋蟬是作者自喻其没落的身世，他的'薰風時期'已隨着南宋的淪亡而消失了。可是詞中只有'銅仙'一典影射亡國，此外便諱莫如深。通篇充滿了'餘恨'、'斷魂'、'鉛淚'、'病翼'、'枯形'、'餘音'，一片淒楚之情，當時士大夫階層的頹喪心境於此可見一斑。"

萬雲駿《詩詞曲欣賞論稿》："此詞藝術性很高，雖用了一些典故，而能融化在整個形象之中。至於批其過於頹廢，亦未必然，此詞還隱藏着不少怨刺之情。"

沈祖棻《清代詞學家的比興説》（收入《宋詞賞析》）："這首詞，如題所示，是詠蟬的。它句句切着蟬説，不但描寫蟬的形狀，並且揣摩蟬的神情。單就這些而論，已經是一篇很完美的作品。但作者的用意却在拿他當時親身領略的家國興亡之感，通過蟬的生活情態來表現。題目雖是詠蟬，主旨却在抒感。作者既然着重後者，讀者也就不能專看表面，因此在這種情形下，言外之旨常常比題中之意更其深摯動人。……至如王沂孫的《齊天樂》詠蟬，則是處處切着蟬講，將蟬人格化了，不但描摹其形態神情，並且寫出了它的身世之感。情詞婉轉，一氣貫穿，構成了一個很完整的藝術形象。但是，這首詞還是明顯地使人看得出，它是别有寄託。因而蟬本來不過是一種小動物，到了秋天，漸近死亡，也是自然現象。若非作者别有用意，是不會以這樣深沉的悲哀和巨大的痛苦來詠嘆它的。同時，如果不是涉及君國之感，詞中也就不會使用'宫魂'、'銅仙'等詞和發出'消得斜陽幾度'、'餘音更苦'這種哀音。這也就構成了其所要寄託的内容與其所賴以寄託的藝術形象之間的某種距離。正因存在着這種距離，所以陳廷焯才一方面説它是'可謂精於比意'，另一方面又説它'不足以言興'。這也就是説，它僅僅做到了周濟所説的'表裏又宜，斐然成章'，'意感偶生，假類畢達'的程度，但還只停留在'專寄託不出'的階段，而没有達到所謂'指事類情，仁者見仁，智者見智'的境界。"

程千帆、吴新雷《兩宋文學史》："詞中淒咽的寒蟬，象徵了宋室的衰亡。上片'宫魂斷'、'移暗葉'，暗示了朝廷的崩解；下片'病翼驚秋，枯形閲世，消得斜陽幾度'，則自寓身世的淒涼。託物喻志，用意遣詞，都在若即若離之間，是十分感人的。王詞託物寓志，無可置疑，但若求之過深，則不免鑿開混沌，欲益反損，這是我們所應當注意的。"

陶爾夫、劉敬圻《南宋詞史》："這首詞與周密《齊天樂・蟬》同爲《樂府補題》中分詠同一主題之作。比較而言，王沂孫這首《齊天樂》比周密那首詞在寄託亡國之思方面更爲明顯。起拍至'重把離愁深訴'五句，説明'蟬'是后妃魂靈所化。'宫魂'二字即指此而言。而'蟬'的悲鳴正是在'深訴'自己的'離愁'和'餘恨'。全篇也由此籠罩在深秋肅殺與淒涼無助的悲劇氣氛之中。此爲作者之所聞,是第一層。'西窗過雨'至上片結尾五句是第二層。'過雨',象徵時事巨變。'雨',是秋雨。'一場秋雨一場凉'。'過雨',意味着寒蟬愈益接近自己的末日。這就更加引起作者的關注,於是禁不住向窗外望去,進入耳鼓的是一陣玉佩撞擊般的聲響,又象是誰在彈弄玉箏的絃柱,最後才發現是寒蟬向上空飛去,薄薄的蟬翼光潔而又透明。對此,作者止不住暗嘆道:'鏡暗妝殘,爲誰嬌鬢尚如許?'此二句表面用魏文帝宫人'制蟬鬢'的典故,實際却與'發陵之案'相關。據載唐珏等人在收集被發掘的南宋帝王后妃遺骸時,曾發現孟后的髮髻長七尺有餘,光澤如新並簪有短釵。所以'蟬鬢'很可能與此相關。下片,换頭至'消得斜陽幾度'六句是一層,作者用李賀《金銅仙人辭漢歌》中詩句與'拆遷銅人'事典,並通過'露'這一細節,把南宋滅亡、帝后陵墓被盜與蟬的命運聯繫在一起,構成'渾化無跡'的藝術世界。古人認爲蟬是靠餐風飲露維持生命的,如今維持生命的承露盤已被新王朝拆遷運走,哪裏還有露可飲用呢?再加上'病翼驚秋,枯形閲世'的悲慘現實,寒蟬再也無法經受幾次摧殘了。這六句是作者之所想,從'餘音更苦'至終篇又是一層,寫作者之所感。作者深感蟬的'餘音'已成絶響,聽之倍加淒苦,於是不禁嘆道:爲什麽你總是覺得自己無上清高而結局却如此悲慘,回憶過去的繁盛又有何補益呢?這首詞通過詠蟬對南宋滅亡表示深深哀悼,對帝后陵墓的盜發表示極大悲痛。詞中還揉進作者個人身世之感,寒蟬的悲鳴實際上也是作者(包括宋遺民)滅國亡家後的哀吟。"

葉嘉瑩《碧山詞析論》(收入《迦陵論詞叢稿》):"首先,'宫魂'

二字可能有兩點提示:一則就用字而言,'宮'字可以暗示對朝廷覆亡的哀思;再則就用典而言,齊王后屍化爲蟬的傳説,也可使人聯想到南宋諸后妃陵墓經過發掘後屍骨被棄於草野之悲慘。何况在當年掘墓時,還曾經相傳於孟后陵曾得一髻,其上尚有短金釵云云……因此,碧山此詞,便不僅可能有對后妃陵墓被掘之悲慨,而且其詞中之'爲誰嬌鬢尚如許'之句,便也可能有着對於自孟陵掘出之髮髻的聯想。其次,'銅仙鉛淚'三句,也可能有兩點提示:一則就其用李賀《金銅仙人辭漢歌》之典故而言,當然可能含有一種盛衰興亡的易代之悲;再則就當時之歷史背景言,臨安之淪陷、諸陵之被掘,事實上的確有很多宗器重寶都曾經被遷奪而去。至於'病翼驚秋,枯形閱世'兩句,則對於身經亡國之痛的碧山而言,當然更可能有着一份切身的感慨。'斜陽幾度'一句,也可以使人聯想到南宋自臨安之陷、帝㬎之被擄,繼之以瑞宗之歿及帝昺之蹈海的節節敗亡。而'獨抱清高,頓成淒楚'二句,則也可以使人聯想到南宋的一些士大夫,往往自命清高,空談心性,而對於國事之險危則一無補救,一旦覆亡,亦不過但餘淒楚而已。至於結尾的'薰風'兩句,就其所表現之意象,以及有關帝舜之《南風歌》的聯想而言,則當然很可能喻示有作者對於故國承平之日的一份懷戀。"

謝桃坊《宋詞概論》:"作者採用了擬人化的手法,將蟬化爲宫人之魂來描述,這是有寄託之意的。但如果説就用典而言,齊王后屍化爲蟬的傳説也可使人聯想到南宋諸后妃陵墓經過發掘屍骨被棄於草野之悲慘。這聯想畢竟太牽強了,因爲我們從詞裏找不出有關屍骨棄之草野的任何意象或暗示。王沂孫借詠物而寓寫宫人之事的尚有詠水仙和白蓮的兩詞。……這兩詞與《齊天樂・蟬》其悼念宫人之意都是較爲明顯的。如果説它們有寄託，顯而易見的是對宋舊宫人的哀悼。蒙元軍於公元 1276 年春攻占南宋都城臨安後，皇室貴族及衆多宫女都被俘押送北方去……宋亡時以身殉國的宫人是很多的，在宋遺民的詩詞裏時見吟詠。王沂孫對宋舊宫人的悼念也許有具體的對象，但現已無以考知，似乎也無此必要了。從這些詞裏，我們可以見到作者借此以極宛曲地表達了亡國之痛和故國之思。”

王筱芸《碧山詞研究》：“從總體上看，此詞上、下片意象以過片揭櫫的亡國器失情勢爲中心紐結。上片層層鈎勒發端二句哀蟬之身世情思，往復蓄勢，過片方才點睛，構成上片前果後因的逆挽式結構。下片則是前因後果的順序式結構，愈轉愈悲。上下片一逆一順交結於過片，同時又整一渾化於結句與發端首尾呼應的整體中。從時空序列上看，此詞以‘昔—今—他日’的縱剖式方式組織意象，着重對哀蟬隨事態時序變化而變化的情境和情態，作縱剖式展示。但其發端、歇拍、過片、結尾，不使一平筆，全用逆入、逆挽、反折逆收之法，很能使人體會詞人往復曲折、沉鬱悲苦的情緒體驗色調。全詞正是以這種往復曲折、沉郁悲苦的擬人化象徵意象的形態，展示因亡國器失而悲痛至極的宫妃，縱使身化爲蟬，也同樣因爲‘携盤去遠難貯零露’而無法生存的普遍悲劇遭際。縱使生死輪回，人蟬變異，亦無法逃脱這一情勢帶來的普遍悲劇命運，因此亦無法解脱這生死不泯、綿綿無盡的亡國之痛，身世之悲。”

萩原正樹《王沂孫的詠物詞》（收入王水照、保苅佳昭《日本學者中國詞學論文集》）：“由於蟬的壽命比較短暫，所以作爲一般屬性，蟬具有無常的和寂寞的特徵。此外，從見於後唐馬縞的《中華古今注》的故事及將女性的某種髮型稱爲‘蟬鬢’的故事等等也可看出,蟬的形象中也被加入了宫女的美麗和可憐的成份。但是,王沂孫所描寫的蟬,却具有超越這些屬性的特徵。也就是説,在這首詞中,蟬是作爲雖暗含有亡國之怨情,却活到了秋天,而又懷念着美好的過去的東西而受到吟詠的。而且,蟬的這種形象,與在南宋滅亡後還倖存於元代的王沂孫自己的形象,似乎是密切相關的。……王沂孫是將物置入自己的心中加以吟詠的。因此,他在自己的心中想像蟬,在詞裏既寫出了蟬,又寫出了自己的心情。在這首詞中,蟬之所以被吟詠得具有相當特殊的特徵,不外是由於其中注入了王沂孫自己的感情。可以認爲,正因爲這種感情移入是異常强烈的,所以蟬是作爲王沂孫的内心世界的象徵而在詞中受到歌詠的。”

張宏生《秋蟬聲態與亡國之痛》(收入《讀者之心——詞的解讀》):“這首詞是否能〔作〕與宋室傾覆〔想〕(作)聯想的寄託?……首先,詞的題目是蟬。這個題目在晚宋之前的詞壇似乎還没有出現過,也就是説,是詞的新題目,但在詩壇上,却是由來已久了。唐代有所謂詠蟬詩三絶(虞世南《蟬》、駱賓王《在獄詠蟬》、李商隱《蟬》)……清高當然是一種人格,也可以和氣節相關聯。因此,從個人的氣節而到民族的氣節,原是一個順理成章的過程,有其充分的合理性。况且,王沂孫的詞也對此有集中的描寫。其次,從上引三首唐詩看(虞世南《蟬》、駱賓王《在獄詠蟬》、李商隱《蟬》),雖然有寫蟬的傳統意象,但在用典上,王沂孫的詞却是後來居上,尤其是用了齊后忿而死,屍化蟬的典故,這就使得作品的意藴與皇室可能發生關聯。……按照這樣理解,王沂孫用這個典故,寫出了當事人的一種深悲積怨，其情感所指，可以有所對照。第三，换頭所用之漢武銅人離宫的故事，如按照習鑿齒《漢晉春秋》所説……（銅人）是則並未真的遷徙。但李賀《金銅仙人辭漢歌》一直都在‘離’得意思上做文章……王沂孫完全是沿着李賀的思路寫的，所以也有‘銅仙鉛淚似洗，嘆攜盤去遠，難貯零露’之説。這裹有兩點值得注意，一是‘仙人臨載，乃潸然淚下’，定下的基調是亡國之慟，李賀之作表達的主要是興亡之感，王沂孫亦然。二是‘攜盤獨出’到‘嘆攜盤去遠’，王沂孫沿着這一脉絡，也深刻刻劃了銅人的悲傷。從這個意義看，不僅是亡國之慟，而且是背井離鄉的亡國之慟，這些，若説和元兵滅宋、六宫被押解北上産生一些聯想，也不是無緣無故的。”

桂枝香① 天柱山房②擬賦蟹

【校勘】

四庫本無"擬"字。

【注釋】

① 桂枝香:《欽定詞譜》卷二十九收"桂枝香"一調共六體,雙調一百一字五體,雙調一百字一體,以王安石(1021—1086)"登臨送目"詞及陳亮(1143—1194)"天高氣肅"詞爲正體例詞。萬樹《詞律》卷十六收一體,亦以王安石詞爲例詞。徐本立(生卒未詳)《詞律拾遺》卷四補收九十九字一體,以王廷相(1474—1544)"一林紅葉無力"詞爲例詞。據是三書,則此調共有七體。"桂枝香"又名"疏簾淡月"。

按:王安石詞下片"千古憑高對此漫嗟榮辱"、"但寒烟衰草凝緑"二句句讀,《欽定詞譜》與《詞律》異,《欽定詞譜》作"千古憑高,對此謾嗟榮辱"、"但寒烟衰草凝緑";《詞律》作"千古憑高對此,漫嗟榮辱"、"但寒烟、衰草凝緑"。《補題》此調諸作即王安石詞一體,句讀與《詞律》同。

又按:萬樹於王安石詞後注云:"張宗瑞(張輯,南宋人,生卒未詳)'梧桐細雨'一首,取名'疏簾淡月',乃因詞中語以名之,非調有異也。"杜文瀾(1815—1881)校:"(張輯)《東澤綺語債》詞好以詞中語立新名,與本調一無區别,惟此調舊譜分南北詞,如用入聲韻則名'桂枝香',用上去聲韻始可名'疏簾淡月'。"杜文瀾未言"舊譜"爲何譜,亦未斷"舊譜"所言然否。今本題唐藝孫"收帆渡口"一首即用上去聲韻,仍名'桂枝香',則"舊譜"所言,未知何據。

② 天柱山房:《補題》詞人相聚社課之處。天柱山房主人即王易簡。

宛委　陳[一]恕可行之

西風故國。記乍免[二]内黄,歸夢溪曲①。還是秦星夜映,楚霜秋足②。無腸枉抱東流恨,任年年、褪匡[三]微緑③。草汀篝火,蘆洲緯箔,早寒漁[四]屋④。　敍[五]舊别、芳蒭[六]薦玉⑤。正[七]香擘新橙,清泛佳菊⑥。依約行沙亂雪,誤驚窗[八]竹⑦。江湖歲晚相思遠,⑧對寒[九]燈、謾懷幽獨[十]。嫩湯浮眼,枯形[十一]蜕殼,斷魂重續⑨。

【校勘】

〔一〕"陳",南詞本、紅絲欄鈔本、汲古閣鈔本、《詞綜》、《圖書集成》、《歷代詩餘》皆誤作"練"。底本及四庫本不誤。

〔二〕"免",紅絲欄鈔本誤作"兑"。

〔三〕"匡",南詞本、汲古閣鈔本、四庫本、《詞綜》、《圖書集成》、《歷代詩餘》作"筐"。

〔四〕"漁",南詞本、四庫本作"魚"。

〔五〕"敍",四庫本作"料"。

〔六〕"蒭",四庫本誤作"蒭"。

〔七〕"正",紅絲欄鈔本、汲古閣鈔本皆誤作"政"。

〔八〕"窗",紅絲欄鈔本作"囱"。按:"囱"即"囪",同"窗",《説文·囪部》:"在墻曰牖,在屋曰囪。"

〔九〕"寒",底本原校"一作青"。紅絲欄鈔本、汲古閣鈔本皆脱此字,空一格。《詞綜》、《圖書集成》作“孤”。

〔十〕“獨”，紅絲欄鈔本脱，不空格。

〔十一〕“形”，紅絲欄鈔本脱，空一格。

【注釋】

① 西風：秋天蟹肥美。高似孫（1158—1231）《蟹略》卷二“箇蟹”條：“《食療》曰：八月前，每箇蟹腹中稻穀一顆，輸海神。遇（過）八月即好。經霜更美。”西風起則秋至，八月，已仲秋矣。《食療》即孟詵（621—713）《食療本草》，原書已佚，今有燉煌殘本及後人輯本傳世。

故國：有“故鄉”、“故地”、“已亡之國”、“本國”諸義。陳詞一語而兼諸義。

乍免：乍，張相《詩詞曲語詞匯釋》卷一“乍（二）”條：“乍，猶初也，纔也”，“作初字解者語氣緩，作纔字解者語氣緊。”陳詞此“乍”字應作“纔”解。免：離開。“乍免”，纔離開。日月何其速之意。

内黄：許昂霄《詞綜偶評》：“内黄，地名，此特借用。”内黄近黄河，故名，在今河南省。借用者，借内黄之地名以影射蟹。曾幾（1085—1166）《謝路憲送蟹》：“從來歎賞内黄侯，風味尊前第一流。祇合蹣跚赴湯鼎，不須辛苦上糟丘。”“内黄侯”即蟹。陳世崇（1244—1308）《隨隱漫録》卷三：“姑蘇守臣進蟹，應制程奎草批答，云：‘新酒菊天，惟其時矣。’上曰：‘茅店酒旗語，豈王言耶？令陳藏一擬聞。’先臣援筆立成。略曰：‘内則黄中通理，外則戈甲森然。此卿出將入相，文在中而横行匈奴之象也。’上乃悦。”蟹“黄中通理”，故曰“内黄侯”。

溪曲：溪流彎曲處，蟹生長焉。陸龜蒙《蟹志》：“蟹始窟於沮洳中”。沮、洳，古水名，借代溪流。

按：“西風”至“溪曲”三句代蟹立言，意謂蟹於西風中回首從前，記得離開内黄故國，彷是昨日之事；如今，又夢到溪曲故地矣。

② 秦星夜映：黄庭堅《秋冬之間鄂渚絶市無蟹今日偶得數枚吐沫相濡乃

可憫笑戲成小詩三首》其一:“雖爲天上三辰次,未免人間五鼎烹”,任淵注:“陰陽家以井鬼之分爲巨蟹宫”。高似孫《蟹略》卷一《郭索傳》:“孕氣儲精,上應辰次。”許昂霄《詞綜偶評》:“陰陽家以井鬼之分爲巨蟹宫,井鬼分野屬秦。”唐藝孫本題同賦有“秦宫夢到無腸斷”句。

楚霜秋足:蘇轍(1039—1112)《送張恕朝奉南京簽判二首》之一:“楚蟹吴柑初著霜,梁園官酒試羔羊”。另參前“西風”條。高似孫《蟹略》卷二“蟹品”條有“楚蟹”一品。

按:“還是”至“秋足”二句,意謂巨蟹星宫依然映照秦地夜空;楚霜已降,秋意彌足,捕蟹時節至矣。

③ 無腸:蟹别號“無腸公子”。葛洪(284—363?)《抱樸子内編·登涉》論凡人入山宜忌甚詳,謂山中有山精,其於辰日自稱“無腸公子者,蟹也。”唐彦謙(?—893?)《蟹》:“無腸公子固稱美,弗使當道禁横行。”唐藝孫本題同賦有“秦宫夢到無腸斷”句,唐珏有“西風有恨無腸斷”句。

東流:傳説蟹秋冬之交入海以朝蟹王。陸龜蒙《蟹志》:“蟹始窟穴於沮洳中,秋冬交必大出,江東人云:‘稻之登也,率執一穗以朝其魁,然後從其所之也。早夜觱沸,指江而奔。漁者緯蕭承其流而障之,曰‘簖’。簖,斷其江之道焉爾。然後扳援逸,遯而往者十六七。既入於江,則形質寖大於舊。自江復趨於海,如江之狀,漁者又簖而求之。其逸遯去者又加多焉。既入於海,形質益大,海人亦異其稱謂矣。’嗚呼!穗而朝其魁,不近於義耶?舍沮洳而之江海,自微而務著,不近於智耶?”高似孫《蟹略》卷一《郭索傳》:“歲至西風高爽,霜深月峭,嘉穀登實之秋,更甚得志,至采雙穗以朝其魁,是爲智且義者”。另參前“西風”條引孟詵《食療本草》説。唐珏本題同賦有“恨東流幾番潮汐”句。

按:陳詞上片命意即在蟹入海朝魁一典,前曰“乍免内黄歸夢溪曲”者,是逆起筆法,而歸本於此典,意謂蟹已爲漁人所捕,無由入海以朝蟹王魁長。

褪匡:匡,蟹殼;褪匡,褪换蟹殼。《禮記·檀弓下》:“蠶則績而蟹有匡。”孔穎達疏:“蟹有匡者,蟹背殼似匡,仍謂蟹背作匡”。蟹褪匡則形寖大。

微緑：蟹殼青緑色。皮日休（約 834—約 883）《病中有人惠海蟹轉寄魯望》："紺甲青筐染菭衣，島夷初寄北人時"。

④ 篝火：蟹火，所以誘蟹也。高似孫《蟹略》卷二"蟹火"條："吴人取魚執火，蟹則易集"。白居易《重題别東樓》："春雨星攢尋蟹火，秋風霞颭弄濤旗"原注："餘杭風俗：每寒食雨後夜凉，家家持燭尋蟹，動盈萬人。每歲八月迎濤，弄水者悉舉旗幟焉。"王禹偁（954—1001）《憶舊游寄致仕了倩寺丞》："草没潮泥上，沙明蟹火然。"黄庭堅《秋冬之間鄂渚絶市無蟹今日偶得數枚吐沫相濡乃可憫笑戲成小詩三首》其一："怒目横行與虎爭，寒沙奔火禍胎成"。

緯箔：蟹簖、蟹簾、蟹簄、蟹篝等捕蟹具。高似孫《蟹略》卷二"蟹簾"條："吴越之人取蟹，編簾以障，謂之蟹簾"；"蟹簄"條："簄葉，亦如簾"；"蟹篝"條："篝者，以竹爲簍，上接簖、簾者也"。蟹簖詳前引陸龜蒙《蟹志》。

按："無腸"至"漁屋"五句寫漁人捕蟹，意謂任蟹年年褪殼，以期入海朝蟹王，亦是枉然，漁人早已佈置蟹火蟹簾，於此早寒時節誘捕。東流入海朝覲蟹王之願，空成遺恨也。唐藝孫本題同賦有"認遠岸夜篝松炬如晝"句，唐珏有"夜燈爭聚微光掛影誤投簾隙"句，吕同老有"猶記燈寒暗聚簖疎輕入"句。

又按：崖山戰敗，宋主入海不歸，故夏承燾（1900—1986）《〈樂府補題〉考》以爲蟹喻宋主。夏説恐未必然。元初立國，有徵召故宋士人出仕之策，當時爲勢所迫或甘心降志者不少，即宋宗室趙孟頫（1254—1322）亦不免。《補題》詞人王沂孫、仇遠亦曾出任山長或教授等儒官。至元二十七年（1290）陳恕可出任西湖書院山長，此後歷任崇德州儒學教授、廬州路儒學教授、衢州路江山縣主簿、寶慶路總管府知事、松江府上海縣丞。年六十八，以承務郎平江路吴縣尹致仕，是陳恕可亦仕元。意者，陳恕可以漁人喻蒙元，以蟹喻迫於仕元者，亦自喻也；士人之見迫於蒙元，猶蟹之見補於漁人，無由入海以朝覲其魁長矣。

⑤ 芳篘：篘，《廣韻》"尤韻"，楚鳩切，竹製濾酒器，借代酒。芳篘，美酒。

薦玉：薦，進獻。玉，白玉，借喻蟹肉。張耒（1054—1114）《寄文剛求蟹》：

“筐實黄金重，螯肥白玉香”。

⑥ 香擘新橙：擘，擘蟹食其肉；香擘，言擘開蟹螯蟹殼，香氣撲人。陸龜蒙《和襲美釣侶二章》其一：“相逢便倚蒹葭泊，更唱菱歌擘蟹螯。”

按：宋人食蟹助以橙。黄庭堅《秋冬之間鄂渚絶市無蟹今日偶得數枚吐沫相濡乃可憫笑戲成小詩三首》其三：“解縛華堂一座傾，忍堪支解見薑橙。”林洪（南宋人，生卒未詳）《家山清供》卷上“蟹釀橙”條：“橙用黄熟。大者截頂，剜去穰，留少液，以蟹膏肉實其内，仍以蒂枝頂覆之，入小甑，用酒、醋、水蒸熟，用醋鹽供食，香而鮮，使人有新酒菊花、香橙螃蟹之興。因記危巽齋（稹，1158—1234）贊蟹云：‘黄中通理，美在其中；暢於四肢，美之至也。’此本諸《易》，而於蟹得之矣，今於橙蟹又得之矣。”周邦彦（1056—1121）《少年游》有“并刀如水，吴鹽勝雪，纖指破新橙”之句。後人詠蟹之作，有引用以切題者，方岳（1199—1262）《滿庭芳・擘蟹醉題》上片：“橙香也，不閒左手，除是付詩家”，唐藝孫本題同賦有“幾度金橙香霧，玉盤纖手”句，唐珏有“纖手香橙風味”句，吕同老有“翠橙絲霧”句。諸家特借周詞“纖指破新橙”句以應食蟹。

清泛佳菊：泛，透出，清泛，猶言透出清香。佳菊，菊花酒。高似孫《蟹略》卷一“肥”條引自作詩：“菊報酒初熟，橙催蟹又肥”；卷二“老蟹”條引自作詩：“菊報香篘熟，橙催宿蟹肥”，即林洪《家山清供》所謂“新酒菊花、香橙螃蟹”者。此句與前“香擘”句對偶，“香”“清”互文見義。唐藝孫本題同賦有“漸嫩菊、新篘緑酒”句，吕同老有“常是籬邊早菊，慰渠岑寂”句。

⑦ 依約行沙亂雪誤驚窗竹：辛棄疾（1140—1207）《上西平・會稽秋風亭觀雪》上片：“何如竹外，静聽窣窣蟹行沙”。唐藝孫本題同賦有“還見沙痕雪際，水紋霜後”句，唐珏有“江湖歲晚聽飛雪，但沙痕、空記行跡”句，吕同老有“更誰憐、草泥蹤跡”句。

按：“敘舊别”至“窗竹”五句寫敘舊啖蟹，意謂主人已備妥菊花新酒、香橙螃蟹，與故人敘舊共享。隱約聽得窗外有聲，應是蟹行細沙，誤碰修竹者。意者，蟹之碰竹曰“誤”，略有自辯自解之意，兼以起興，引下“江湖”句。

⑧ 江湖歲晚相思遠：方岳《滿庭芳・擘蟹醉題》下片："笑鱸魚雖好，風味爭些。醉嚼霜前鬆雪，江湖夢、不枉歸槎。"方岳用張翰蓴鱸歸思事詠蟹而著"江湖"一辭，爲《補題》詞人所本，唐珏本題同賦有"江湖歲晚聽飛雪"句。陳恕可詞"想思遠"者，應是另一人，非敘舊者。謂方此急景殘年，所念之人仍流落江湖遠處。所念者誰，陳恕可未言明，故謂帝㬎君臣可，謂詞人舊友亦可，難以坐實也。意者，以帝㬎君臣爲近。

⑨ 謾懷幽獨：幽獨，寂寞孤獨。謾懷幽獨，徒然滿懷寂寞孤獨。

嫩湯浮眼：嫩湯，初滾之水；浮眼，水初滾，氣泡浮水面，小如蟹眼，曰蟹眼湯。楊萬里《芥虀》："蟹眼嫩湯微熟了"；張元幹《浣溪沙》(棐几明窗)："蟹眼湯深輕泛乳"。宋人多以蟹眼湯爲烹茶之佳者。"嫩湯浮眼"影射"蟹"。

枯形蜕殼：見前"褪匡"條。又傅肱(北宋人，生卒未詳)《蟹譜》卷下"螺化"條注云："近青龍鎮於江塗中得蟹，螯跪俱脱，其行自若，初驚爲怪。及熟烹去殼，則將化爲蟬矣。噫！物之變化萬狀，固不可究詰。今觀蟬之首腹，頗與蟹相類，誠亦有是，但慮驚俗，又非予之所親見，故附録之。"

斷魂重續："重續斷魂"倒裝，即再續已斷之魂。上片云蟹爲漁人捕去，不得朝蟹王，徒然抱恨，故魂爲之斷。再續已斷之魂者，謂東流入海之心不已，應前"無腸枉抱"一韻。

按："江湖"至"重續"五句感懷傷念，意謂因眼前情景而想到遠方之人，當此殘年急景，應是流落江湖，無由相見矣；如今只得獨對寒燈，徒然滿懷相思，滿懷寂寞孤獨。忽見蟹眼茶湯滾起——想料蟹仍褪殼，再續令人神傷之入海心願。陳恕可雖心繫宋主，魂牽夢縈不已，然既身仕蒙元，則唯有抱恨而已。

【點評輯録】

陳廷焯《雲韶集》卷十："悽怨不勝，如讀《詩》之變雅。襯染處亦清微有味。結得淒咽。"

徐珂校訂《天蘇閣叢刊》本《樂府補題》："西風故國"一句連圈。

"無腸枉抱"至"褪匡微緑"句圈。"江湖"至"幽獨"三句連圈。

黄兆顯《樂府補題研究及箋注》:"蟹以八九月爲最佳,冬後輪芒可食,起數句用此意。無腸以下取蟹。下闋食蟹,寒燈應篝火,結二句傷懷,寫蟹自寫,合爲一矣。"

瑶翠　唐藝孫英發

收帆渡口。認遠岸夜篝,松炬如晝①。還見沙痕雪外〔一〕,水紋霜後。②秦宫夢到無腸斷〔二〕③,望明河、月斜〔三〕疏柳。瑣窗相對,茶邊猶記,眼波頻溜④。　漸嫩菊、新篘〔四〕緑酒⑤。歎〔五〕風味尊前,瀟灑〔六〕如舊⑥。幾度金橙香霧,玉盤纖手⑦。清愁小醉淒涼裏,拚今生、容易消瘦。草心春淺,年年〔七〕相憶,看燈時候。⑧

【校勘】

〔一〕"外",底本原作"漲",南詞本、四庫本亦作"漲",紅絲欄鈔本、汲古閣鈔本脱。底本原校"一作際",唯今傳諸本無作"際"者。《詞綜》、《圖書集成》及《歷代詩餘》作"外"。本題諸家此句皆對偶,英發此詞亦應對偶,今據參校本改。

〔二〕"秦宫夢到無腸斷",紅絲欄鈔本誤作"秦官夢别年腸斷"。

〔三〕"月斜",紅絲欄鈔本脱"月"字,空一格。"斜",底本原校"一作殘",紅絲欄鈔本、汲古閣鈔本、四庫本、《詞綜》、《圖書集成》及《歷代詩餘》皆作"殘"。南詞本作"斜"。

〔四〕"篘",南詞本、四庫本誤作"芻"。

〔五〕"歎",紅絲欄鈔本、南詞本、汲古閣鈔本、四庫本作"嘆"。

〔六〕“瀟灑”，南詞本、四庫本作“瀟洒”。汲古閣鈔本作“蕭灑”。紅絲欄鈔本“瀟”作“蕭”，“洒”從女不從水（氵）。

〔七〕“年年”，紅絲欄鈔本誤作“年季”。

【注釋】

① 認遠岸夜篝松炬如晝：詳陳恕可首注釋④“篝火”條。

② 還見沙痕雪外水紋霜後：詳陳恕可首注釋⑦。

按：“收帆渡口”五句寫捕蟹，意謂漁船已收帆，歸泊渡口。但見遠岸燃起捕蟹篝火，光如白晝。又見沙痕雪外，水紋霜後，有蟹行之跡。想蟹已爲漁人捕去矣。作意與陳恕可相仿。

③ 秦宮夢到無腸斷：詳陳恕可首注釋②“秦星夜映”條，注釋③“無腸”條。

按：“秦宮”至“疏柳”二句寫夜觀巨蟹宫，意謂夢到天上巨蟹星宫，已無腸可斷，唯隔箇疏柳，空望明河斜月而已。“秦宮夢到”即“夢到秦宮”，夢者是蟹是人，一語雙關。夢到秦宮，即夢回故國之意，以天上巨蟹星宫喻人間宫城也。“無腸斷”應蟹，並寄意悲痛已極，腸已斷盡，更無可斷。

④ 茶邊猶記眼波頻溜：詳陳恕可首注釋⑨“嫩湯浮眼”條。

按：“瑣窗”至“頻溜”三句寫蟹眼茶湯，意謂猶記從前與佳人於瑣窗之下相對烹茶，茶湯蟹眼初起，佳人眼波頻溜。瑣窗茶邊三句，盪開一筆，相對且眼波頻溜者，佳人也。“眼波頻溜”應蟹而轉指佳人，即沈義父《樂府指迷》所謂“著些艷語”者。

⑤ 漸嫩菊新篘綠酒：詳陳恕可首注釋⑤“芳篘”條，注釋⑥“清泛佳菊”條。

⑥ 風味尊前：尊即樽。高似孫《蟹略》卷一“風味”條注：“惟黄太史稱其味。孟詵曰：能去五臟中煩悶氣。此句絕奇。陸龜蒙又稱：其骨清有旨哉。”按：黄庭堅詠蟹味諸作，用“風味”者不少。“風味尊前”一語亦出黄詩，黄庭堅

《秋冬之間鄂渚絶市無蟹今日偶得數枚吐沫相濡乃可憫笑戲成小詩三首》其二:“也知齾觫元無罪,奈此尊前風味何。”曾幾(1085—1166)《謝路憲送蟹》:“從來歎賞内黄侯,風味尊前第一流。”

⑦ 幾度金橙香霧玉盤纖手:詳陳恕可首注釋⑥“香擘新橙”條。

按:“漸嫩菊””至“纖手”五句寫啖蟹與感舊,意謂以菊花新酒助品蟹風味,其瀟洒情懷,一如舊日。昔日多少次,佳人捧上玉盤金橙,纖手撕破橙皮,橙油濺出如霧,香氣四溢。

⑧ “草心”至“時候”三句:啖蟹宜在秋冬間,則“草心春淺”者,即冬後早春時節。高似孫《蟹略》卷二“燈蟹”:“吴越及中都以上元時蟹爲貴,謂之‘燈蟹’。踈寮(高似孫)詩:‘風流誇老看元宵’。”“看燈時候”,當指元宵節,唐宋時是夜觀燈,游人極盛。

按:“清愁”至“時候”五句感舊寄託,意謂啖蟹淺醉之後,一片清愁,但覺此生淒凉,容易消瘦。日居月諸,早春又至,此長相憶者,是從前看燈時候啖燈蟹也。結句“看燈時候”别有寄託。據《大元聖政國朝典章》“刑部卷之十九・典章五十七”載,世祖忽必烈中統五年(1264)已有禁夜之設,時尚未滅宋。同卷有“講究開禁燈火”條謂:前潭州路榷茶司提舉鄧撝言南方開禁燈火,時禮部之議有云:“江南初定之時,爲恐人心未定,因此防禁。今歸附年深,尚未蠲除,所害不淺”。時在至元二十九年(1292),距陷臨安已十六年矣,是知前此已有禁燈火之例。禁燈火則元宵亦廢。劉辰翁(1232—1297)《卜算子》下片:“十載廢元宵,滿耳番腔鼓。欲識尊前太守誰,起向尊前舞。”“十載廢元宵”者,實指禁燈火事。宋遺民元宵詞多有撫今追昔,繁華不再之嘆,故詞家好用禁燈火事,唐藝孫“年年相憶看燈時候”者,命意亦然。

【點評輯録】

許昂霄《詞綜偶評》:《桂枝香》【唐藝孫眼波頻溜。】用蟹眼湯入,妙。【嘆風味尊前。】山谷詩:“奈此尊前風味何。”

徐珂校訂《天蘇閣叢刊》本《樂府補題》:“秦宫”至“疏柳”三句連點。“瑣窗”至“頻溜”三句,“對”、“記”、“溜”三字旁點。“清愁”至“消瘦”二句句圈。

黄兆顯《樂府補題研究及箋注》:“起三句捕蟹,以下數句兼寫景,瑣窗三句昔日,因茶興蟹,甚妙。過片正點食蟹,幾度二句又寫往昔,清愁二句承嫩菊三句來,草心三句以情境作結,用看燈二字正合。”

菊山　唐珏玉潛

松江舍北。正水落晚汀,霜老枯荻①。還見青匡〔一〕似繡,紺螯如〔二〕戟②。西風有恨無腸斷,恨〔三〕東流、幾番潮汐〔四〕③。夜燈爭聚,微光挂〔五〕影,誤〔六〕投簾隙④。　更喜薦、新篘〔七〕玉液⑤。正〔八〕半殼含黄,一醉秋色⑥。纖手香橙風味,有人相憶⑦。江湖歲晚聽飛雪,但沙痕、空記行跡⑧。至今茶鼎,時時猶認〔九〕,眼波愁碧⑨。

【校勘】

〔一〕“匡”,南詞本、四庫本作“筐”。

〔二〕“如”,南詞本誤作“似”。

〔三〕“恨”,南詞本作“恨”,諸對校本及參校本俱作“悵”。

〔四〕“潮汐”,紅絲欄鈔本誤作“湖”。

〔五〕“挂”,紅絲欄鈔本、汲古閣鈔本、四庫本作“掛”。

〔六〕“誤”,四庫本作“輕”。“輕”平聲,本句此字本題諸家用仄聲。

〔七〕“篘”,汲古閣鈔本、四庫本誤作“蒭”。

〔八〕“正”,底本、紅絲欄鈔本、汲古閣鈔本誤作“政”,南詞本、四庫本作“正”,《詞綜》、《圖書集成》、《歷代詩餘》亦作“正”,據改。

〔九〕“認”,南詞本作“認”,諸對校本及參校本俱作“記”。

【注釋】

① “松江”至“枯荻”三句:張志和《漁父》五首之四:“松江蟹舍主人歡,菰飯蓴羹亦共餐。楓葉落,荻花乾,醉宿漁舟不覺寒。”唐詞起調“松江舍北”即用張詞“松江蟹舍”句。林逋(967—1028)《秋日湖西晚歸舟中書事》:“水痕秋落蟹螯肥,閒過黄公酒舍歸。”

② 還見青匡似繡紺螯如戟:詳陳恕可首注釋③“微緑”條皮日休引《病中有人惠海蟹轉寄魯望》。

按:“松江”五句寫捕蟹時節已至。意謂方此秋晚,沙汀水落,霜降枯荻上。漁人已準備捕蟹。但見蟹匡青青如錦繡,紺色雙螯如兩戟。

③ 西風有恨無腸斷恨東流幾番潮汐:詳陳恕可首注釋③“無腸”條。

④ “夜燈”至“簾隙”三句:詳陳恕可首注釋④“篝火”條、“緯箔”條。

按:“西風”至“簾隙”五句寫蟹之見捕。意謂蟹幾番隨潮汐東流入海,而漁人却早置蟹火蟹簾誘捕之,多少蟹爭相聚於篝火之下;篝火照影,是蟹已誤入蟹簾,唯恨滿西風,終至無腸可斷矣。唐珏亦以蟹喻仕元者,以漁人喻蒙元,似與陳恕可無異,實則寄興大有不同。陳恕可仕元而唐珏以遺民義士終身,則蟹於陳恕可不無自喻意味,於唐珏則是喻人。“誤投簾隙”者,謂誤爲蒙元徵召而出仕者也。“夜燈爭聚”者,“爭”字微有諷刺之意,刺自甘仕元而非爲勢所逼者。易代鼎革,有爲勢所逼者,亦有自甘投誠者。陳恕可詞有自傷自辯之意,而唐珏此詞則兼同情與諷刺。

⑤ 更喜薦新篘玉液:詳陳恕可首注釋⑤“芳篘”條。

⑥ 正半殼含黄一醉秋色:許昂霄《詞綜偶評》:“正半殼含黄四句。出坡

詩。”蘇軾《丁公默送蝤蛑》:“半殼含黄宜點酒,兩螯斫雪勸加餐。”方岳《滿庭芳·擘蟹醉題》上片:“半殼含黄,雙螯擘紫,風流渾是蘆花。江頭秋老,誰了酒生涯。”

⑦ 纖手香橙風味:詳陳恕可首注釋⑥“香擘新橙”條。

按:“更喜薦”至“相憶”五句寫啖蟹。意謂正以新酒助蟹之際,又想起從前佳人纖手破香橙風味,如今只堪回憶,亦信繫念之人憶我,故曰“相憶”。“相憶”者誰,未易確指,或是未仕元之遠方友人、或是帝昺君臣,難以坐實。意者,以未仕元之遠方友人爲近。

⑧ 但沙痕空記行跡:詳陳恕可首注釋⑦“依約行沙亂雪誤驚窗竹”條。

按:“江湖”二句憶記蟹之見捕。意謂方此殘年急景,我流落江湖,唯聽白雪紛飛;尚記得蟹本擬入海,而竟爲漁人捕去,但留跡沙上而已。蟹之見捕,即舊友之見召,舊友已爲蒙元召去,我空自憶記從前仕元舊友之思宋心跡也。“江湖聽雪”句,感慨悲涼;“空記行跡”句,頗有懷念與感傷之意。

⑨ “至今”至“愁碧”三句:許昂霄《詞綜偶評》:“結用蟹眼湯意,與陳作同。”詳陳恕可首注釋⑨“嫩湯浮眼”條。

按:“至今”至“愁碧”三句續寫憶念。意謂至今烹茶之時,猶從蟹眼茶湯認出蟹之生愁碧眼也。蟹眼生愁,自是想像之辭。生愁者,是逼於仕元者。唐珏同情逼於仕元者,故想像其兩眼生愁也。

【點評輯録】

先著《詞潔輯評》卷五:“詠蟹諸作,多是説人食蟹,惟此調不偏枯。‘西風有恨無腸斷’,此一警語足矣。此唐義士也,昭陵玉匣數首,並沉痛修懷,非復宋人。此君詩詞,俱參上流,不獨高節。”

陳廷焯《雲韶集》卷十:“‘西風’句與行之‘無腸枉抱東流恨’同一妙絶。餘波亦好。”

徐珂校訂《天蘇閣叢刊》本《樂府補題》:“西風”至“潮汐”三句

連圈。“夜燈”至“簾隙”三句連點。

黄兆顯《樂府補題研究及箋注》:“起三寫景,以下寫捕蟹,西風一句用意與行之無腸英發秦宫二句同,無腸可斷實汐社同人心意,輕輕道出,實無限酸楚。過片食蟹。江湖二句急轉直下,空字託出作者意態,結三句與英發大同;一以看燈,一以茶鼎耳。”

紫雲 吕同老和甫

松江岸側。正〔一〕亂〔二〕葉墜紅,殘浪收碧①。猶記燈寒暗聚,簖〔三〕疏輕入〔四〕。②休嫌郭索尊前笑,且開顔、共傾芳液③。翠棖〔五〕含〔六〕霧,玉葱浣〔七〕雪,嫩黄初擘④。
自〔八〕那日,新詩换得。又幾度相逢,落潮秋色⑤。常是籬邊早菊,慰渠岑寂。如今謾〔九〕有江山〔十〕興,更誰憐、草泥蹤跡⑥。但將身世,浮沉〔十一〕醉鄉,舊游休憶。〔十二〕⑦

【校勘】

〔一〕“正”,紅絲欄鈔本、汲古閣鈔本誤作“政”。

〔二〕“亂”:南詞本作“殘”。

〔三〕“簖”,紅絲欄鈔本作“斷”。

〔四〕“入”,紅絲欄鈔本誤作“八”。

〔五〕“棖”,南詞本、紅絲欄鈔本、汲古閣鈔本亦作“棖”,南詞本、四庫本作“橙”,《詞綜》、《圖書集成》、《歷代詩餘》亦作“橙”。按:《説文》“木部”:“棖,杖也。從木,長聲。一曰法也。”段玉裁(1735—1815)注音:“宅耕切。《廣韻》直庚切。”“棖”是“橙”假借字。棖,《廣韻》“庚韻”,直庚切;橙,《廣韻》“耕韻”,

宅耕切。庚耕鄰韻，二字同屬平聲澄母，故可得而叚借。楊无咎（1097—1171）《漁家傲·十月二日老妻生辰》其二："菊暗荷枯秋已滿。棖黄橘緑冬初暖"，"棖黄橘緑"即"橙黄橘緑"。

〔六〕"含"，底本與諸本俱作"絲"，唯四庫本作"含"。按：本題諸家此句與下句對偶，此詞亦當如是。"絲"字無動詞用例，且"絲霧"不辭，與下句"浣雪"不對，故據四庫本改。

〔七〕"浣"：南詞本、紅絲欄鈔本、汲古閣鈔本作"涴"。

〔八〕"自"，底本原校"一作與"，紅絲欄鈔本、汲古閣鈔本、四庫本、《詞綜》、《圖書集成》、《歷代詩餘》皆作"與"。

〔九〕"謾"，四庫本與《圖書集成》作"漫"。

〔十〕"山"，四庫本作"湖"。

〔十一〕"沉"，汲古閣鈔本、四庫本作"沈"。

〔十二〕底本下片結句原校："按此闋《詞綜》作李彭老。"作李彭老誤。《歷代詩餘》亦誤作李彭老。

【注釋】

① "松江"至"收碧"三句：見同題唐珏首注釋①"松江舍北"條。

② 猶記燈寒暗聚簖疏輕入：詳陳恕可首注釋④"篝火"條、"緯箔"條。

按："松江"至"輕入"五句寫捕蟹，意謂紅葉亂墜，江水漸落，是捕蟹時節至矣。尚記得曾見蟹聚於篝火之下，入於蟹簖之中。輕入，喻士人之輕率不深思者應蒙元徵召，入其彀也。此句頗有責備之意。此微露責之之意。

③ 郭索：揚雄（前53—公元18）《太玄·鋭·初一》："蟹之郭索，後蚓黄泉。"葉子奇（1327—1390）《太玄本旨》卷二"初一"注："郭索，蟹多足躁擾貌"。林逋（967—1028）斷句："草泥行郭索，雲木叫鉤輈。"宋人彭氏輯《墨客揮犀》卷六"林逋善詩"條："郭索蟹行貌也。"後借代蟹。

尊前笑：毛友（1084—1165）《康判官寄螃蟹》："沙頭郭索衆横行，豈料身歸五鼎烹。支解樽前供大嚼，胸中戈甲也虚名。"方岳《滿庭芳·擘蟹醉題》下片："笑鱸魚雖好，風味爭些。醉嚼霜前鬆雪，江湖夢、不枉歸槎。"另參唐藝孫首注釋⑥"風味尊前"條。

且開顔共傾芳液：詳陳恕可首注釋⑤"芳醑"條，注釋⑥"清泛佳菊"條。

④ 含霧：撕破橙皮時，橙油濺出如霧，香氣四溢。含霧，則橙皮未破。

玉葱浣雪：葱喻佳人纖指，色如白玉白雪也。金章宗完顔璟（1168—1208）《生查子·擘橙爲軟金杯》："纖纖白玉葱，分破黄金彈。"黄金彈者，橙也。此亦周邦彦"纖指破新橙"之意。

嫩黄初擘：詳陳恕可首注釋⑥"香擘新橙"條。

按："休嫌"至"初擘"五句寫啖蟹，意謂與佳人相對把酒，破橙擘蟹，已足以開顔矣，且莫相嫌也。應前燈寒籪疏句。擘蟹本爲樂事，而曰莫嫌者，則前曾相嫌耶？從前所嫌者，應是仕元士人，非真嫌蟹也；休嫌者，莫再嫌也。略有原宥之意。既責之，又恕之，責恕之間，五情自熱，縱飾以"開顔"，而欲蓋彌彰也。伏下片煞拍"但將"一韻之難言難辨。

⑤ 新詩换得：蘇軾《丁公默送蝤蛑》："堪笑吴興饞太守，一詩换得兩尖團。"饞太守，蘇軾自謂也。雄蟹臍尖，雌蟹臍團，故云尖團。丁公默送雌雄蟹各一，蘇軾回贈詩一首，故云一詩换得。

落潮秋色：林逋《秋日湖西晚歸舟中書事》："水痕秋落蟹螯肥，閒過黄公酒舍歸。"

按："自那日"至"岑寂"五句憶昔感舊，意謂方此落潮秋色時節，又記得自那日新詩换蟹之後，已不逢舊友久矣。渠者，换蟹之舊友。籬邊岑寂二句，想像之辭也。頗有思念及體諒之意。

⑥ 江山興：持螯把盞，閒對江山之興。黄庭堅《謝何十三送蟹》："寒蒲束縛十六輩，已覺酒興生江山。"《代二螯解嘲》："不比二螯風味好，那堪把酒對江山"。高似孫《趙君海惠蟳》："翰林風月從來别，太史江山一味豪。"

草泥蹤跡：林逋："草泥行郭索"。方岳《滿庭芳·擘蟹醉題》下片："草泥、行郭索，横戈曾怒，張翰浮誇。"

按："如今"至"蹤跡"二句感傷蟹之見捕，意謂蟹已爲人捕去，空餘行跡，竟無人憐憫。一念及此，則縱使持螯對江山，亦興味索然。然則吕同老同情逼於仕元者歟？即新詩换蟹者歟？

⑦ 浮沉醉鄉：《晉書》卷四十九《畢卓傳》："卓嘗謂人曰：'得酒滿數百斛船，四時甘味置兩頭，右手持酒杯，左手持蟹螯，拍浮酒船中，便足了一生矣。'"又見《世説新語》卷下之上《任誕》。吕同老詞大有借酒消愁之意。

按："但將"至"休憶"三句自寫胸臆，嘆息世事人情，紛繁糾結，難言難辨，唯圖一醉以忘却從前身世，至若舊人舊事，且莫追憶可也。應上片之既責又恕。由"猶記"蟹之見捕至"休嫌郭索"，至追想新詩换蟹，至謾有江山之興，至"舊游休憶"，詞人心疲慮殫極矣。

【點評輯録】

許昂霄《詞綜偶評》：《桂枝香》【李彭老猶記燈寒暗聚四句】，《蟹譜》："蟹隨潮解甲，更生新者。捕蟹者，緯蕭承其流而障之，名蟹簖。"《癸辛雜識》："江南蟹處蒲葦間，一燈水滸，莫不郭索而來。"【自那日新詩换得。】東坡詩："一詩换得兩尖團。"【草泥蹤跡。】和靖詩："草泥行郭索。"

徐珂校訂《天蘇閣叢刊》本《樂府補題》："休嫌"至"芳液"三句句圈。"如今"至"蹤跡"三句連圈。

黄兆顯《樂府補題研究及箋注》："起三句時，四五捕蟹，以後食蟹，上片追寫，下片今時，聲調漸入淒楚。常是二句喻身世，如今三句比喻，草泥蹤跡表面寫蟹，實是宋陵，但將三句以酒結，正與菊蟹相當，舊游句感慨無限，自亦家國之思！"

附録

朱彝尊《樂府補題原序》

《樂府補題》一卷，常熟吴氏抄白本，休寧汪晉賢購之長興藏書家。余愛而亟録之，攜至京師。宜興蔣京少好倚聲，爲長短句，讀之賞擊不已，遂鏤版以傳。按集中作者唐玉潛氏，以攢宫改殯，義聲著聞。周公謹氏寓居西吴，自稱弁陽老人，而《武陵遺事》題曰泗水潛夫者，《研北襍志》謂即公謹。仇近仁氏詩載月泉吟社中。張叔夏氏詞序爲鄭所南氏作。王聖與氏先叔夏卒，叔夏爲題集，繹其詞，殆嘗仕宋，爲翰林。其餘雖無行事可考，大率皆宋末隱君子也。誦其詞，可以觀志意所存，雖有山林朋友之娱，而身世之感，别有淒然言外者，其騷人《橘頌》之遺音乎？度諸君子在當日倡和之篇必不止此，亦必有序以志歲月，惜今皆逸矣！幸而是編僅存，不爲蟫蝕鼠齧，經四百年，藉二子之功，得復流播於世，詞章之傳不傳，蓋亦有數焉。朱彝尊序。

文淵閣《四庫全書》本《樂府補題》

陳維崧《樂府補題原序》

《樂府補題》倡和，作者爲玉笥王沂孫聖與、蘋洲周密公謹、天柱王易簡理得、友竹馮應瑞祥父、瑶翠唐藝孫英發、紫雲吕同老和甫、賔房李彭老商隱、宛委陳恕可行之、菊山唐珏玉潛、月洲趙汝鈉真卿、五松李居仁師吕、玉田張炎叔夏、山村仇遠仁近,共十三人,又無名氏二人。題爲"宛委山房賦龍涎香"、"浮翠山房賦白蓮"、"紫雲山房賦蓴"、"餘閒書院賦蟬"、"天柱山房賦蟹"。調則爲"天香"、爲"水龍吟"、爲"摸魚兒"、"齊天樂"、"桂枝香",凡五,共詞三十七首,爲一卷。嗟乎!此皆趙宋遺民作也。

粤自雲迷五國,橋識啼鵑;潮歇三江,營荒夾馬。壽皇大去,已無南内之笙簫;賈相難歸,不見西湖之燈火。三聲石鼓,汪水雲之關塞含愁;一卷金陀,王昭儀之琵琶寫怨。皋亭雨黑,旗摇犀弩之城;葛嶺烟青,箭滿錦衣之巷。則有臨平故老,天水王孫,無聊而别署漫郎,有謂而竟成逋客。飄零孰恤?自放於酒旗歌扇之間;惆悵疇依,相逢於僧寺倡樓之際。盤中燭灺,間有狂言;帳底香焦,時而讕語。援微詞而通志,倚小令以成聲。此則飛卿麗句,不過開元宫女之閒談;至於崇祚新編,大都才老夢華之軼事也。乃甌閰覆醬,偶剩殘縑,而市上懸金,從無雕本。蓋赤文緑字,幾經嬴政之灰餘;而玉軸牙籤,久患江陵之道盡。盈篇亥豕,既粉黦而鉛昏;滿幅烏焉,亦紙渝而墨敝。韭花已餾,薑尾長鬖,徒存鼎上之一臠,僅覘雲中之寸爪。於是竹垞朱子,搜於里媪之筐;梧月蔣生,鋟以國門之版。頓成完好,足任流傳。譬之折釵出後,再鐫龍鳳之形;破鏡歸時,重鑄蛟螭之狀。雖或楮上缺文,間同夏五;行中脱簡,略類呼豨。古錢掘得銅蚨,則輪廓槎牙;斷碣捫來石獸,則觚稜缺齾。然而墻邊擫笛,猶能彷彿其聲;海上刺船,尚可低回是曲。周公瑾聞兹妍唱,定屬賞心;桓子野聆此清歌，要爲撫掌云耳。陳維崧序。

文淵閣《四庫全書》本，又見《陳檢討四六》卷九

厲鶚《論詞絶句十二首》之六

頭白遺民涕不禁，《補題》風物在山陰。殘蟬身世香蒓興，一片冬青冢畔心。原注：《樂府補題》一卷，唐義士玉潛與焉。

董兆熊注，陳九思標校：《樊榭山房集》卷七

厲鶚《書樂府補題練恕可名下》

按陳衆仲《安雅堂集》有《陳如心墓志銘》稱："公諱恕可，字行之，一字如心，與古靈先生襄同出五代閩太尉檄之後，後遷會稽，自號宛委居士。至元二十七年，起公爲西湖書院山長，仕至吴興尹。遺文有《宛委永言》、《復古篆韻》、《詞譜編目》、《樂府補題》，藏於家。"觀此，則"練"爲"陳"氏之誤，了然矣。竹垞先生刻《詞綜》，及蔣京少刻此册，皆作"練"，偶未之考也，或原本模糊缺斷，以致亥豕爾。雍正丁未六月二十四日，錢塘厲鶚書。

董兆熊注，陳九思標校：《樊榭山房集》"續集集外文"

《欽定四庫全總目提要》

臣等謹案：《樂府補題》一卷，不著編輯人名氏，皆宋末遺民倡和之作，凡賦龍涎香八首，其調爲"天香"；賦白蓮十首，其調爲"水龍吟"；賦蓴五首，其調爲"摸魚兒"；賦蟬十首，其調爲"齊天樂"；賦蟹四首，其調爲"桂枝香"。作者爲王沂孫、周密、王易簡、馮應瑞、唐藝孫、吕同（老）、李彭老、陳恕可、唐珏、趙汝鈉、李居仁、張炎、仇

遠等十三人，又無名氏二人。其書諸家皆不著録，前有朱彝尊序，稱爲常熟吴氏鈔本，休寧汪晉賢購之長興藏書家，而蔣景祁鏤版以傳云云。則康熙中始傳于世也。彝尊序又稱，當日倡和之篇必不止此，亦必有序以誌歲月惜，今皆逸云云。其説亦是。然疑或墨跡流傳，後人録之成帙，未必當時即編次爲集，故無序目，亦未可知也。乾隆四十四年五月恭校上。

總纂官臣紀昀，臣陸錫熊、臣孫士毅

總校官臣陸費墀

文淵閣《四庫全書》本《樂府補題》

倪一擎《樂府補題序》

《樂府補題》一卷，南宋遺民倡和之詞也。宋人稱長短句爲樂府，若賀方回、康伯可、魏子敬、姚令威等，皆以"樂府"名其集，而曾慥、元好問亦以"樂府"名所選。樂府之聲折備在禁坊，部人職之，其辭則譔自士夫。今曰"補題"者，言就"桂枝香"等聲折，補填以"龍涎香"諸題。身爲宋之遺民，追譜有宋之樂府，志可知矣。

卷中題與調各五，得詞三十有七，作者十有五人。康熙年中，宜興蔣京少曾鏤板傳世，竹垞朱太史爲之序。今其刻亦散落。吾友郁子陛宣得善本，重加讎校，付之鐫本。按此十有五人，自唐珏、周密、仇遠、張炎、王沂孫而外、以朱太史之博覽，尚不能舉其爵里世家，然則古之志士吟人，埋没於塵煨蠹蝕中者，奚翅千萬？斯編幸存於世，乃爲顯其姓氏，發其幽光於吞吐謦欬間，惻然可以識其所抱。世有好學深衷之士，當亦共賞兹絶唱也。

乾隆二十五年暮春之初仁和倪一擎書於有真意齋。

《漱六編》本《樂府補題》

馮金伯輯《詞苑萃編》卷二十一"辨證"引《詞箋》

《樂府補題》,宛委山房賦龍涎香"調則爲"天香"。浮翠山房賦白蓮,調"水龍吟"。紫雲山房賦蒓,調"摸魚兒"。餘閒書院賦蟬,調"齊天樂"。天柱山房賦蟹,調"桂枝香"。倡和作者爲玉笥王沂孫聖與、蘋洲周密公謹、天柱王易簡理得、友竹馮應瑞祥父、瑶翠唐藝孫英發、紫雲吕同老和父、篔房李彭老商隱、宛委陳恕可行之,菊山唐珏玉潛、月洲趙汝鈉真卿、五松李居仁師吕、玉田張炎叔夏、山村仇遠仁近,皆宋遺民作也。按陳恕可别本作練,非。陳旅《安雅堂集》有陳行之墓志云:"會稽陳恕可,古靈先生述古之後,有《樂府補題》一卷。"其爲姓陳無疑。

唐圭璋《詞話叢編》本

謝章鋌《賭棋山莊詞話》卷七"顧梁汾詞"條

余嘗怪今之學金風亭長者,置《静志居琴趣》、《江湖載酒集》於不講,而心摹手追,獨在《茶烟閣體物》卷中,則何也。夫詠物南宋最盛,亦南宋最工。然儻無白石高致,梅溪綺思,第取《樂府補題》而盡和之,是方物略耳,是群芳譜耳,便謂超凡入聖,雄長詞壇,其不然歟。

唐圭璋《詞話叢編》本

王樹榮《樂府補題跋》

《樂府補題》一卷,《知不足齋叢書》本。《四庫提要》謂皆宋遺民詞。榮前讀周止庵《宋詞選》，於唐玉潛賦白蓮曰"冰魂猶在，翠輿難駐"、曰"珠房淚濕，明璫恨遠"，以爲當爲元僧楊璉真伽發宋諸陵而作。又賦蟬曰"佩玉流空、綃衣翦霧"，曰"晚妝清鏡裏，猶記嬌鬟"，疑亦指其事。今讀此卷，依類求之，此意無不可通，殆即玉潛所謂"只有春風知此意，年年杜宇哭冬青"者也。

作者十四人，一佚其名。《四庫提要》謂無姓名者二人，非也。宛委爲陳行之别號，而宛委山房賦龍涎香，陳不與焉；紫雲爲吕和甫别號，而紫雲山房賦蓴吕不與焉；天柱爲王理得别號，而天柱山房賦蟹王不與焉；浮翠山房賦白蓮，餘閒書院賦蟬，浮翠、餘閒，卷中未見。竊謂浮翠卽唐英發之瑶翠而譌，以本卷例之，宋季遺民中如有以餘閒爲别號者，則所佚姓名不難推測而知矣。庚申六月歸安王樹榮剛齋跋。

《彊邨叢書》本《樂府補題》

《全清詞·順康卷》所載《樂府補題》和作檢索

詞人	詞　作	首　句	册　頁
王庭	1. 天香·詠龍涎香	歷品羣芬，俄驚異馥，麝蘭遂覺無味。	第一册，頁 292
	2. 水龍吟·白蓮	摇風映日吹香，天然誰似仙姿好。	第一册，頁 296
	3. 齊天樂·蟬	爲因花落銜思切，清林影裏羣訴。	第一册，頁 296
	4. 摸魚兒·詠蓴	正晴湖、幾番烟雨，春光都在流水。	第一册，頁 296
	5. 桂枝香·蟹	躁心偏拙。	第一册，頁 297
	6. 天香·詠龍涎香，因徵事再作	雲罩山頭，經年不散，怪他嗜睡如許。	第一册，頁 299

續表

詞人	詞 作	首 句	册 頁
尤侗	7. 天香・詠龍涎香	雲氣盤山,雨痕黏草,海天遥識龍睡。	第三册,頁 1551
	8. 桂枝香・詠蟹	漫尋爾雅。	第三册,頁 1557
	9. 齊天樂・詠蟬	小園疏柳斜陽晚,淒然數聲低唤。	第三册,頁 1558
	10. 水龍吟・詠白蓮	誰家淥水銀塘,浚波扶出霓裳女。	第三册,頁 1558
	11. 摸魚兒・詠蓴	問江姝、寶釵半股,又繞青絲一縷。	第三册,頁 1568
吴晉	12. 天香・龍涎香	睡鴨爐前,描鸞鏡畔,幻成蜃氣樓閣。	第四册,頁 2535
徐喈鳳	13. 齊天樂・蟬	偏能蜕化離塵坌,癖愛濃陰嘉樹。	第五册,頁 3089
	14. 摸魚兒・詠蓴	念曾游;五湖三泖,波痕浮翠無數。	第五册,頁 3098
董元愷	15. 水龍吟・白蓮	炎窗絮滿池塘,風鬟露鬢紅衣卸。	第六册,頁 3346
周篔	16. 齊天樂・蟬	柳深深處纖軀掩,憑高鑒鳴無歇。	第六册,頁 3480
毛奇齡	《樂府補題》和詞 17. 水龍吟・白蓮	前湖十里,芙蓉到門,皦皦明如練。	第六册,頁 3743
	18. 摸魚兒・蓴	但秋風;有誰還憶,夏瓜冬菜春韭。	第六册,頁 3743
陳維崧	19. 天香・龍涎香	萬斛蛟漦,千堆蜃沫,沉沉碧海今夜。	第七册,頁 4065
	20. 桂枝香・蟹	蔞蒿淺渚。	第七册,頁 4137
	21. 水龍吟・白蓮	水明樓下相相看,涼荷一色瓏鬆地。	第七册,頁 4144
	22. 齊天樂・蟬	高柯一碧無情極,誰遞晚來秋信。	第七册,頁 4149
	23. 摸魚兒・蓴	憶家鄉、此時節物,四圍槲葉攢錦。	第七册,頁 4264

續表

詞人	詞　作	首　句	册　頁
陸進	24. 天香・龍涎香	鮫市爭收，驪宮探取，海帆曾掛明月。	第八册，頁 4374
	25. 桂枝香・蟹	深秋霜後。	第八册，頁 4378
	26. 水龍吟・白蓮	池塘深處花香，水天交映渾如拭。	第八册，頁 4380
	27. 齊天樂・蟬	新涼初透西風裏，欲睡偏愁頻響。	第八册，頁 4380
	28. 摸魚兒・蓴	記東吴，布帆停處，湖波一夜初滿。	第八册，頁 4385
黄虞稷	29. 水龍吟・白蓮	翠雲香裏神仙，瑶臺别降飛瓊侣。	第九册，頁 5232
朱彝尊	30. 天香・龍涎香	泓下吟殘，波中餤後，珠宫不鎖癡睡。	第九册，頁 5317
	31. 其二	擣就花房，鏤成棗印，匀摹七寶痕淺。	第九册，頁 5317
	32. 桂枝香・蟹	新霜晚渡。	第九册，頁 5343
	33. 其二	緯蕭截水。	第九册，頁 5344
	34. 摸魚子・蓴	記湘湖、舊曾游處，鴨頭新漲初醱。	第九册，頁 5327
	35. 水龍吟・白蓮	緑雲十里吹香，輕紈剪出機中素。	第九册，頁 5325
	36. 臺城路・蟬	苓根化就初無力，温風便聞淒調。	第九册，頁 5342
	37. 其二	蜕餘不作游仙夢，炎天愛浮涼吹。	第九册，頁 5342
沈爾景	38. 天香・龍涎香	槎使曾探，寶床睡起，九天咳唾猶潤。	第九册，頁 5468
	39. 水龍吟・白蓮	三生浣盡鉛華，紫泥不向冰肌污。	第九册，頁 5468

續表

詞人	詞　作	首　句	册　頁
陸棻	40. 天香·龍涎香	白沁蘭膏,烏縹黛翠。	第十册,頁5752
	41. 水龍吟·白蓮	月中第一瑶臺,夜明簾外飛銀鐲。	第十册,頁5752
	42. 摸魚子·蓴	望江南、旅愁如織,紫絲摇漾千頃。	第十册,頁5752
	43. 齊天樂·蟬	掖垣暮隱婆娑影,含風倦摇纖羽。	第十册,頁5752
	44. 桂枝香·蟹	凉飔寥廓。	第十册,頁5753
徐嘉炎	45. 天香·龍涎香	燕脯難尋,蛟腥易厭,冰綃乍傾珠子。	第十册,頁5839
	46. 水龍吟·白蓮	水雲鄉裏風流,霞姿横點瓊酥雨。	第十册,頁5839
	47. 摸魚兒·蓴	問湘湖、幾重烟雨,橋邊雙槳纔度。	第十册,頁5839
	48. 齊天樂·蟬	晝欄沉緑濃陰早,碧陰新桐初老。	第十册,頁5839
	49. 桂枝香·蟹	霜清稻熟。	第十册,頁5840
龔勝玉	50. 天香·賦龍涎香	逸虯潛時,蚴虬騰後,非雲非雨非霧。	第十册,頁6101
丁煒	51. 天香·龍涎香	花樹風寒,玉淵月瞑,眠迴尺木初醒。	第十一册,頁6210
	52. 水龍吟·白蓮	炎風不到瑶池,亭亭玉立矜高潔。未	第十一册,頁6210
	53. 摸魚兒·蓴	麴波平、淨浮新碧,蔚藍遥挂天鏡。	第十一册,頁6211
	54. 齊天樂·蟬	園林過雨喧遮了,重重翠陰成幄。	第十一册,頁6211
	55. 桂枝香·蟹	三津渡口,記雪岸蘆荒,碧痕潮落。	第十一册,頁6211

續表

詞人	詞　作	首　句	册　頁
高層雲	56. 摸魚兒·蓴	憶西風、晚烟吹徹，愛看紺玉千頃。	第十一册，頁 6347
	57. 齊天樂·蟬	枕屏曉殢行雲夢，却早被伊催斷。	第十一册，頁 6347
	58. 天香·龍涎香	濺沫珠輕，浮膏粉薄，迴波試挹凝乳。	第十一册，頁 6351
	59. 水龍吟·白蓮	凉風纔度銀塘，霓裳竝舞驚鴻影。	第十一册，頁 6351
毛際可	60. 摸魚兒·蓴	漾平湖、忽開朝鏡，波間空翠如湔。	第十一册，頁 6431
	61. 齊天樂·蟬	蕭森庭院初晴後，梧桐曉來飄砌。	第十一册，頁 6431
	62. 桂枝香·蟹	將逢重九。	第十一册，頁 6431
曹貞吉	63. 天香·龍涎香	孤嶼荒寒，斷潮嗚咽，抱珠神物濃睡。	第十一册，頁 6492
	64. 桂枝香·蟹	風清露細。	第十一册，頁 6502
	65. 齊天樂·蟬	前身疑是空山侶，遺蜕杳然仙去。	第十一册，頁 6502
	66. 水龍吟·白蓮	平湖烟水微茫，箇人彷彿横塘住。	第十一册，頁 6503
	67. 摸魚子·詠蓴	好清秋、江湖滿眼，畫船鷗鳥爭路。	第十一册，頁 6523
宋犖	68. 天香·龍涎香	島嶼蟠沙，烟波抱月，潛虬吐沫如許。	第十一册，頁 6570
	69. 水龍吟·白蓮	田田漫舞銀塘，魚床捧出黎雲好。	第十一册，頁 6570
	70. 摸魚兒·蓴	甚江東、緑波無際.	第十一册，頁 6570

續表

詞人	詞　作	首　句	册　頁
	71. 齊天樂・蟬	西園漸届清商節。	第十一册，頁6570
	72. 桂枝香・蟹	江湖歲晚。	第十一册，頁6571
李良年	73. 天香・龍涎香	截竹聲收,啗芝脣滑,探珠試約同去。	第十一册，頁6638
	74. 摸魚子・蓴	記年時、千絲縈釜,名泉催汲寒溜。	第十一册，頁6638
	75. 齊天樂・蟬	滿階榆莢墻竹,日長初掃三徑。	第十一册，頁6638
	76. 水龍吟・白蓮	陂塘五月風來,水淇花外娟娟別。	第十一册，頁6639
	77. 桂枝香・蟹	早秔刈了,正墜葉點溪,半篙秋水。	第十一册，頁6639
徐釚	78. 天香・龍涎香	璇室瑶窗,海天良夜,睡鴨朦朧初起。	第十二册，頁6801
	79. 水龍吟・白蓮	銀塘斜織疏烟,薰風吹送湘娥面。	第十二册，頁6801
	80. 齊天樂・蟬	疏林遥挂斜陽淡,抱葉哀吟淒楚。	第十二册，頁6802
	81. 桂枝香・蟹	香秔初熟。	第十二册，頁6802
	82. 摸魚兒・蓴	惹江東、季鷹歸坎,只三泖五湖路。	第十二册，頁6802
周卜年	83. 水龍吟・白蓮	瓊姿不染輕塵,露葉水月渾同趣。	第十二册，頁6826
	84. 齊天樂・蟬	蕭齋吟罷斜陽黯,驚風乍來深院。	第十二册，頁6829
	85. 桂枝香・蟹	金風蕭颯。	第十二册，頁6830

續表

詞人	詞作	首句	册頁
陸次雲	86. 齊天樂・蟬	緑綏已化金蟬去,遺蛻依然抱樹。	第十二册,頁6868
	87. 摸魚兒・蓴	鏡湖中、縠紋緆處,蓴絲摇曳清淺。	第十二册,頁6874
	88. 摸魚兒・白蓮	眾花中,蓮花最異。	第十二册,頁6875
先著	89. 水龍吟・白蓮	烟汀月轉無聲,深飛鷺起人纔見。	第十二册,頁7249
李符	90. 天香・龍涎香	星挂浮槎,珠探遠島,蟠螭碎沫輕杵。	第十三册,頁7501
	91. 水龍吟・白蓮	天孫織就輕綃,問誰翦綴銀塘冷。	第十三册,頁7502
	92. 摸魚兒・蓴	主滄浪、翠痕凉浸,絲似結連理。	第十三册,頁7502
	93. 齊天樂・蟬	薰風池館啼鵑歇,緑窗夢驚嘶早。	第十三册,頁7502
	94. 桂枝香・蟹	秋宵月白。	第十三册,頁7519
周在浚	95. 天香・擬宛委山房賦龍涎香,用王聖與韵	海嶼吹雲,蘇門湧浪,驪龍戲弄舞春水。	第十四册,頁7928
	96. 水龍吟・擬浮翠山房賦白蓮,用周公瑾韵	一天雨洗空濛,湘妃夜剪玻璃碎。	第十四册,頁7928
	97. 摸魚兒・擬紫雲山秀賦蓴,用唐玉潛韵	鼓蘭橈、晚來雨過,衝破碧天秋鏡。	第十四册,頁7929
	98. 齊天樂・擬於閑書院賦蟬,用練行之韵	柳陰斜矗池塘暮,門掩寥深院。	第十四册,頁7929
	99. 桂枝香・擬天柱山房賦蟹,用唐英發韵	楓摇渡口。	第十四册,頁7929

續表

詞人	詞 作	首 句	册 頁
沈皞日	100. 天香·龍涎香	雀尾無脭,紫茸餘瀝,蛛絲畫屏初暝。	第十四册,頁7947
	101. 摸魚兒·蓴	向南塘、風吹魚浪,麴塵不染深碧。	第十四册,頁7948
	102. 水龍吟·白蓮	薰風庭院吹凉,南塘雨過初生緑。	第十四册,頁7955
	103. 齊天樂·蟬	水亭樹樹濃陰外,西山夕陽將落。	第十四册,頁7955
	104. 桂枝香·蟹	分湖野闊。	第十四册,頁7955
	105. 桂枝香·再賦蟹	菱塘風老。	第十四册,頁7956
	106. 摸魚兒·再賦蓴	問湘湖、曲橋涵碧,縠紋落日波碎。	第十四册,頁7956
鄒溶	107. 桂枝香·詠蟹	西風還又。	第十四册,頁8314
蔣景祁	108. 天香·賦龍涎香	大石孤蟠,游鱗羣聚,鮫人夜泣長守。	第十五册,頁8744
鈕琇	109. 天香·龍涎香	杵月千年,槎雲萬里,驪宮唾成珠老。	第十五册,頁8914
	110. 水龍吟·白蓮	蟾宫素女三千,誰教舞向瑶池裏。	第十五册,頁8915
	111. 摸魚子·蓴	過桃花、水痕初漲,吴天遥寫晴鏡。	第十五册,頁8915
	112. 齊天樂·蟬	微薰天氣濃於酒,萬緑陰陰催晚。	第十五册,頁8915
	113. 桂枝香·蟹	蘆花颭雪。	第十五册,頁8915
沈岸登	114. 天香·龍涎香	沫濤沉沙,吟翻亂窟,鮫人迸淚相並。	第十六册,頁9067

續表

詞人	詞 作	首 句	册 頁
	115. 水龍吟・白蓮	晚凉吹遍蘋風,瓊田一片渾無跡。	第十六册,頁 9067
	116. 摸魚兒・蓴	剪新芽、碧痕絃細,一篙湖上催發。	第十六册,頁 9067
	117. 齊天樂・蟬	西窗已漸鳴風葉,斜陽又横高樹。	第十六册,頁 9068
	118. 桂枝香・蟹	虹梁雨洗。	第十六册,頁 9068
顧仲清	119. 水龍吟・白蓮	銀塘匹練平鋪,月華淨洗芙蓉面。	第十六册,頁 9230
	120. 天香・龍涎香	瘴海饞龍,垂涎何物,噴珠唾沫團聚。	第十六册,頁 9230
汪森	121. 摸魚兒・蓴	幾東風、霽光吹暖,青鈿交漾湖水。	第十六册,頁 9256
	122. 水龍吟・白蓮	銀塘一片空明,参差圓掌擎珠露。	第十六册,頁 9263
	123. 天香・龍涎香	鵲腦研霜,蟾華錬粟,芬馥最贏濃氣。	第十六册,頁 9265
	124. 齊天樂・蟬	瑣窗卧窗聽流商近,香篆蕙爐纔闋。	第十六册,頁 9266
	125. 桂枝香・蟹	五湖左側。	第十六册,頁 9269
邵瑸	126. 水龍吟・白蓮	水晶簾裏梳頭,輕姿小立風前動。	第十六册,頁 9318
	127. 齊天樂・蟬	花房春裏游蜂鬧,哀音又來枝上。	第十六册,頁 9349
	128. 桂枝香・蟹	菱歌未遠。	第十六册,頁 9349
高不騫	129. 天香・龍涎香	冰窟浮膠,珠宫濺沫,層層碧浪扶起。	第十七册,頁 9704

續表

詞人	詞 作	首 句	册 頁
	130. 桂枝香・蟹	西風斷浦。	第十七册,頁 9706
	131. 水龍吟・白蓮	水晶簾外娟娟,玉奴初步凌波韈。	第十七册,頁 9706
	132. 齊天樂・蟬	森森白雨垂銀竹,槐庭静無喧吹。	第十七册,頁 9706
	133. 摸魚子・蓴	挂秋風、布帆低亞,平原郇畔還在。	第十七册,頁 9712
曹寅	134. 天香・龍涎香	手撚黄花笑。	第十七册,頁 10018
龔翔麟	135. 水龍吟・白蓮	素瓊太液凌波,分香映浦嬌難定。	第十七册,頁 10132
	136. 摸魚子・蓴	動西風、季鷹歸興,江鄉夜雨初霽。	第十七册,頁 10132
	137. 齊天樂・蟬	緑陰幾日濃如幄,新聲又喧嘉樹。	第十七册,頁 10132
	138. 天香・龍涎香	汎水層波滲沙,鮫人獨木爭赴。	第十七册,頁 10146
	139. 桂枝香・蟹	吴淞夜雨。	第十七册,頁 10146
吴瀠	140. 摸魚兒・賦蓴	趁西風,芰荷斜卷,冰絲晴漾清影。	第十八册,頁 10252
屠文漪	141. 桂枝香・蟹	荒烟野渡。	第十八册,頁 10664
鄒天嘉	142. 天香・龍涎香以下五闋和宋人《樂府補題》	腥採鮫宫,沫探蜃渚,紅薇浥露輕搗。	第二十册,頁 11612
	143. 水龍吟・白蓮	素娥映日開匳,亭亭靚飾偏葱蒨。	第二十册,頁 11612
	144. 摸魚兒・蓴	溯春波,幾番新漲,纖纖錦帶初膩。	第二十册,頁 11613

續表

詞人	詞　作	首　句	册　頁
	145. 齊天樂·蟬	喬林蔭美忘身化，茫茫舊宫何許。	第二十册，頁 11613
	146. 桂枝香·蟹	清秋隴首。	第二十册，頁 11613
所據版本： 南京大學中國語言文學系全清詞編纂研究室編：《全清詞·順康卷》，北京：中華書局，2002 年。			

《全清詞·順康卷補編》所載《樂府補題》和作檢索

李鏡	147. 桂枝香·蟹	孤蹤任遇。	補編第三册，頁 1494
王霖	148. 天香·龍涎香	鮫室波恬，驪宫浪息，乖龍夜半酣睡。	補編第四册，頁 2200
	149. 水龍吟·白蓮	依稀群山玉頭，瑶臺月下相逢處。	補編第四册，頁 2200
	150. 摸魚兒·蓴	聽秋風、又蕭蕭也，何人曾動歸興。	補編第四册，頁 2200
	151. 齊天樂·蟬	飛仙蜕骨今何處，齊宫舊恨銷歇。	補編第四册，頁 2200
	152. 桂枝香·蟹	潮痕落後。	補編第四册，頁 2201
所據版本： 張宏生主編，馮乾、沙先一副主編：《全清詞·順康卷補編》，南京：南京大學出版社，2008 年。			

按：詞人以他調賦《補題》題目者，如談九敘《南浦·蓴》、《瑞龍吟·龍涎香》（第十八册，頁 10485、10497）；徐葆光《滿庭芳·龍涎香》（補編第四册，頁 1890），皆是呼應《補題》，而非和作，故不列於上二表中。

《全清詞・雍乾卷》所載《樂府補題》和作檢索

詞人	詞作	首句	册頁
葉之溶	153. 水龍吟・白蓮	華山玉芬分根,仙葩一洗臙脂紫。	第一册,頁106
	154. 齊天樂・蟬	苦吟只是悲淒調,聲聲似添愁思。	第一册,頁107
	155. 天香・龍涎香	絶島收雲,洪波泛石,鮫人采入龍舍。	第一册,頁107
	156. 摸魚兒・蓴	喜青青、嫩浮甘脆,千絲霧縈口。	第一册,頁107
	157. 桂枝香・蟹	雙螯並聳。	第一册,頁107
陸培	158. 水龍吟・白蓮	插秧歌繞陂塘,炎天吹到香風冷。	第一册,頁156
	159. 桂枝香・蟹	滄江望極。	第一册,頁156
	160. 齊天樂・蟬	西風消息憑伊說,騷人最憐淒調。	第一册,頁157
	161. 摸魚兒・蓴	認釵莖、毵毵漾碧,平鋪波面零碎。	第一册,頁157
	162. 天香・龍涎香	遠泛秋槎,危探碧嶠,乖龍蟄睡遲醒。	第一册,頁157
厲鶚	163. 天香・龍涎香	苦竹潭深,枯桑島遠,靈姝秋卧無味。	第一册,頁270
	164. 摸魚兒・蓴	過清明、第三橋畔,香鈿半漾平碧。	第一册,頁271
	165. 齊天樂・蟬	青林響接炎光水,垂緌不沾塵土。	第一册,頁271
	166. 齊天樂・蟬(其二)	一番枝背旁鳴起,池塘頓添清艷。	第一册,頁271

續表

詞人	詞作	首句	册頁
	167. 水龍吟·白蓮	緑羅萬笠高低,姑山雪擁横塘路。	第一册,頁 272
	168. 桂枝香·蟹	江楓落早。	第一册,頁 272
何夢瑶	169. 齊天樂·詠蟬	疏簾清簟看棋處,微吟暗飄凉吹。	第一册,頁 322
金焜	170. 齊天樂·蟬	前身壞木何時化,年年夏初鳴早。	第二册,頁 812
	171. 水龍吟·白蓮	問誰淨浣妖紅,萬枝白瑩搖晴淥。	第二册,頁 811
	172. 摸魚兒·蓴	漲平湖、一篙新雨,絲絲密罩千頃。	第二册,頁 811
吴焜	173. 天香·龍涎香	絶嶠寒烟,荒洲苦霧,濛濛吹作雲氣。	第二册,頁 1004
	174. 摸魚兒·蓴	望湘湖、一痕縹碧,絲絲點綴明鏡。	第二册,頁 1004
	175. 水龍吟·白蓮	風潭百頃漣漪,楚天寫出秋容淡。	第二册,頁 1004
	176. 齊天樂·蟬	井梧秋飄黄葉,聲聲晚來悽楚。	第二册,頁 1005
	177. 桂枝香·蟹	江空露白。	第二册,頁 1005
	178. 天香·龍涎香	銀葉翻殘,繡衾重罷,縈成幾縷心字。	第二册,頁 1034
	179. 水龍吟·白蓮	玉冠蘸雪凝冰,廉纖寒雨終宵過。	第二册,頁 1034
	180. 摸魚兒·蓴	野艇横、淡烟初斂,晚潮新漲遥岸。	第二册,頁 1034
	181. 桂枝香·蟹	連宵月皎。	第二册,頁 1035

續表

詞人	詞作	首句	册頁
茹敦如	182. 水龍吟·白蓮	何來艷影娉婷,風前翦出輕紈素。	第二册,頁 1041
	183. 摸魚兒·蓴	記橋邊、淡烟横處,小帘初賣新醱。	第二册,頁 1046
	184. 桂枝香·蟹	秋湖欲渡。	第二册,頁 1058
	185. 桂枝香·蟹(其二)	連天白水。	第二册,頁 1058
	186. 天香·龍涎香	何處雷聲,桃此浪裏,驚他一覺酣睡。	第二册,頁 1059
	187. 天香·龍涎香(其二)	百種攢花,千聲搗玉,東官小女眉淺。	第二册,頁 1059
朱方藹	188. 天香·龍涎香	蜃市春回,驪宫睡醒,癡龍凍螯驚起。	第二册,頁 1067
	189. 水龍吟·白蓮	凉波十里芳塘,分明擁出瑶臺景。	第二册,頁 1067
	190. 齊天樂·蟬	緑蔭匝地炎天永,聲聲亂嘶池館。	第二册,頁 1067
	191. 摸魚子·蓴	過西泠、三潭深處,一枝桃漿曾艤。	第二册,頁 1068
	192. 桂枝香·蟹	湖田秋老,見香穗舒芒,雙螯低抱。	第二册,頁 1068
王昶	193. 天香·龍涎香	孤島蟠雲,窮洋蹴浪,蛟宫凍蟄初起。	第二册,頁 1163
	194. 水龍吟·白蓮	玉妃乍换新妝,無情有恨誰人見。	第二册,頁 1164
	195. 摸魚兒·蓴	正吴江、采菱歌罷,凉風一夜蕭槭。	第二册,頁 1164
	196. 臺城路·蟬	千秋未了齊宫怨,年年斷魂誰訴。	第二册,頁 1165
	197. 桂枝香·蟹	江楓欲舞。	第二册,頁 1165

續表

詞人	詞作	首句	册頁
朱昂	198. 天香・龍涎香	蜃市盤雲,鮫宫涌沫,孤槎海月初滿。	第三册,頁1309
	199. 水龍吟・白蓮	月移太液波明,秋風吹滴瑶池露。	第三册,頁1309
	200. 摸魚兒・蓴	望湘皋、碧雲凉影,銀絲鋪水搖漾。	第三册,頁1310
	201. 齊天樂・蟬	夕陽槐影閒庭院,孤高暗翻秋翅。	第三册,頁1310
	202. 桂枝香・蟹	漁舟晚泊。	第三册,頁1310
趙文哲	203. 天香・龍涎香	漲水鋪花,晴雲罩樹,何人獨木摇艇。	第三册,頁1459
	204. 齊天樂・蟬	攔街自唱青林樂,軒窗便聞清唳。	第三册,頁1459
	205. 摸魚兒・蒓	問江東、步兵何事,秋風纔憶歸路。	第三册,頁1459
	206. 水龍吟・白蓮	雙鴛微步難尋,飄零玉玦銀塘畔。	第三册,頁1460
	207. 桂枝香・蟹	相逢一笑。	第三册,頁1460
戴文燈	208. 水龍吟・白蓮用草窗韻	冷雲吹落璚田,露欹翠蓋琉璃碎。	第三册,頁1658
方成培	209. 齊天樂・蟬	陰陰吟遍千山緑,淒清遽驚秋至。	第三册,頁1801
	210. 桂枝香・蟹	楚天空闊。	第三册,頁1801
	211. 天香・龍涎香	黍纏紅絲,香遥脯燕,珠宫暖睡初起。	第三册,頁1801
	212. 摸魚兒・蓴	漾波紋、落英如繡,柳陰初放烟艇。	第三册,頁1802

續表

詞人	詞作	首句	册頁
張素	213. 水龍吟・白蓮	仙人掌上分來,或疑種出瑶池裏。	第四册,頁 2053
徐志鼎	214. 水龍吟・白蓮	碧烟流水無情,陂塘調弄花容好。	第四册,頁 2110
	215. 桂枝香・蟹	秋江露白。	第四册,頁 2117
	216. 齊天樂・蟬	緑烟初印仙蟲社,餘音暗驚平楚。	第四册,頁 2121
	217. 天香・龍涎香	蜃海噴雲,鮫宫舞浪,癡龍幻出香氣。	第四册,頁 2126
	218. 摸魚兒・蓴	望秋江、一泓如鏡,蓴絲波面相接。	第四册,頁 2130
李汝章	219. 齊天樂・蟬	斜暉斂霽林踰淨,單吟擬將簫囀。	第四册,頁 2163
吴煜鳳	220. 天香・龍涎香	鯨島寒嘘,鮫人曉采,沙痕已帶濃篆。	第四册,頁 2397
	221. 水龍吟・白蓮	蕊仙淨洗鉛華,天然玉質臨妝鏡。	第四册,頁 2397
	222. 摸魚子・蓴	怪鮫宫、龍髯誆翦,絲絲疑帶烟浪。	第四册,頁 2397
	223. 齊天樂・蟬	午堂正續槐根夢,數聲又聞高樹。	第四册,頁 2398
	224. 桂枝香・蟹	江南水葩。	第四册,頁 2398
李翮	225. 齊天樂・蟬	客窗四面清商起,聲聲翠烟深處。	第五册,頁 2437
江炳炎	226. 買坡塘	記年時、湖干信宿,隔窗夜雨聲驟。	第五册,頁 2675
	227. 齊天樂・蟬	者番恰又秋來矣,因秋頓添懷抱。	第五册,頁 2681

續表

詞人	詞作	首句	册頁
孫鼎煊	228. 天香・龍涎香	雨浥蕤英,雲淹草甲,褩涎夜翦鮫女。	第五册,頁 2896
	229. 水龍吟・白蓮	若耶溪上徘徊,望中太液波光冷。	第五册,頁 2896
	230. 摸魚子・蓴	愛江鄉、露葵初長,晴絲青逼洲尾。	第五册,頁 2897
	231. 齊天樂・蟬	井欄初罷黄梅雨,薰風送來悽調。	第五册,頁 2897
	232. 桂枝香・蟹	明河渡鵲。	第五册,頁 2897
張奕樞	233. 摸魚兒・蓴	憶楓江、清宵凉席,羹湯調出烟渚。	第五册,頁 2956
顧詒禄	234. 桂枝香・蟹	灘黄露白。	第六册,頁 3104
朱雲翔	235. 水龍吟・白蓮	銀塘風静漣漪,宓妃初學凌波步。	第六册,頁 3523
	236. 臺城路・蟬	桐花散落閒階静,虚窗翠陰迴繞。	第六册,頁 3526
田中儀	237. 天香・龍涎香	潮沫留沙,雲痕積石,鮫人夜取誰使。	第七册,頁 3692
	238. 桂枝香・蟹	秋風岸側。	第七册,頁 2716
	239. 水龍吟・白蓮	銀塘一望清漪,玉奴彷彿凌波穩。	第七册,頁 2719
	240. 齊天樂・蟬	有何新響人間訴,年年翠陰庭院。	第七册,頁 2719
	241. 摸魚兒・蓴	正清秋、蒼茫雲水、野塘摇漾冰綫。	第七册,頁 2720
陸烜	242. 齊天樂・蟬	寓形宇内空如蜕,蕭瑟更逢秋暮。	第七册,頁 2755

續表

詞人	詞作	首句	册頁
張玉穀	243. 天香・龍涎香	鳳腦焚殘，麝臍爇罷，香傳大食尤最。	第七册，頁 4002
吴泰來	244. 天香・龍涎香	珠泊春迴，瓊扉夜扃，依稀千點輕杵。	第八册，頁 4200
	245. 摸魚子・蓴	捲晴雲、翠奩開處，冰絲千縷相接。	第八册，頁 4200
	246. 桂枝香・蟹	連江露白。	第八册，頁 4200
顧懷德	247. 桂枝香・蟹	新楓古渡。	第八册，頁 4258
	248. 水龍吟・白蓮	素花綴向清池，水雲冷淡天無色。	第八册，頁 4259
	249. 齊天樂・蟬	晝長閒聽蟬鳴樹，餘音倍增疏亮。	第八册，頁 4260
	250. 摸魚兒・蓴	漾春波、碧澄湖水，幾莖釵股初展。	第八册，頁 4263
王元勳	251. 桂枝香・蟹	江干小市。	第八册，頁 4458
	252. 齊天樂・蟬	新霜纔到蕭蕭葉，林間便聞清語。	第八册，頁 4458
李葵	253. 天香・龍涎香	海氣蒸雲，星槎泛島，蛟螭涌沫初起。	第八册，頁 4494
	254. 水龍吟・白蓮	虙妃何處歸來，珊珊仙珮留青影。	第八册，頁 4494
	255. 摸魚兒・蓴	翦霜痕、荻蘆洲畔，溪葵摇漾秋水。	第八册，頁 4495
	256. 齊天樂・蟬	雨餘嘒嘒流聲裏，高居緑槐烟杪。	第八册，頁 4495
	257. 桂枝香・蟹	輕舟晚泊。	第八册，頁 4495

續表

詞人	詞作	首句	册頁
王初桐	258. 水龍吟・白蓮	爲誰卸了紅衣,緑房迎曉霜綃翦。	第八册,頁 4664
	259. 摸魚兒・蓴	問何年、龍髯翦墮,冰涎猶自香凝。	第八册,頁 4664
	260. 齊天樂・蟬	蜕衣翦就冰綃薄,高林亂賡新吹。	第八册,頁 4664
	261. 桂枝香・蟹	魚村板屋。	第八册,頁 4665
	262. 天香・龍涎香	采沫鮫宫,漉漦蜑戶,星查催送瀛島。	第八册,頁 4665
張塤	263. 水龍吟・白蓮	海珠有淚無波,西風漸老銀塘藕。	第九册,頁 4849
	264. 桂枝香・蟹	蘆村蓼舍。	第九册,頁 4919
李日華	265. 齊天樂・蟬	殘虹乍斂荷香逗,閒窗漸聞嘶近。	第十册,頁 5361
	266. 摸魚子・蓴	綺霞平、月澄南浦,梳雲鋪水淩亂。	第十册,頁 5362
	267. 桂枝香・蟹	霜澄暗葦。	第十册,頁 5362
	268. 天香・龍涎香	風曳長綃,雲迷錦,瑶宫記涉清淺。	第十册,頁 5363
	269. 水龍吟・白蓮	曩時暗哂詩人,鬧紅一舸斜陽阳。	第十册,頁 5364
孔繼涵	270. 摸魚兒・蟬	遍周遭、一聲聲叫,夕陽冷落高樹。	第十册,頁 5490
	271. 摸魚兒・蟹	正新霜、黄花衰柳,田家剛熟禾黍。	第十册,頁 5490
吴蔚光	272. 齊天樂・蟬	蜕來頭有雙緌戴,何曾再霑塵土。	第十一册,頁 6068

續表

詞人	詞作	首句	册頁
朱楝	273. 臺城路·蟬	濃陰碧樹村村暗,旋聞一聲遮了。	第十一册,頁6424
	274. 桂枝香·蟹	江湖秋老,正荻渚波清,菊花天氣。	第十一册,頁6424
李澧	275. 天香·龍涎香	波伏之間,涎流無礙,無礙,龍須名。	第十一册,頁6443
	276. 水龍吟·白蓮	虹梁幾柄風荷,如何不見濃妝擁。	第十一册,頁6443
	277. 臺城路·蟬	高蹤不逐金貂去,江村慣耽岑寂。	第十一册,頁6443
	278. 桂枝香·蟹	蓴鱸休戀。	第十一册,頁6443
	279. 摸魚子·蓴	雨初消、翠蓴漾處,湖光新沐如鏡。	第十一册,頁6444
吴錫麒	280. 天香·龍涎香	泊月槎横,浮烟路遠,靈漦採自瑶島。	第十二册,頁6571
	281. 摸魚兒·蓴	滿鷗波、罩烟拖雨,凉絲平織千頃。	第十二册,頁6585
	282. 水龍吟·白蓮	水香何處尋來,一痕澹月微茫墜。	第十二册,頁6592
	283. 齊天樂·蟬	翠雲不鎖游仙夢,年年蜕餘催唤。	第十二册,頁6600
	284. 桂枝香·蟹	空江月黑。	第十二册,頁6603
程瑜	285. 天香·龍涎香	駕海鯨飛,乘風蜃散,探奇直上瑶島。	第十二册,頁6679
	286. 水龍吟·白蓮	縞妝澹竚銀塘步。	第十二册,頁6679
	287. 摸魚兒·蒓	逗香波、小魚浮碧,冰涎凉曳清韻。	第十二册,頁6680

續表

詞人	詞作	首句	册頁
	288. 齊天樂・蟬	五更曉樹涼陰嫩，淒淒便傳清響。	第十二册，頁6680
	289. 桂枝香・蟹	漁莊渡口。	第十二册，頁6680
顧敏恒	290. 齊天樂・蟬	一身只愛依亭樹。	第十二册，頁6854
費融	291. 桂枝香・蟹	涼颸古渡。	第十三册，頁7139
	292. 摸魚兒・蓴	愛吴淞、半篙新漲，桃花波面風軟。	第十三册，頁7152
唐仲冕	293. 齊天樂・露蟬	恢台早秉清涼氣，消受淡腴滋味。	第十三册，頁7312
殷如海	294. 齊天樂・蟬	濃陰幾樹藏哀響，聲聲只催斜照。	第十三册，頁7470
汪世雋	295. 齊天樂・蟬	緑陽幾盈樹遥村外，鳴蟬嘶過斜照。	第十三册，頁7545
凌廷堪	296. 天香・和《樂府補題》宛委山房擬賦龍涎香	幽可濳珠，芳偏韞鬣，何時頷下偷取。	第十四册，頁7798
	297. 水龍吟・和《樂府補題》浮翠山房擬賦白蓮	粉痕吹滿銀塘，翠奩虚掩幽芳淨。	第十四册，頁7798
	298. 摸魚兒・和《樂府補題》紫雲山房擬賦蓴	脱龍校、玉絲柔滑，空明深處幽翠。	第十四册，頁7798
	299. 齊天樂・正宮和《樂府補題》餘閒書院擬	糞丸九轉初成後，輕身乍疑鴻漸。	第十四册，頁7799
	300. 桂枝香・仙吕宮和《樂府補題》天桂山房擬賦蟹	菱湖半畝。	第十四册，頁7799

續表

詞人	詞作	首句	册頁
張玉珍	301. 水龍吟・白蓮	銀塘十里波澄,仙人掌上芙蓉吐。	第十四册,頁7859
	302. 齊天樂・詠蟬	虚堂簾捲初聞處,重重緑陰低映。	第十四册,頁7859
王翰青	303. 買坡塘・蓴 三泖漁莊第一敍	正吴江、采菱歌罷,凉風一夜蕭槭	第十五册,頁8296
史蟠	304. 水龍吟・白蓮	一湖曉色通明,露華千點秋園定。	第十五册,頁8463
戴珊	305. 摸魚兒・憶蓴	怪無端、蓴絲興起,吟來倚遍庭竹。	第十五册,頁8512
	306. 桂枝香・憶蟹	舊游如昨。	第十五册,頁8512
江浩然	307. 天香・龍涎香	尺木沉淵,戛銅静谷,靈槎巧被蹤跡。	第十五册,頁8629
所據版本: 南京大學文學院全清詞編纂研究室編,張宏生主編,姚松、馮乾副主編《全清詞・雍乾卷》,南京:南京大學出版社,2012年。			

《全清詞・順康卷》載《樂府後補題》諸家唱和

詞人	詞作	册頁
陸棻	1. 尾犯・筍	第十册,頁5753
	2. 催雪・珍珠蘭	第十册,頁5753
	3. 惜秋華・牽牛花	第十册,頁5754
	4. 留客住・鷓鴣	第十册,頁5754
曹貞吉	5. 惜秋華・牽牛花	第十一册,頁6489
	6. 留客住・鷓鴣	第十一册,頁6493

續表

詞人	詞　作	册　頁
	7. 尾犯·筍	第十一册,頁6493
	8. 催雪·珍珠蘭	第十一册,頁6495
李良年	9. 尾犯·筍	第十一册,頁6635
	10. 催雪·珍珠蘭	第十一册,頁6636
	11. 惜秋華·牽牛花	第十一册,頁6636
	12. 留客住·鷓鴣	第十一册,頁6636
	13. 瑣窗寒·倭奩	第十一册,頁6636
李符	14. 尾犯·筍。案此首以下《珍珠蘭》、《牽牛花》、《鷓鴣》、《倭奩》五首均爲和其家兄良年之作。	第十三册,頁7530
	15. 催雪·珍珠蘭	第十三册,頁7530
	16. 惜秋華·牽牛花	第十三册,頁7530
	17. 留客住·鷓鴣	第十三册,頁7530
	18. 瑣窗寒·倭奩	第十三册,頁7530
沈皞日	19. 尾犯·筍	第十四册,頁7959
	20. 惜秋華·牽牛花	第十四册,頁7960
	21. 催雪·珍珠蘭	第十四册,頁7960
	22. 留客住·鷓鴣	第十四册,頁7960
	23. 瑣窗寒·倭奩	第十四册,頁7960
沈岸登	24. 尾犯·筍	第十六册,頁9068
	25. 催雪·珍珠蘭	第十六册,頁9068
	26. 惜秋華·牽牛花	第十六册,頁9069
	27. 留客住·鷓鴣	第十六册,頁9069
	28. 瑣窗寒·倭奩	第十六册,頁9069

續表

詞人	詞　作	册　頁
邵瓊	29. 催雪・珍珠蘭	第十六册,頁 9355
	30. 瑣窗寒・倭奩	第十六册,頁 9355
龔翔麟	31. 尾犯・筍	第十七册,頁 10153
	32. 催雪・珍珠蘭	第十七册,頁 10153
	33. 惜秋華・牽牛花	第十七册,頁 10153
	34. 留客住・鷓鴣	第十七册,頁 10154
	35. 瑣窗寒・倭奩	第十七册,頁 10154

《蔗塘未定稿・蔗塘外集》本《擬樂府補題》諸家唱和

《擬樂府補題》	詞　人										頁碼
詞　作	厲鶚	陸培	閔華	張弈樞	陳皋	張雲錦	萬光泰	查爲仁	吴廷采	樓錡	
天香・賦薛鏡	√	√	√	√	√	√	√	√	—	—	一上至三上
水龍吟・賦漳蘭	√	√	√	√	√	√	—	√	—	—	三上至五上
摸魚兒・賦芡	√	√	√	√	√	√	√	√	—	—	五上至八上
齊天樂・賦絡緯	√	√	√	√	√	√	√	√	√	√	八上至十一上
桂枝香・賦銀魚	√	√	√	√	√	√	√	√	—	—	十一上至十四上

按:《蔗塘未定稿》今藏北京國家圖書館。

箋注及輯評參考用書

箋注參考書目(姓名筆劃序):

元好問著,狄寶心校注:《元好問文編年校注》,北京:中華書局,2012 年

孔文仲、孔武仲、孔平仲著:《清江三孔集》,文淵閣《四庫全書》本

文震亨著:《長物志》,北京:金城出版社,2010 年

毛公傳,鄭玄箋,孔穎達正義:《毛詩正義》,阮元嘉慶二十年重刊宋本

毛亨傳,鄭玄箋,孔穎達疏,陸德明音釋,朱傑仁、李慧玲整理:《毛詩注疏》,上海:上海古籍出版社,2013 年

毛滂著:《東堂集》,文淵閣《四庫全書》本

王之道著:《相山集》,文淵閣《四庫全書》本

王仁裕著,曾貽芬注解:《開元天寶遺事》,北京:中華書局,2006 年

王安中著:《初寮集》,文淵閣《四庫全書》本

王安石著,李壁箋注:《王荆文公詩箋注》,上海:上海古籍出版社,2010 年

王沂孫著，吴則虞箋注:《花外集》，上海:上海古籍出版社，1988 年

王沂孫著，詹安泰箋注:《花外集箋注》，廣州:廣東人民出版社，1995 年

王叔民著:《列仙傳校箋》，北京:中華書局，2007 年

王勃著，蔣清翊注，汪賢度校點:《王子安集注》，上海:上海古籍出版社，1995 年

王奕清等編;《欽定詞譜》，北京:中國書店影印康熙五十四年内府本，2010 年

王洋著:《東牟集》，文淵閣《四庫全書》本。

王弼、韓康伯注，孔穎達正義:《周易正義》，阮元嘉慶二十年重刊宋本《十三經注疏》本

王逸注，洪興祖補注，白化文等點校:《楚辭補注》，北京:中華書局，2002 年

王鎡著:《月洞吟》，文淵閣《四庫全書》本

北京大學古文獻研究所編;傅璇琮等主編:《全宋詩》，北京:北京大學出版社，1991—1998 年

北京圖書館編:《北京圖書館古籍善本書目》，北京:書目文獻出版社，1987 年

司馬光編著;胡三省音注:《資治通鑑》，北京:中華書局，1956 年

司馬遷著:《史記》，北京:中華書局，1959 年

永瑢等著:《四庫全書總目》，北京:中華書局，1965 年

白居易著;朱金城箋校:《白居易集箋校》，上海:上海古籍出版

社,1988年

皮日休著,蕭滌非、鄭慶篤整理:《皮子文藪》,上海:上海古籍出版社,1981年

朱長文著:《吴郡圖經續記》,文淵閣《四庫全書》本

朱祖謀編,唐圭璋箋注:《宋詞三百首箋注》,香港:中華書局,2009年

朱祖謀輯校:《彊邨叢書》,揚州:廣陵書社,2005年

朱熹編:《四書章句集注》,北京:中華書局,1983年

朱彝尊著:《樂府補題序》,載文淵閣《四庫全書》本《樂府補題》

何寧集釋:《淮南子集釋》,北京:中華書局,1998年

余蕭客著:《古經解鈎沉》,文淵閣《四庫全書》本

佚名著:《上清黄庭内景經》,明正統道藏本

佚名編:《大元聖政國朝典章》,北京:中國廣播電視出版社1998年影印元刊本

吴文英著,吴蓓彙校箋釋集評:《夢窗詞彙校箋釋集評》,杭州:浙江古籍出版社,2007年

吴曾著:《能改齋漫録》,上海:上海古籍出版社,1979年

宋人彭□輯,孔凡禮點校:《墨客揮犀》,北京:中華書局,2002年

宋祁著:《景文集》,文淵閣《四庫全書》本

宋濂等著:《元史》,北京:中華書局,1976年

岑參著,陳鐵民、侯忠義校注:《岑參集校注》,上海:上海古籍出版社,1981年

李白著,瞿蜕園、朱金城校注:《李白集校注》,上海:上海古籍

出版社，1980 年

李百藥著：《北齊書》，北京：中華書局，1972 年

李廷相著：《濮陽蒲汀李先生家藏目録》《羅雪堂先生全》三編第十三册《玉簡齋叢書》，臺北：文華出版社，1968—1976 年

李延壽著：《南史》，北京：中華書局，1975 年

李步嘉著：《越絶書校釋》，武漢：武漢大學出版社，1992 年

李昉等著：《太平廣記》，文淵閣《四庫全書》本

李洪著：《芸庵類和稿》，文淵閣《四庫全書》本

李修生主編：《全元文》，南京：江蘇古籍出版社，2000 年

李泰等著，賀次君輯校：賀次君《括地志輯校》，北京：中華書局，1980 年

李商隱著，劉學鍇、徐恕誠集解：《李商隱詩歌集解》，北京：中華書局，1988 年

李復著：《潏水集》，文淵閣《四庫全書》本

李賀著，吴企明箋注：《李長吉歌詩編年箋注》，北京：中華書局，2012 年

李璟、李煜著，王仲聞校訂：《南唐二主詞校訂》，北京：中華書局，2007 年

李覯著：《直講李先生文集》，四部叢刊景明成化刊本印

杜甫著，仇兆鰲注：《杜詩詳注》，北京：中華書局，1979 年

杜牧著，吴在慶校注：《杜牧集繫年校注》，北京：中華書局，2008 年

杜臻著：《粤閩巡視紀略》，文淵閣《四庫全書》本

汪大淵著，蘇繼廎校釋：《島夷誌略校釋》，北京：中華書局，

1981 年

沈德潛編:《古詩源》,北京:中華書局,2006 年

周去非著,楊武泉校注:《嶺外代答校注》,北京:中華書局,1999 年

周邦彦著,罹忼烈箋注:《清真集箋注》,上海:上海古籍出版社,2008 年

周密著:《武林舊事》,楊瑞校點《周密集》本,杭州:浙江古籍出版社,2015 年

周密著:《齊東野語》,楊瑞校點《周密集》本,杭州:浙江古籍出版社,2015 年

周春生著:《吴越春秋輯校匯考》,上海:上海古籍出版社,1997 年

周敦頤著,陳克明點校:《周敦頤集》,北京:中華書局,1990 年

孟暉著:《拂手胸前香》,載《青年文學》,2006 年第 17 期,頁 66 至 68

孟暉著:《花間十六聲》,北京:三聯書店,2006 年

屈守元著:《韓詩外傳箋疏》,成都:巴蜀書社,1996 年

房玄齡等撰:《晉書》,北京:中華書局,1974 年

林洪著:《山家清供》,商務印書館《叢書集成初編》影印夷門廣牘本,1936 年

林逋著;沈幼征校注:《林和靖詩集》,杭州:浙江古籍出版社,1986 年

俞德鄰著:《佩韋齋集》,《天禄琳瑯叢書》景元皇慶本,載故宫博物院編:《天禄琳瑯叢書》第一集,臺北故宫博物院景印《天禄琳

瑯叢書》

姜夔著，陳書良箋注：《姜白石詞箋注》，北京：中華書局，2009 年

胡仔纂集，廖德明校點，周本淳重訂：《苕溪漁隱叢話》，北京：人民文學出版社，1993 年

范成大著：《吴郡志》，文淵閣《四庫全書》本

范曄著：《後漢書》，北京：中華書局，1965 年

范攄著：《雲溪友議》，嘉業堂刊本

倪燦著，盧文弨補：《補遼金元藝文志》，收入《二十五史補編》編委會編《宋遼金元明六史補編》第二册，北京：北京圖書館出版社，2005 年

凌迪知著：《萬姓統譜》，文淵閣《四庫全書》本

唐圭璋編：《全宋詞》，北京：中華書局，1965 年

唐圭璋編：《全金元詞》，北京：中華書局，1979 年

唐圭璋編：《詞話叢編》，北京：中華書局，1986 年

夏承燾著：《樂府補題考》，爲氏著《唐宋詞人年譜・周草窗年譜》"附録二"，載《夏承燾集》第一册《唐宋詞人年譜》，杭州：浙江古籍出版社、浙江教育出版社聯合出版，1997 年

孫星衍等輯：《漢官六種》，北京：中華書局，1990 年

徐堅等著，司義祖點校：《初學記》，北京：中華書局，2004 年

徐照、徐璣、翁卷、趙師秀著，趙平校點：《永嘉四靈詩集》，杭州：浙江大學出版社，2010 年

徐鉉著：《徐公文集》，四部叢刊景黄蕘圃校宋本

晁瑮著：《晁氏寶文堂書目》，上海：古典文學出版社，1957 年

晁説之著：《嵩山文集》，四部叢刊續編景舊鈔本

班固撰，顔師古注：《漢書》，北京：中華書局，1962 年

祝穆著：《古今事文類聚·續集》，文淵閣《四庫全書》本

秦觀著，徐培均箋注：《淮海集箋注》，上海：上海古籍出版社，1994 年

秦觀著，徐培均箋注：《淮海居士長短句箋注》，上海：上海古籍出版社，2008 年

高似孫《蟹略》，文淵閣《四庫全書》本

高獻紅編著：《王沂孫詞新釋輯評》，北京：中國書店，2006 年

崔豹著：《古今注》，上海：商務印書館，1956 年

張世南著：《游宦紀聞》，文淵閣《四庫全書》本

張耒著，李逸安、孫通海、傅信點校：《張耒集》，上海：上海古籍出版社，1998 年

張自烈著：《正字通》，臺南：莊嚴文化事業有限公司 1997 年，據北京大學圖書館藏清康熙刻本影印

張知甫著：《可書》，北京：中華書局，2002 年

張相著：《詩詞曲語詞匯釋》，北京：中華書局，1955 年 3 版

張揖著，王念孫疏證：《廣雅疏證》，南京：江蘇古籍出版社，1984 年

張華著：《博物志》，鄭堯臣輯《龍溪精舍叢書》本，北京：中國書店，1991 年

張翥著：《蜕巖詞》，《知不足齋叢書》本

張衡著，張震澤校注：《張衡詩文集校注》，上海：上海古籍出版社，2009 年

張鎡著:《南湖集》,文淵閣《四庫全書》本

曹寅、彭定求等编:《全唐詩》,北京:中華書局,1960年

許慎著,段玉裁注:《説文解字注》,上海:上海古籍出版社,1988年

郭茂倩編:《樂府詩集》,北京:中華書局,1979年

郭慶藩著:《莊子集釋》,北京:中華書局,1961年

郭璞注,邢昺疏:《爾雅注疏》,收入阮元刻《十三經注疏》

陳世崇著,孔凡禮點校:《隨隱漫録》,北京:中華書局,2010年

陳思編,陳世隆補:《兩宋名賢小集》,文淵閣《四庫全書》本

陳旅著:《安雅堂集》,文淵閣《四庫全書》本

陳彭年等修,余迺永校注:《新校互註宋本廣韻定稿本》,上海:上海人民出版社,2008年

陳景沂編:《全芳備祖》,文淵閣《四庫全書》本

陳晶、陳麗華著:《江蘇武進村前南宋墓清理紀要》,載《考古》一九八六年第三期

陳敬著:《陳氏香譜》,文淵閣《四庫全書》本

陳壽著:《三國志》,北京:中華書局,1959年

陶宗儀著:《南村輟耕録》,北京:中華書局,1959年

陶穀著:《清異録》,文淵閣《四庫全書》收《説郛》本

陸游著,錢仲聯校注:《劍南詩稿校注》,上海:上海古籍出版社,1985年

陸雲著,劉運好校注:《陸士龍文集校注》,南京:鳳凰出版社,2010年

陸璣著,丁晏校正:《毛詩草木鳥獸蟲魚疏校正》,續修四庫全

書本

陸龜蒙著,宋景昌、王立群點校:《甫里先生文集》,開封:河南大學出版社,1996 年

傅玄著:《傅子》,文淵閣《四庫全書》本

傅亞庶著:《孔叢子校釋》,北京:中華書局,2011 年

傅肱著:《蟹譜》,文淵閣《四庫全書》本

彭大翼著:《山堂肆考》,文淵閣《四庫全書》本

彭元瑞著:《知聖道齋讀書跋尾》,收入徐蜀主編《國家圖書館藏古籍題跋叢刊》第四册,北京:北京圖書館出版社,2002 年

揚之水著:《古詩文名物新證》(一、二),北京:紫禁城出版社,2004 年

揚之水著:《芳香静燃的時間》,《讀書》2003 年第 9 期

揚雄著,錢繹箋疏,李發舜、黄建中校點:《方言箋疏》,北京:中華書局,2013 年

曾昭岷、曹濟平、王兆鵬、劉尊明合編:《全唐五代詞》,北京:中華書局,1999 年

曾幾著:《茶山集》,文淵閣《四庫全書》本

曾慥著:《類説》,文淵閣《四庫全書》本

舒岳祥著:《閬風集》,吴興劉氏嘉業堂刊本

華鎮著:《雲溪居士集》,文淵閣《四庫全書》本

黄昇著:《花庵詞選》,北京:中華書局,1958 年

黄庭堅著,任淵、史容、史季温注:《山谷詩集注》,上海:上海古籍出版社,2003 年

黄虞稷著:《千頃堂書目》,上海:上海古籍出版社,2001 年

黄懷信著:《小爾雅匯校集釋》,西安:三秦出版社,2003 年

黄蘇、周濟、譚獻選評,尹志騰校點:《清人選評詞集三種》,濟南:齊魯書社,1988 年

慎懋官著:《華夷花木鳥獸珍玩考》,復旦大學圖書館藏明萬曆刻本,收入《四庫全書存目叢書》,第 118 册,臺南:莊嚴文化事業有限公司,1995 年

楊伯峻著:《列子集釋》,北京:中華書局,1979 年

楊慎著:《詞品》,北京:人民文學出版社,1998 年

楊萬里著;辛更儒箋校:《楊萬里集箋校》,北京:中華書局,2007 年

楊億編,王仲犖注:《西崑酬唱集注》,北京:中華書局,1980 年

萬樹著:《詞律》,上海:上海古籍出版社影印光緒二年本,1984 年

葉子奇著:《太玄本旨》,文淵閣《四庫全書》本

葉寘著:《坦齋筆衡》,收入陶宗儀《説郛》第十八卷北京:中國書店 1972 年據涵芬樓本影印

葉適著:《水心集》,文淵閣《四庫全書》本

葛雄著,王明校釋:《抱朴子内編校釋》(增訂本),北京:中華書局,1985 年

董斯張著:《廣博物志》,文淵閣《四庫全書》本

董誥等編:《全唐文》,北京:中華書局,1983 年

賈思勰著,繆啓愉校釋:《齊民要術校釋》(第 2 版),北京:中國農業出版社,1998 年

趙汝适著:《諸蕃志》,文淵閣《四庫全書》本

趙崇祚編，華鐘彦注：《花間集注》，開封：河南大學出版社，2008年

趙蕃著：《淳熙稿》，文淵閣《四庫全書》本

劉向著，石光瑛校釋，陳新整理：《新序校釋》，北京：中華書局，2001年

劉祁著，崔文印校：《歸潛志》，北京：中華書局，1983年

劉禹錫著，瞿蜕園箋證：《劉禹錫集箋證》，上海：上海古籍出版社，1989年

劉義慶著，劉孝標注，余嘉錫箋疏：《世説新語箋疏》，北京：中華書局，2007年

劉榮平著：《釋"知君種年星在尾"——對楊髡發陵時間之堅證的考辯兼論樂府補題寄託發陵説不能成立》，《新宋學》2001年第1輯

樂史：《楊太真外傳》，收入丁如明輯校：《開元天寶遺事十種》，上海：上海古籍出版社，1985年

歐陽脩著，李逸安點校：《歐陽脩全集》，北京：中華書局，2001年

歐陽詢著：《藝文類聚》，北京：中華書局，1965年

蔡絛著，馮惠民校：《鐵圍山叢談》，北京：中華書局，1983年

蔣景祁著：《瑶華集》，北京：中華書局，1982年據北京大學圖書館藏康熙天藜閣刻本縮印

鄧子勉著：《宋金元詞籍文獻研究》，上海：上海古籍出版社，2008年

鄭玄注，孔穎達正義：《禮記正義》，上海：上海古籍出版社，

2008 年

鄭獬著:《鄖溪集》,文淵閣《四庫全書》本

蕭統編,李善注:《文選》,上海:上海古籍出版社,1986 年

蕭統編,李善等注:《六臣注文選》,北京:中華書局,1987 年

蕭鵬著:《樂府補題寄託發疑——與夏承燾先生商榷》,《文學遺產》1985 年第 1 期

蕭鵬著:《群體的選擇——唐宋人詞選與詞人群通論》,南京:鳳凰出版社,2009 年

繆荃孫著:《藝風藏書續記》,收入《清人書目題跋叢刊七》,北京:中華書局,1993 年

謝宗可著:《詠物詩》,文淵閣《四庫全書》本

謝枋得著,熊飛、漆身起、黄順強校注:《謝疊山全集校注》,上海:華東師範大學出版社,1994 年

謝朓著,曹融南校注:《謝宣城集校注》,上海:上海古籍出版社,1991 年

韓愈著,錢仲聯集釋:《韓昌黎詩繫年集釋》,上海:上海古籍出版社,1984 年

羅願著:《爾雅翼》,叢書集成初編本,長沙:商務印書館,1939 年

嚴可均校輯:《全上古三代秦漢三國六朝文》,北京:中華書局,1958 年

嚴紹璗著:《日本藏宋人文集善本鈎沉》,杭州:杭州大學出版社,1996 年

蘇舜欽著,傅平驤、胡問陶校注:《蘇舜欽集編年校注》,成都:

巴蜀書社,1991 年

蘇軾著,龍榆生箋:《東坡樂府箋》,上海:上海古籍出版社,2009 年

蘇轍著:《欒城集》,上海:上海古籍出版社,2009 年

顧文薦著:《負暄雜録》,收入陶宗儀《説郛》第十八卷,北京:中國書店 1972 年據涵芬樓本影印

顧炎武著,黄汝成集釋,欒保群、吕宗力校點:《日知録集釋》,石家莊:花山文藝出版社,1990 年

輯評參考用書(按姓名筆劃序):

于溯、程章燦著:《細炙龍涎幾品香?》,《古典文學知識》2001 年第 2 期,又收入于溯、程章燦著:《何處是蓬萊》,南京:鳳凰出版社,2010 年,頁 72 - 84

王沂孫著,吴則虞箋注:《花外集》,上海:上海古籍出版社,1988 年

王沂孫著,詹安泰箋注:《花外集箋注》,廣州:廣東人民出版社,1995 年

王筱芸著:《碧山词研究》,南京:南京出版社,1991 年

王鵬運著:《四印齋所刻詞》,上海:上海古籍出版社影光緒本,2012 年

吴熊和主編:《唐宋詞匯評》(兩宋卷),杭州:浙江教育出版社,2004 年

沈祖棻著:《宋詞賞析上海》:上海:上海古籍出版社,1980 年

沈澤棠著:《懺庵詞話》,收入劉夢芙編校:《近代詞話叢編》,合

肥:黄山書社,2009 年

沙靈娜著:《宋遺民詞選注》,成都:巴蜀書社,1995 年

俞陛雲著:《唐五代兩宋詞選釋》,臺北:文史哲出版社,1988 年

唐圭璋著:《唐宋詞簡釋》,香港:中華書局,1987 年

唐圭璋編:《詞話叢編》,北京:中華書局,1986 年

夏承燾著:《樂府補題考》,爲氏著《唐宋詞人年譜・周草窗年譜》"附録二",載《夏承燾集》第一册《唐宋詞人年譜》頁 373 - 380,杭州:浙江古籍出版社,浙江教育出版社聯合出版,1997 年

徐珂校訂:《樂府補題》,《天蘇閣叢刊》本

常國武著:《碧山、草窗、玉田三家詞異同論》,《文學評論》1991 年第四期

常國武著:《讀《花外集》卮言》,《南京師範大學學報》,1984 年第 3 期

張宏生著:《秋蟬聲態與亡國之痛》,收入氏著:《讀者之心——詞的解讀》,北京:中華書局,2013 年

張宗橚編,楊寶霖補正:《詞林紀事　詞林紀事補正合編》,上海:上海古籍出版社,1998 年

陳廷焯著,孫克強主編:《白雨齋詞話全編》,北京:中華書局,2013 年

陳廷焯著:《詞則》,上海:上海古籍出版社,1984 年

陳匪石著:《宋詞舉》(外三種),南京:江蘇古籍出版社,2002 年

陶爾夫,劉敬圻著:《南宋詞史》,哈爾濱:黑龍江人民出版社,2005 年

程千帆、吴新雷著:《兩宋文學史》,上海:上海古籍出版社,1991 年

黄兆顯著:《樂府補題研究及箋注》,香港:學文出版社,1975 年

黄蘇、周濟、譚獻選評;尹誌騰校點:《清人選評詞集三種》,濟南:齊魯書社,1988 年

萩原正樹《王沂孫的詠物詞》,收入:王水照、保臉佳昭編選;邵毅平、沈維藩等譯:《日本學者中國詞學論文集》,上海:上海古籍出版社,1991 年

萬雲駿著:《詩詞曲欣賞論稿》,北京:中國社會科學出版社,1986 年

萬樹著:《詞律》,上海:上海古籍出版社影光緒二年本,1984 年

葉嘉瑩著:《迦陵論詞叢稿》,臺北:明文書局,1987 年

劉永濟著:《微睇室説詞》,上海:上海古籍出版社,1987 年

錢基博著:《中國文學史》,北京:中華書局,1993 年

薛礪若著:《宋詞通論》,上海:上海書店影印開明書店 1949 年三版,1985 年

謝桃坊著:《宋詞概論》,成都:四川文藝出版社,1992 年